Sieghardt von Thomsen

Vengalyx –
Die Suche

Dritter Band der Vengalyx-Reihe

Fantasy-Roman

Bibliografische Information der Deutschen
Nationalbibliothek
Die Deutsche Nationalbibliothek verzeichnet diese Publikation
in der Deutschen Nationalbibliografie; detaillierte bibliografische Daten sind im Internet über http://dnb.d-nb.de abrufbar.

© 2013 Sieghardt von Thomsen
Titelbild: Maren von Thomsen
Herstellung und Verlag: BoD - Books on Demand, Norderstedt
ISBN 978-3-7322-3300-7

Prolog

Vor Ihnen liegt nun der dritte Band der Vengalyx-Reihe, durch dessen Lektüre Sie den weiteren, höchst ungewöhnlichen Lebensweg zweier junger Menschen verfolgen werden.

Inhaltlich sind die aufeinander folgenden Bände direkte Fortsetzungen, aber jeder Band ist für sich verständlich.

Alles in den vorherigen und auch in diesem Vengalyx-Buch Geschilderte spielt in einer Fantasiewelt.

Die Handlung, deren Akteure und ihre Namen sind frei erfunden. Ähnlichkeiten mit lebenden oder verstorbenen Personen sind nicht gewollt und wären rein zufällig. Die Orte des Geschehens sind ohne bestimmte Absicht gewählt.

Folgen Sie mir wieder unbekümmert ...

Was bisher geschah ...

Die Studentin der Geophysik Emma Becker und der Student der Physik und Mathematik Frank Haller lernen sich zufällig an ihrem Urlaubsort in Schweden kennen.

Ein mysteriöser Überfall auf Emma durch drei Männer in Silberanzügen kann durch das Eingreifen von Frank und seinem Schäferhund Rex, die zufällig in der Nähe waren, glücklich beendet werden. Unklar bleibt, weshalb die seltsamen Silbermänner Emma überfallen haben.

Kurze Zeit später entdecken Emma und Frank bei einem Spaziergang versteckt in einer Felsenhöhle das ‚Vengalyx-Modul', eine große, silberne Kugel mit ganz außergewöhnlichen technologischen Eigenschaften und Fähigkeiten.

Neugierig geworden, versuchen Emma und Frank gemeinsam, Sinn, Nutzen und Herkunft des Vengalyx-Moduls zu ergründen. Bald gelingt es ihnen, bei diesem einfache Funktionen in Gang zu setzen.

Emma und Frank empfinden schnell große Sympathie für einander.

Nach der Rückkehr aus dem Urlaub stellen sie überraschend laufend neue körperliche und geistige Fähigkeiten bei sich und Schäferhund Rex fest: Sie sind in der Lage, durch Gedankenaustausch miteinander zu kommunizieren, sind unversehrbar geworden und können sich mittels mentaler Befehle an das Vengalyx-Modul augenblicklich an jeden beliebigen Ort dieser Erde transferieren lassen.

Freunde und Familie müssen schonend mit den neuen, verwirrenden Gegebenheiten konfrontiert werden, was nicht immer ohne Probleme abläuft.

Frank und Emma verloben sich zu Weihnachten; Frank schenkt Emma einen wertvollen Diamantring, ein altes Erbstück der Familie. Dieser Ring entwickelt an Emmas Hand überraschende Fähigkeiten, deren genauer Umfang im Dunkel bleibt.

Das Vengalyx-Modul macht darauf aufmerksam, dass auch die beiden Schwestern von Emma – Sandra und Laura – sowie die beiden Elternpaare durch Schulungen des Moduls erweiterte Fähigkeiten, allerdings in begrenzterem Ausmaß, erlangen könnten. Diese sollen zu Emmas und Franks Unterstützung von großem Wert seien.

1

An diesem Samstag herrschte in Hamburg angenehmes, schon recht warmes Frühlingswetter.

Frank machte sich mit Rex – ohne seine Verlobte Emma – auf den Weg, um ein paar Freunden aus der Schulzeit einen schon lange versprochenen Besuch abzustatten.

Franks Mutter und die Haushälterin Clara waren mit dem Auto zu einem größeren Wochenendeinkauf unterwegs.

Als habe er schon lange auf eine solche Gelegenheit gewartet, erkundigte sich Franks Vater bei Emma, ob sie nicht Lust hätte, ihn auf einen etwas längeren Spaziergang entlang der schönen Alster zu begleiten, anstatt bei diesem schönen Wetter allein im Hause zu bleiben. Emma sagte gerne zu und wenige Minuten später waren auch sie unterwegs.

Wie für die äußerst attraktive Emma nicht ungewöhnlich, wurde sie unterwegs von den Passanten stets mit auffallender Eindringlichkeit gemustert.

„Weshalb wolltest Du eigentlich diesen Spaziergang allein mit mir machen?" interessierte Emma, nachdem sie den gut ausgebauten Wanderweg dicht entlang des Flusslaufes erreicht hatten.

„Nur aus einem einzigen, sehr egoistischen Grund: Ich wollte einfach Deine Nähe, Schönheit und jugendliche Sorglosigkeit ein paar Minuten ganz für mich allein genießen! – Aber im Ernst: Ich hätte da als Mediziner ein paar Fragen an Dich, die mich schon länger bewegen. Bitte verzeih mir meine diesbezügliche Neugier. Und wenn es Dir unangenehm ist, sag einfach, dass Du nicht antworten möchtest!"

Emma blickte ihn aufmerksam an. „In Ordnung! Wie lauten denn Deine Fragen?"

Dem Vater fiel es offenbar dennoch nicht leicht, zu beginnen. „Ja – also! Hast Du eigentlich besondere Mittel genutzt – oder Wege beschritten, wie Du zu Deiner bewundernswerten Schönheit gelangt bist und sie aufrechterhältst? – Hat Dich die Natur wirklich so vollkommen erschaffen oder hast Du mit kosmetischer Chirurgie und

Silikon, oder Ähnlichem, nachhelfen lassen? Manche Frauen sollen ja häufiger einen Schönheits-Operateur aufsuchen, als zum Friseur zu gehen!"

Emma musste lachen.

„Na, ja – ist natürlich übertrieben formuliert", gestand der Vater verlegen ein.

„Die klare Antwort lautet: Wirklich alles echt! Keine geheimen Mittelchen. Nichts künstlich hinzugefügt oder weggenommen!", bekannte sie und fügte ein wenig beschämt hinzu: „Ich kann wirklich nichts dafür, dass mich die Natur derart perfekt erschaffen hat und nicht anders!"

„In dem Sinne hatte ich zwar Deine Antwort auch erhofft, aber weil bei Dir alles so makellos zusammenpasst, bin ich mir nicht ganz sicher gewesen. Rein medizinisch frage ich mich – entschuldige bitte nochmals mein wissenschaftliches Interesse – , wie Deine Labor- und Blutwerte beschaffen sein mögen. Ob diese, Deiner großen Schönheit und Vollkommenheit entsprechend, nicht irgendwelche Besonderheiten aufweisen."

Emma zuckte mit den Schultern. „Bei früheren Tests war immer alles völlig unauffällig."

Inzwischen hatte sich der Himmel bezogen.

Der Vater blickte besorgt auf die dunklen Wolken. „Es war den Vormittag über schon etwas schwül und vielleicht bekommen wir gleich ein Gewitter. Etwas ungewöhnlich im Frühjahr und zu dieser Tageszeit. – Aber nicht weit von hier ist ein kleines Café, dort können wir notfalls Schutz finden."

Ehe Emma darauf etwas entgegnen konnte, vernahm sie über ihre besonderen mentalen Fähigkeiten die dringlich-alarmierende Stimme des Vengalyx-Moduls. „Emma, Du bist in größter Gefahr! Versuche so schnell wie irgend möglich, in den Fluss zu gelangen, egal wie!"

„Bleib unbedingt dort stehen", rief Emma dem Vater noch eindringlich zu, während sie gleichzeitig auf das nur fünf Meter entfernte Flussufer zu eilte.

Wenige Sekunden später nahm der Vater einen unerträglich grellen Blitz mit ohrenbetäubend knallendem Donner wahr. Vom hellen Licht geblendet und schmerzhaftem Lärm fast taub, mühte er sich, auf den Beinen zu bleiben und die Orientierung zu behalten.

Als seine Sinne wieder Eindrücke wahrnehmen konnten, suchte er panisch nach Emma.

An der Stelle des Flussufers, wo er sie zuletzt gesehen hatte, standen die Bäume und Büsche im Umkreis von einigen Metern in lodernden Flammen. Starke Hitze schlug ihm entgegen und dichter, blauschwarzer Qualm trieb langsam über den Fluss.

Offenbar war der mächtige Blitz eines Frühlingsgewitters eingeschlagen.

Entsetzt kam ihm zu Bewusstsein, dass Emma von der urtümlichen Gewalt und mächtigen Energie dieses Blitzes getroffen, keinerlei Überlebenschancen haben konnte und ohne Zweifel ausgelöscht worden war. Alles hatte sich in unglaublich kurzer Zeit abgespielt.

Weshalb konnte sie in ihren letzten Lebenssekunden ihn noch warnen? Sie musste das drohende Unheil gespürt haben! Wieso war sie von ihm fortgelaufen und dann genau hinein in ihr Verderben? Wäre sie bei ihm geblieben, hätte der Blitz sie nicht getroffen! Der Vater stand sprachlos vor Entsetzen und überflutender Trauer.

Inzwischen liefen die Menschen aus der Umgebung zusammen und fragten erschrocken, was hier geschehen sei. Die meisten tippten ebenso auf einen Blitzeinschlag. Ein paar andere überlegten, ob ein Flugzeug, oder ein Teil davon, herabgestürzt sei, weil es zu so einem umfangreichen und heftigen Brand gekommen wäre.

Wenige Minuten später erschienen Polizei und Feuerwehr, sperrten das Gelände ab und begannen sofort mit der Brandbekämpfung.

Schreckensbleich berichtete der Vater, dass seine Begleiterin wohl von einem Blitz getroffen worden sei. Der Einschlag müsse so heftig gewesen sein, dass es keinerlei erkennbare Reste mehr von ihr gäbe.

„Von einem Blitz wird man nicht völlig spurlos aufgelöst!", bemerkte ein Polizist. „Die Opfer werden eher nur mehr oder weniger verkohlt. Aber vielleicht ist sie auch von der Gewalt des Blitzes betäubt und in den Fluss geschleudert worden. So etwas ist natürlich nicht auszuschließen. Selbst wenn sie nur ein paar Meter vom Ufer entfernt im Wasser läge, könnten wir sie von hieraus bei diesem dichten Qualm kaum sehen!"

Einige Feuerwehrleute begannen unter Atemschutz mit Stangen das weniger tiefe Wasser der Uferregion abzusuchen. Zusätzlich forderte man Taucher an. Eine in der Nähe befindliche Schleuse des

Flusses wurde benachrichtigt und gebeten, alle Tore zu schließen, um ein Abtreiben der vom Blitz Getroffenen zu verhindern.

Den Vater überkam grenzenlose Niedergeschlagenheit. Er hatte sich so sehr auf einen Spaziergang mit Emma gefreut. Hätte er diesen nicht vorgeschlagen, wäre sie jetzt noch am Leben. Er machte sich heftigste Vorwürfe.

Die Polizei notierte seine und Emmas Personalien und bot an, ihn nach Hause, oder falls er das wünschte, in ein Krankenhaus zu bringen.

„Danke, ich bin selber Arzt und würde gerne noch hierbleiben und abwarten, ob die Taucher vielleicht noch etwas finden."

Er setzte sich auf eine Bank und barg sein Gesicht in den Händen.

Dann durchfuhr ihn ein elektrisierender Gedanke: ‚Wir sind unversehrbar', hatten Emma und Frank ihm und seiner Frau nach dem letzten Schwedenurlaub – in dem jene das Vengalyx-Modul entdeckt hatten – mitgeteilt und auch gleich durch ein paar handgreifliche Tests verdeutlicht! So richtig war er damals nicht überzeugt gewesen – aber immerhin konnte eine gewisse erhöhte Widerstandsfähigkeit gegen kleine Traumen wohl nicht ausgeschlossen werden …

Wenn sie unverletzlich war – wenn das wirklich zuträfe … Dann könnte sie eventuell noch am Leben sein! Doch wo war sie?

Oder hatte sie den Blitzeinschlag zwar noch überlebt – war dann aber völlig betäubt oder gelähmt elendig im Fluss ertrunken?

Jedoch kam ihm eigentlich jeder Anschein, dass sie dieses Feuerinferno überlebt haben könnte, absolut lächerlich und gänzlich unmöglich vor.

Er wog die Möglichkeiten immer wieder gegeneinander ab, konnte jedoch wegen deren gänzlicher Irrealität zu keinem vernünftigen Urteil gelangen.

Eine Stunde später, die Taucher hatten inzwischen jeden Flussmeter mehrfach erfolglos abgesucht, ging der Vater schließlich erschöpft und bedrückt nach Hause.

Hier berichtete er seiner gerade heimgekehrten Frau entsetzt und fassungslos das Geschehene.

Beide waren der Meinung, dass sie zunächst unbedingt Frank in Kenntnis setzen müssten und versuchten es verschiedene Male über sein Handy, ohne ihn allerdings zu erreichen.

Als dieser mit Rex aber kurz darauf zu Hause eintraf, fand er seine Eltern in tiefer Sorge vor. Die Mutter nahm ihn sanft in die Arme, während der Vater mit schonenden Worten das Unglaubliche berichtete.

Dann blickten sie vorsichtig auf Franks Miene und waren ziemlich erstaunt, dass er überhaupt nicht besorgt schien.

„Ihr wisst doch, dass Emma und ich unverletzlich sind", sagte er nachdrücklich. „Es besteht also bestimmt kein Anlass zur Sorge."

„Wie kannst Du da nur so sicher sein?", zweifelte der Vater.

„Oh, ich habe von Emma mental von dem Ereignis erfahren und weiß, dass sie wohlbehalten im Vengalyx-Modul ist."

Der Vater war sehr erleichtert, obwohl er Franks Mitteilung kaum glauben wollte.

Frank erklärte weiter: „Sie hatte ganz kurz vor diesem ‚Blitzschlag' eine dringende Warnung des Vengalyx-Moduls erhalten. Jenes wusste, dass kein Gewitter aufgezogen war, sondern dass sie mittels eines mächtigen Energiestrahles entführt werden sollte. Das konnte aber vom Modul vereitelt werden, indem es Emma die ungewöhnliche Anweisung erteilte, sich schnellstens in den Fluss zu begeben. Wegen der bekannt guten Energieleitfähigkeit von Wasser reichte dort die Kraft des Strahles nicht mehr für das geplante Vorhaben aus. – Für einen echten, bevorstehenden Blitzschlag wäre es im Übrigen natürlich genau das Verkehrteste gewesen.

Näheres müssen wir noch vom Vengalyx-Modul in Erfahrung bringen. Es hat Emma jedenfalls vorsorglich in seine Obhut nach Karlsruhe genommen. In ein paar Minuten wird sie wieder hier sein."

„Emma lebt wirklich?" musste der Vater sich immer noch einmal vergewissern.

„Und bist Du Dir über diese Einzelheiten der geplanten Entführung und Emmas Befinden wirklich sicher?", wollte die Mutter bestätigt haben. Sie versuchte verwirrt, von Franks Augen eine Erklärung abzulesen: „Ich habe so große Angst um Emma ..."

An der Haustür wurde geläutet. Der Vater öffnete und sofort lagen sich Emma und er in den Armen, beide tief bewegt und glücklich, den anderen unversehrt zu sehen.

Beinahe schien es, als zerzause diese stürmische Begrüßung Emma mehr als der vermeintliche Blitzeinschlag.

Sie selbst wirkte tatsächlich völlig unversehrt. Unbeschadet waren auch Ihre Bekleidung und alles, was sie sonst noch bei sich trug, wie Schmuck und Armbanduhr. Sogar das Handy funktionierte einwandfrei. Dann berichtete Emma den fassungslosen Eltern noch einmal ausführlich und in allen Einzelheiten, was geschehen war.

Bevor der Vater nachmittags zur Visite ins Krankenhaus abfuhr, bestand er darauf, mit Emma noch einmal die Polizeistation aufzusuchen. Der Revierleiter war sehr erstaunt, die Vermisste nun plötzlich, offenbar sogar wohlbehalten, vor sich zu sehen. Er bat Emma und den Vater in einen Besprechungsraum, um Einzelheiten zu erfahren.

„Also, unmittelbar in Ihrer Nähe war ein Blitz eingeschlagen. Was ist dabei mit Ihnen passiert?" wollte er von Emma wissen.

„Ich kann das leider nicht erklären ...", begann Emma unsicher.

„Aha, wohl einen Schock davongetragen und verwirrt irgendwo hingelaufen, ohne Plan und Ziel ... Das habe ich schon öfter bei Menschen erlebt, die sich in einer besonderen Ausnahmesituation befanden. – Riesenglück gehabt, schöne Frau." Der Polizist sah sie milde an. „Na, ja. – Hat Sie denn daraufhin schon ein Arzt gesehen?"

Emma schüttelte leise den Kopf. „Bitte nicht schon wieder Krankenhaus. Ich war neulich erst, in Schweden ..."

Der Vater nahm Emma beschützend in den Arm: „Ich bin Arzt. Es geht ihr bestimmt gut, sie ist ganz in Ordnung."

Der Polizist war sich nicht im Klaren, ob er es damit bewenden lassen sollte. Er griff die Akte aus seinem Schrank und blätterte darin. Schließlich füllte er ein Formblatt aus und legte es Emma zur Unterschrift vor.

„Hiermit bestätigen Sie, sich aus eigenem Antrieb bei der Polizei eingefunden und ihr Verschwinden hinreichend erklärt zu haben. Die Nachforschungen werden somit eingestellt. – Für uns ist der Fall ausreichend geklärt und abgeschlossen."

Er war es sicher Leid, sich langwierige Befragungen und endlose Schreibereien von zweifelhaftem Erfolg aufzubürden. Zumal es der Gesuchten offensichtlich gut ging.

Emma und der Vater verabschiedeten sich erleichtert und verließen schnell die Wache.

„Du hast mir wunderbar geholfen", bedankte sich Emma.

Der Vater strich mitfühlend über ihren Arm.

„Die Stunden, bis wir erfuhren, was wirklich geschah und Nachricht hatten, dass Du wohlauf wärest, waren wirklich extrem schlimm! Du bist mir und meiner Frau so sehr ans Herz gewachsen. Uns ist, als ob wir Dich schon ewig kennen. – Als wärest du unsere Tochter – und nicht Franks Verlobte."

Emma sah ihn gerührt an. „Danke für das liebe Kompliment und Euer Vertrauen."

„Wo immer wir Dir jemals helfen können ..."

Der Vater seufzte tief. „Was könnte das Vengalyx-Modul unternehmen, damit so etwas nie wieder passiert ...?"

Emma blickte ihn stumm an.

Spät abends im Wohnzimmer kuschelte sich Emma auf dem Sofa eng an Frank.

„Das heute war ein zweiter Versuch, mich zu entführen", begann sie leise. „Das erste Mal haben Du und Rex mich in Schweden aus den Händen der Silbermänner befreit. Beim zweiten Mal ging es nun schon raffinierter zu. Ich mache mir besonders Sorgen, weil dieser Versuch sogar hier in Deutschland stattfand. Wieder muss jemand sehr genau gewusst haben, wo ich mich gerade zu diesem Zeitpunkt befand." Emma schien zu frösteln, obwohl Frank sie ganz dicht umfangen hielt.

„Weshalb versucht man immer wieder, mich zu entführen? Es scheint abermals, dass jene aus einer anderen, unbekannten Welt kommen. Denn sie benutzten wieder eine fremdartige Technologie! Ich habe noch nie gehört, dass es derartiges, wie diesen Energiestrahl zu Entführungszwecken, auf unserer Erde gibt! Und warum das alles? Was ist so Bedeutsames an mir? Wieso will man ausgerechnet meiner habhaft werden? An Dir haben sie scheinbar nicht so ein Interesse." Hilflos blickte sie auf Frank, als wisse der eine Antwort auf ihre beunruhigten Fragen.

„Wir wissen bisher nur, weshalb dieses Vengalyx-Modul ein so gewaltiges Interesse an uns hat. Deshalb schult, überwacht und beschützt es uns. Was aber wollen die anderen von – oder mit – mir?"

Beide schwiegen nachdenklich. Emma versuchte, noch näher an Frank heranzurücken.

„Dann war da noch etwas sehr Merkwürdiges, etwas, das ich noch nie erlebt habe: Als das Vengalyx-Modul seine Alarmmeldung übermittelte, schien sich auf einmal die Kommunikation zu ihm völlig zu ändern. Es war, als hätte ich plötzlich nicht, so wie üblich, nur einen Gedankenkanal zur Verfügung, sondern sehr viele. Ich konnte alle in nie gekannter Weise gleichzeitig benutzen. Auf dem einen hörte ich die Warnung des Moduls, auf einem anderen fragte ich zurück, was geschehen sei und auf einem dritten überprüfte ich die möglichen Sicherheitsmaßnahmen. Außerdem verfolgte ich die Zeitreserven, die mir noch blieben. Und schließlich, Frank: nachdem ich den kompletten Überblick gewonnen hatte, veranlasste ich selbst den persönlichen Ortswechsel in das Modul nach Karlsruhe. Das Ganze muss außerdem in allerkürzester Zeit abgelaufen sein!"

„Emma, als Du mich über das Geschehen informiertest, gebrauchtest Du die Worte: ‚ich soll entführt werden und gehe deshalb ins Vengalyx-Modul'. Heißt das, Du warst zu jener Zeit auch noch zusätzlich mit mir in Verbindung?"

Emma sah ihn mit großen Augen an und nickte. „Ich kann es selbst nicht fassen. Und ich weiß, dass auf anderen Ebenen noch weitere Informationen zwischen mir und dem Vengalyx-Modul hin und her liefen, nur kann ich mich jetzt an deren Inhalte nicht mehr erinnern. Inzwischen ist die Verbindung zum Vengalyx-Modul aber wieder ganz normal."

„Hat sich eigentlich der Verlobungsring mit seinem außergewöhnlichen mentalen Kommunikationsvermögen gemeldet oder hat er irgendwie reagiert?"

„Nein. Auffallend, nicht wahr? Ich habe den Ring aber schon danach befragt. Seine Antwort: Es wäre nicht notwendig gewesen!"

Während Frank sie weiter liebevoll im Arm hielt, schloss sie die Augen und flehte: „Heute Nacht muss ich bitte ganz dicht bei Dir schlafen und Rex soll vor dem Bett liegen".

Frank schmunzelte nachsichtig. „Aber wir wollen das Vengalyx-Modul auch schnellstmöglich um Antworten auf Deine dringlichen Fragen ersuchen – am besten, gleich morgen früh!"

„Bestätigt!", vernahmen sie erstaunt vom Modul, „Zehn Uhr!"

Jenes konnte offenbar stets ihre Gedanken und Taten verfolgen!

2

Pünktlich um zehn Uhr trafen Emma und Frank im Vengalyx-Modul ein. Wie zwei Schüler mit schlechten Leistungen, die gehorsam zum Nachhilfeunterricht erscheinen, nahmen sie auf ihren Sesseln Platz.

„Ihr habt gestern den sehr verständlichen Wunsch nach weiteren Informationen geäußert, welche die Umstände von der letzten versuchten Entführung von Emma betreffen."

Diese holte tief Luft, schaute zu Frank und kletterte dann aus ihrem Sessel mit in den seinen. Hier schmiegte sie sich ganz eng an ihn. Er fühlte ihr Herz heftig pochen und schloss seine Arme schützend um sie.

„Der bedauerliche gestrige Entführungsversuch kam von einer ganz anderen Spezies von Lebewesen, als die Aktion im letzten Sommer in Schweden. Diese hier war bisher noch nicht in Erscheinung getreten und hat somit auch nichts mit den von Euch ‚Silbermänner' genannten gemein. Bisher unbekannt war und leider besorgniserregend ist, dass scheinbar mehrere galaktische Rassen äußerst interessiert an den Such- und Forschungsergebnissen des Vengalyx-Moduls sind. Jene versuchen offenbar, Emma, beziehungsweise die Resultate mühsamer und langwieriger Erkundungen und Aufbereitungen des Vengalyx-Moduls, durch Piratenakte in ihren Besitz zu bringen."

„Sie sind also tatsächlich nicht von dieser Welt", flüsterte Emma und presste ihr Gesicht schutzsuchend an Franks Brust.

„Das oberste Gebot des Vengalyx-Moduls war immer Euer möglichst weitgehender Schutz. Zum einen durch seine ständige Verteidigungsbereitschaft, außerdem Eure persönliche Unversehrbarkeit und zum anderen durch schnelle und umfassende Schulungen, damit ihr selbst befähigt werdet, auf derartige Angriffe entsprechend zu reagieren. Der erste Angriff, also jener der Silbermänner in Schweden, war leicht zu beherrschen, weil es dem Vengalyx-Modul zu diesem Zeitpunkt schon gelungen war, Euch beide und Rex zusammenzuführen. Gemeinsam und durch ein kleines Schutzfeld des Vengalyx-Moduls konntet ihr obsiegen. Gestern dann hat Emma mit Hilfe einer gedanklichen Breitbandkommunikation zum Venga-lyx-Modul eigentlich schon selbst alle erforderlichen Verteidigungs-schritte in die Wege geleitet."

Emma hob den Kopf und lächelte vorsichtig.

„Ein ganz hervorragendes Ergebnis, wenn man bedenkt, dass die Schulungen noch längst nicht abgeschlossen sind", hörten sie weiter.

„Aber weshalb wird immer nur Emma angegriffen", warf Frank ungeduldig ein.

„Das hängt mit ihren außergewöhnlichen Biosignalen zusam-men. Aus der menschlichen Vererbungslehre ist Euch die Chromo-somenkonstellation der Frau mit dem Muster ‚XX' geläufig, die des Mannes mit ‚XY'. Bei den gesuchten Biosignalen handelt es sich um eine insgesamt sehr schwache Sub-Zellstrahlung, welche sehr sym-metrisch und extrem konstant sein muss. Diese findet sich derzeit auf Eurem Planeten in der notwendigen Stärke nur bei Euch beiden. Sie tritt auf der Erde oder anderen Welten auch nicht regelmäßig auf und statistisch gesehen nur alle paar Millionen Jahre. Häufig finden nicht die erforderlichen Lebewesen zusammen. Deshalb ist ein im-menser Suchaufwand und endlose Geduld erforderlich, derartige Konstellationen ausfindig zu machen und zu verfolgen."

Emma und Frank staunten schweigend.

„Die vom Vengalyx-Modul gesuchten Bioeigenschaften sind aus-schließlich an das X-Chromosom geknüpft. Deshalb sind diese bei Emma natürlicherweise doppelt so stark messbar als bei Frank. Weiter gibt es bei Euch beiden eine große Besonderheit: Die Zell-strahlung war von Anfang an sehr ausgeprägt und steigerte sich unter den Schulungen bisher nochmals auf das Doppelte. So hohe Werte konnten noch nie bei irgendjemandem festgestellt werden."

„Und weshalb ist diese besondere Biosignatur für das Vengalyx-Modul so ungeheuer bedeutungsvoll?" Frank spürte, dass diese Fra-ge sie auf den Grund der Unklarheiten und Geheimnisse führen könnte. Beide warteten gespannt.

„Die Erbauer des Vengalyx-Moduls gehören einer uralten Rasse an, die ganz anders strukturiert ist als Menschen. Zum Beispiel kön-nen sie, im Gegensatz zu Euch, ausschließlich mental kommunizie-ren. In den Jahrmillionen langen Generationenzyklen sind diesen Lebewesen, deren Heimatplanet sich ‚Vengalyx' nennt, allmählich wichtige, zum Erhalt unabwendbar notwendige Eigenschaften abhandengekommen, nämlich die Erzeugung jener besondere Biosignatur-Strahlung, über die Ihr beiden Menschen so besonders verfügt. Die Wissenschaftler des Planeten Vengalyx hatten zwar genügend Zeit, nach Lösungen zu suchen. Nur gelang es ihnen nie mehr, die eigene Rasse erneut zu befähigen, die lebensnotwendigen Biostrahlungen selbst zu erzeugen. Das Volk blieb auf die Unterstützung von solchen Lebewesen angewiesen, die über jene fehlenden Eigenschaften verfügen."

„Und wie soll diese Vermittlung unserer Biosignale an Deinen Planeten und dessen Völker vor sich gehen? Werden wir etwa schließlich von Dir auf Euren Heimatplaneten entführt, dort gefangen gehalten und zeitlebens für biologische Experimente missbraucht?" Jetzt klopfte auch Franks Herz heftig.

Emma war erschrocken zusammengefahren.

„Nein, sicher nicht! – Habt keine Sorge! Schon ganz zu Anfang erklärte das Vengalyx-Modul, es werde Euch in keiner Weise schaden oder die ethischen oder moralischen Grundsätze von Euch oder den Lebewesen des Planeten Erde verletzen."

Emma und Frank atmeten erregt und stellten wechselseitig fest, dass sie sehr blass aussahen. Nach der letzten Erklärung des Vengalyx-Moduls legten sich ihre Befürchtungen jedoch langsam wieder.

„Was müssen wir konkret auf Deinem Planeten anstellen?", bohrte Frank weiter.

„Wenn Eure Schulungen abgeschlossen sind und zu dem beabsichtigten Ergebnis geführt haben, richtet das Volk von Vengalyx an Euch lediglich eine Bitte."

„Und was beinhaltet die?", fragte Emma vorsichtig.

„Ihr werdet gebeten, den Planeten Vengalyx und dessen Volk einmal im Jahr, oder auch in längeren Zeitabständen, zu besuchen."

„Weshalb legt Ihr darauf so besonderen Wert?"

„In einem Zeitraum, der nur ein paar irdische Stunden ausmachen muss, kann Eure besondere Biostrahlung auf ausgewählte Lebewesen des Planeten wirken und sie so befähigen, wieder eigenen Nachwuchs hervorzubringen."

„Das ist alles?", erkundigte Frank sich zweifelnd. „Und nur einmal im Jahr? Anschließend dürfen wir wieder unserer Wege gehen und auch diese besonderen Fähigkeiten behalten?"

„Ja. Denn Ihr gebt unserem Volk durch Euren Besuch sehr viel: Nämlich den Fortbestand des Lebens vom Planeten Vengalyx."

Die beiden Menschen schwiegen betroffen. Sie hatten beinahe mit stärker belastenden und unangenehmeren Forderungen gerechnet. „Gegen einen derartigen Dienst am Volk Deines Planeten haben wir bestimmt keine Einwände", erklärte Emma und Frank nickte erleichtert.

„Gibt es bei unseren Eltern und meinen Geschwistern auch diese besondere Biosignatur und Zellstrahlung, die für Euch so wichtig ist?", forschte Emma.

„Nein. Aber sie werden wichtige, unterstützende Funktionen für Euch bieten. Diese können durch weitere Schulungen des Vengalyx-Moduls optimiert werden. Euer körperliches und geistiges Wohlbefinden wirkt sich direkt auf die wertvolle Zellstrahlung aus. Wenn Ihr Sorgen oder auch nur schlechte Laune habt, geht die Intensität der Emissionen schon deutlich zurück. Bei Krankheiten würde sie sofort gegen Null tendieren. Nach diesen Erläuterungen könnt Ihr jetzt sicher besser abschätzen, weshalb das Vengalyx-Modul so besondere Sorge für Euch walten lässt, wie wichtig Ihr und Euer Wohlergehen für das Volk meiner Erbauer seid."

„Müssen wir mit weiteren Entführungsversuchen rechnen?", wollte Emma besorgt wissen.

„Trotz ausgedehnter und intensiver Überwachung des ganzen Raumsektors kann vom Vengalyx-Modul nie völlig ausgeschlossen werden, dass noch andere ‚Interessenten' auftauchen. Speziell die letzten Aggressoren mussten vom Vengalyx-Modul streng in ihre Schranken verwiesen werden, da sie eindeutig gewaltsame und gegen Emmas Willen gerichtete Handlungen beabsichtigten und in die Tat umzusetzen begannen."

Frank bemerkte die Gänsehaut auf Emmas Armen und fühlte sich ebenfalls unbehaglich. Schnell machte er sich jedoch klar, dass Emmas und sein Leben und Schicksal auf keinen Fall für irgendwelche zufällig aufmerksam gewordenen Spezies aus dem Weltall zur Disposition stehen durften.

„Dann ist dem Vengalyx-Modul noch ein besonderer Umstand aufgefallen, der noch geklärt werden muss: Emmas Verlobungsring hat während des Entführungsversuchs eine ganz erhebliche Aktivität gezeigt."

„In welchem Sinne?", warf Emma ein, „ich habe keine Hilfe bemerkt! Und auf meine Nachfrage hin erklärte der Ring gestern, es sei auch nichts nötig gewesen!"

„Richtig – war es sicher nicht. Eher hatte es den Anschein, dass Emmas vorhandene mentale Fähigkeiten ganz erheblich verstärkt wurden."

„ – Der Ring hat doch hoffentlich nicht die Fremden unterstützt oder sogar erst angelockt?", argwöhnte Frank.

„Nein, absolut sicher nicht!"

„Wenn ich den Ring nicht getragen hätte: wäre dann Schlimmeres passiert?"

„Nicht in diesem Sinne. Das Vengalyx-Modul hätte nur alle Schritte, die Du selbst veranlasst hattest, für Dich erledigen müssen. Aber selbst dann wäre noch ausreichend Zeit zum Handeln gewesen. Das Vengalyx-Modul ist noch bei der Analyse der Vorgänge, die vom Ring ermöglicht oder verbessert werden. Es hat aber den Anschein, als stelle jener für Emma eine Quelle zusätzlicher mentaler Energie und damit verbundener Leistungsfähigkeit dar. In der jetzigen Situation wird jede nur mögliche Hilfe gebraucht, auch die des Ringes."

Beide hatten gespannt zugehört.

„Zurzeit ist unsere Gedankenverbindung wieder ganz konventionell, so wie schon von Anfang an. Wie kann ich aber auf diese Breitbandkommunikation umschalten?"

„Hab' Geduld, Emma! Du warst gestern in einer sehr großen Anspannungs-Situation und da hat es – ein wenig zufällig, oder mit Hilfe des Ringes – automatisch funktioniert. Bis zur Vervollkommnung und jederzeit möglichen Anwendbarkeit wird noch etwas Zeit vergehen und Übung nötig sein. Die Schulungen sind kompliziert und langwierig. Umso erfreulicher Dein vorzeitiger, unvorhergesehener Erfolg."

„Wird Frank auch diese mentalen Möglichkeiten realisieren können?", fragte Emma.

„Ja. Das trifft genauso für Frank und – in entsprechender Form – auch für Rex zu."

„Als wir das letzte Mal unseren gemeinsamen Freund Karl trafen, erschreckte uns im Halbdunkel ein kaum wahrnehmbarer, goldener Funkenregen, der von Emma ausging und auf ihn herüberströmte", trug Frank vor. „Steht der etwa in einem Zusammenhang mit dieser besonderen Zellstrahlung, von der Du uns vorhin berichtetest?"

„Ja, genau diese habt Ihr beobachtet. Bei Frank ist sie eben schwächer und deshalb bemerkt Ihr sie nicht."

„Ich habe dieses goldene Schimmern um Dich das erste Mal entdeckt, als Du mit den drei Schweden im Mondlicht von der Ruderpartie zurückkehrtest ... Und später noch einmal, als ich Dich beim morgendlichen Dauerlauf sah", schilderte Frank und sah Emma bewundernd an.

„Und das Kribbeln, welches Karl unter der Berührung meiner Hand in letzter Zeit spüren konnte?", erkundigte sich Emma. „Das liegt doch nicht nur an seiner offensichtlichen Verliebtheit. Vielmehr habe ich den Eindruck, es waren meine Geistesströme, welche diesen Effekt bewirkten. Ich konnte Karl sozusagen gedanklich ,an die Hand nehmen' und ihn lenken. Er sagte, das erschiene ihm sogar absolut real."

„Euer Freund Karl reagiert besonders sensibel auf Emmas, schwächer auch auf Franks, Gedankenströme. Da Emmas Fähigkeiten für diese Aktionen noch unzureichend entwickelt sind, treten leicht derartige Nebeneffekte auf, wie dieses Kribbeln. Immerhin unterstützt ihr Karl mit Euren Einflüssen sehr und ein Schaden ist für niemanden zu befürchten."

Emma nickte. „Wir konnten mental kommunizieren, obwohl er keine Schulung erfahren hat."

„Eine Schulung anderer Menschen durch das Vengalyx-Modul ist nicht Voraussetzung für Eure gedankliche Kommunikation mit ihnen. Der Unterricht hat Euch nur dazu befähigt, die vorhandenen Geistesanlagen sehr bewusst, absolut deutlich und sicher wahrzunehmen, zu verstehen und einzusetzen."

Das Vengalyx-Modul hatte ihnen abermals eine Menge kaum glaublicher Neuigkeiten offenbart.

Emma und Frank versanken in minutenlanges, nachdenkliches Schweigen.

3

Überraschend hatte die Universität Karlsruhe den vorgezogenen Sondertermin für Emmas schriftliches Examen in Geophysik schon für Anfang nächster Woche festgesetzt.

Nach der Zusage der Universität München, dass Frank und Karl dort baldigst eine eigene, spezielle Abteilung für Experimentelle Physik aufbauen sollten, steckten die beiden mitten in tiefsinnigen Überlegungen und schriftlichen Planungen. Das wirklich sehr günstige Angebot von dort konnte natürlich erst tragfähig werden, nachdem sie ihr Studium mit den Schluss-Examina erfolgreich beendet hatten.

Emma beschloss, die Zeit bis zu ihrer eigenen Prüfung unbeschwert mit Freundin Corinna zu verbringen.

Die beiden hatten sich in den letzten Wochen fast täglich in Karlsruhe getroffen und gemeinsam Vorlesungen und Praktika besucht. Allmählich fanden sie zu ihrem früheren, entspannten Miteinander zurück, obwohl Corinna zu manchen Zeiten den Eindruck erweckte, als wolle sie Studium und Freundschaft hinwerfen und zornerfüllt davonlaufen. „Du bist einfach so furchtbar überlegen! Dir fällt nichts schwer. Ich aber schaffe das alles bestimmt nicht!"

Wenn Emma daraufhin tröstend den Arm um sie legte und ihr besänftigend zusprach, lief ein schwaches Lächeln über deren Gesicht und sie besann sich wieder anders.

„Begleitest Du mich auf eine kleine Reise zur Westküste Norwegens? Ich möchte für ein paar Tage auf die Lofoten", fragte Emma am Donnerstag nach der Vorlesung.

„Mitten im Semester? Weshalb denn das?"

Emma zeigte der Freundin das Schreiben des Prüfungsausschusses mit dem Sondertermin. „Und die paar Tage bis dahin möchte ich mal etwas ganz anderes um die Augen haben …"

„Willst Du wirklich jetzt schon das Examen …, denkst Du … Aber was rede ich da. – Natürlich, Du schaffst das spielend! Trotzdem möchtest Du Dich bestimmt noch etwas vorbereiten; ich könnte Dir gut dabei helfen!"

„Ich glaube eher, ich möchte mich etwas ablenken. Alles was ich zur Prüfung wissen muss, ist schon längst in meinem Kopf."

Corinna blickte wiederum sinnend auf die Freundin. Sie konnte derartiges immer noch nicht glauben. „Du fragst immer gleich mich, wenn Du etwas vorhast", sagte Corinna nachdenklich. „Warum eigentlich?"

„Weil ich Dich weiterhin mag und mir unsere Freundschaft sehr wichtig ist!"

Corinna lächelte, sah verlegen zu Boden und schluckte. „Mitkommen würde ich gerne ... Aber was würde es denn kosten? Im Augenblick bin ich sehr knapp bei Kasse ... Überhaupt: Wie kommen wir dorthin, wo übernachten wir?"

„Das Vengalyx-Modul mit all seinen weitreichenden Fähigkeiten steht mir jederzeit völlig unentgeltlich zur Verfügung. Du bist mein Gast, ich lade Dich ein!"

Corinna wollte erst protestieren, aber dann umarmte sie die Freundin und drückte sie an sich. „Wann soll es losgehen?"

„Gleich heute. Ist zwei Uhr in Ordnung? Das Wetter soll dort gerade schön sein. Kein Regen, 22 Grad."

Corinna dachte kurz nach. „Na, gut! Also: ja, sehr gerne. Ich gehe gleich nach Hause und packe meine Sachen. Sollte ich auch etwas zum Lernen mitnehmen ...?"

„Bloß nicht. Das Vengalyx-Modul kann uns außerdem bei Bedarf mit jeder gewünschten Art und Menge von Büchern versorgen."

Corinna schaute mit großen Augen. „Dann also bis zwei Uhr. Wo treffen wir uns?"

„Ich hole Dich ab."

Zur verabredeten Zeit läutete Emma an Corinnas Wohnungstür.

„Du hast ja überhaupt kein Gepäck!", wunderte die sich und blickte auf ihren eigenen Koffer und die zwei Reisetaschen.

„Meine Sachen sind schon im Vengalyx-Modul. Du brauchst nur noch Deine Wohnung abzuschließen. Wir wechseln dann direkt hinüber", erklärte Emma der staunenden Freundin.

„Direkt? Ohne einen Fußweg? Kein Gepäck schleppen?", erkundigte die sich vorsichtshalber noch einmal. „Beim letzten Besuch des Vengalyx-Moduls mussten wir erst zu einem kleinen Park und dort gingen wir an Bord. Wie das Vengalyx-Modul da mit einem Mal sichtbar wurde, hat mir riesigen Eindruck gemacht."

Emma trat lächelnd zum Gepäck, winkte Corinna zu sich heran und im selben Moment waren sie samt Koffer und Taschen schon im Inneren des Vengalyx-Moduls.

„Wie hast Du denn das jetzt wieder fertig gebracht?", rief Corinna ungläubig und sichtlich erschrocken.

„Ich kann das Modul veranlassen, uns direkt von jedem beliebigen Punkt aus irgendwo hin zu transportieren, also auch gleich an Bord ..."

Die Freundin blickte bewundernd, aber auch sehr irritiert.

Emma zeigte Corinna sogleich das kleine Appartement für Gäste, das auch Schwester Sandra schon bewohnt hatte. Beide brachten den Koffer und die Taschen dorthin.

„Bist Du einverstanden, wenn wir mit dem Vengalyx-Modul zunächst einen Sprung bis in die Nähe der norwegischen Stadt Tromsö machen und dann einen Panoramaflug zu den Lofoten, zum Städtchen Svolvaer?"

„Natürlich. – Außerdem ist es doch Deine Reise und Du bestimmst."

Als sie den Gästebereich gerade verlassen wollten, blickte Corinna zufällig aus dem großen Panoramafenster und stieß einen überraschten Schrei aus. Erschrocken klammerte sie sich an den Arm der Freundin.

„Wir sind ja auf einmal hoch über einer Stadt ... Wieso ... Und ist das nicht furchtbar gefährlich – stürzen wir auch nicht ab ..."

„Das ist bereits Tromsö", freute sich Emma. „Komm zu den Sesseln, wir verfolgen die weitere Reise in aller Bequemlichkeit von dort aus."

„Emma, Du hast doch aber bisher gar keine Steuerungen bedient, wie geschieht das denn alles? Automatisch? Mir ist ganz unheimlich!"

„Keine Sorge! Ich übermittle durch meine Gedanken alle nötigen Befehle direkt an das Vengalyx-Modul."

„Das funktioniert tatsächlich? Es kann Dich wirklich verstehen? Und dann befolgt es Deine Befehle oder erfüllt Deine Wünsche?"

„Ja, genau. Es ist eine sehr sichere und mächtige Verbindung."

„Wie kann Dir das bloß gelingen?" Doch schon während Corinna diese Worte sprach, war Ihr bewusst, dass sie eine entsprechende Antwort bestimmt nicht verstehen würde. Sie winkte deshalb gleich ab. „Ist ja auch egal! Ich könnte so etwas natürlich niemals – Kommen wir denn auch keinen Flugzeugen in die Quere?"

Emma ging bewusst nur auf die letzte Frage ein: „Das Vengalyx-Modul überwacht ständig unsere nahe und ferne Umgebung, passt den erforderlichen Kurs an und gibt mir laufend Informationen dazu."

„Auch jetzt?"

„Ja, gerade eben. Wir sind achthundert Meter hoch. Der nächste Flieger ist zweihundert Kilometer entfernt und dreitausend Meter höher, außerdem fliegt der in entgegengesetzter Richtung."

Corinna schüttelte ungläubig den Kopf. „Aber man sieht uns doch bestimmt vom Boden aus, oder zumindest auf dem Radarschirm!"

„Nein – wir sind für alle anderen absolut unsichtbar ..."

Während sie redeten, hatte das Modul deutlich Geschwindigkeit aufgenommen und zog in einer weiten, sacht abfallenden Kurve westlich auf das Meer hinaus. Dieser Umstand trug nicht gerade zur Entspannung von Corinna bei.

Da gute Sicht herrschte, konnten sie die Gipfelkette der Lofoten klar und in aller Schönheit vor sich sehen.

Emma wählte bewusst eine langsame, flugzeugähnliche Annäherung, zumal sie unlängst entdeckt hatte, wie man das Modul dazu veranlasste. So war ein Naturschauspiel viel besser zu beobachten.

„Wir kommen jetzt immer dichter an die Wasseroberfläche", informierte Corinna aufgeregt.

„Keine Sorge, das ist beabsichtigt. In knapp drei Minuten werden wir in das Wasser eintauchen und dann für eine viertel Stunde direkt unterhalb der Oberfläche weiter gleiten. Wenn wir Glück haben, können wir Fischschwärme sehen."

Geräuschlos und erschütterungsfrei glitt das Vengalyx-Modul zur vorgesehenen Zeit in flachem Winkel in das Meer.

„Genau wie Du prophezeit hast ..." staunte Corinna ehrfürchtig.

„Nicht prophezeit! – Sondern wie ich es gewünscht habe ..."

„Ich finde das alles ungeheuerlich und aufregend." Dann senkte Corinna den Kopf und blickte zu Boden. „Wie kannst Du das nur gelernt haben, wie beherrscht Du das Vengalyx-Modul? Du musst überirdische Geisteskräfte haben! Ein normaler Mensch wäre nie dazu in der Lage ...“ Sie hielt inne, da ihr bewusst wurde, dass diese Worte nicht gerade ein Kompliment für Emma darstellten.

Doch diese zuckte nur mit den Schultern. „Das Modul hat bestätigt, dass Frank und ich besondere Erbanlagen besitzen, die uns nach einer entsprechenden Schulung jetzt zu so etwas befähigen.“

Corinna blickte achtungsvoll und lächelte erst wieder, nachdem Emma ihre Arme um sie gelegt hatte.

Das Modul war inzwischen wieder aufgetaucht. Außer ein paar Fischen hatten sie bei ihrer kurzen Unterwasserfahrt nichts beobachten können. Sie bewegten sich jetzt, wenige Meter über dem Wasser, auf die Inseln zu.

„Es wird Zeit, nach einem passenden Landeplatz Ausschau zu halten. Wir benötigen keinen Flugplatz, nur ein abgeschiedenes Fleckchen, möglichst mit schöner Aussicht.“

In der Nähe von Svolvaer fanden sie eine abgeschiedene Bucht, die sogar mit einem kleinen, sonnigen Strand aufwarten konnte. Nach Norden hin schirmte sie schroffes, hochaufragendes Granitgebirge ab.

„Hier könnte man es gut aushalten“, jubelte Corinna, nachdem das Modul offenbar seine Fahrt beendet hatte.

„Ja, mir gefällt dieses Eckchen auch ...“

„Dann lass uns gleich einmal nach draußen gehen“, bat die Freundin.

Nachdem sie das Modul bequem über die Treppe verlassen hatten, warf Corinna noch vorsichtig einen Blick auf die große silberne Kugel, die frei und unbeweglich an ihrem Platz schwebte.

„Und sie bleibt hier, so wie jetzt, ohne Probleme? – Bis wir wieder kommen oder zurückreisen wollen?“

Emma bestätigte ihr das.

Aus Westen wehte ein frischer Wind; die Luft war kühler, als von drinnen angenommen. Das grünblaue, klare Wasser war eiskalt. Sie wechselten ein paar kurze Blicke und lächelnd begannen sie die Kleidung abzulegen. Corinna kannte und teilte Emmas Vorliebe, textilfrei zu baden.

Das Meer wurde vom schmalen Strand aus schnell tiefer und noch kälter. Außerdem waren die Wellen höher, als es zum Schwimmen angenehm war.

Schon bald saßen sie fröstelnd wieder am Ufer, ließen sich von der Sonne wärmen und vom Wind Haut und Haare trocknen.

Immer wieder glitten Corinnas Blicke unverhohlen über Emmas Erscheinung. „Obwohl ich Dich schon ziemlich lange kenne, werde ich jedes Mal eifersüchtig, wenn ich Deine völlig perfekte Schönheit sehe."

Emma legte nachsichtig lächelnd den Arm um sie. „Dazu hast Du eigentlich keinen Grund, Corinna. Ich habe noch nie gehört, dass Dein Freund Sven sich über Dein Aussehen beklagt hätte ..."

„Trotzdem beneide ich Dich unglaublich ... Deine Haut ist so makellos; nicht eine Sommersprosse ..."

Eine Weile lauschten sie den Wellen und den Schreien der Möwen.

„Emma ..., darf ich ..., kannst Du bitte – ach, ich möchte ..." Dann schwieg sie und errötete.

„Na, sag schon", half Emma.

„Ich weiß nicht, ob ..." Sie holte noch einmal tief Luft und überwand sich: „Also ich wollte fragen, ob wir nicht heute Nacht zusammen schlafen können."

Emma musste wohl etwas zusammengezuckt sein, denn die Freundin beeilte sich sogleich zu erläutern: „Ich – ich meine natürlich, nur im selben Zimmer – also nichts weiter! Das hat einen ganz simplen Grund: Ich schlafe ganz ungern allein in einer fremden Umgebung. Und hier im Vengalyx-Modul ist für mich alles so unverständlich und riesig ungewohnt, geradezu ehrfurchtgebietend ... Ich habe ziemliche Angst ..."

„Emma lächelte: Na klar. Wir werden das schon hinkriegen ..."

„Danke, Emma." Und schon spürte diese einen freundschaftlichen Kuss auf ihrer Wange. „Ganz salzig schmeckst Du", beklagte sich Corinna lachend.

„Dann sollten wir erst mal duschen, bevor wir einen Bummel durch Svolvaer machen."

Sie sammelten ihre Kleidung ein und benutzten ausgiebig und scherzend die komfortable Dusche im Bad des Vengalyx-Moduls.

Das Aussuchen und Anprobieren der passenden Garderobe war für beide eine zeitaufwendige und aufregende Angelegenheit – und ihrem Kichern nach – wohl durchaus kurzweilig.

Schließlich hatte jede ein sommerliches T-Shirt, eine modische Hose samt passenden Schuhen, ausgewählt.

„Spazieren gehen und Eis essen an der Hafenmole wäre toll", bettelte Corinna.

Mit einem kurzen persönlichen Ortswechsel brachte Emma sie unauffällig nach Svolvaer.

An einem Kiosk erstanden sie zwei Pappbecher mit einigen Eiskugeln, die sie genüsslich mit den kleinen Plastiklöffeln in sich hinein schaufelten. Dabei schlenderten sie langsam die Hafenpromenade entlang und beobachteten die ein- und auslaufenden Boote.

„Emma, dreh Dich jetzt nicht um; aber ich glaube, uns verfolgen zwei sehr gut aussehende, blonde Riesen."

„Wird auch langsam Zeit, schließlich sind wir schon mehr als fünf Minuten unterwegs", flüsterte Emma, scheinbar aufgebracht.

Dann blieb sie stehen, lehnte sich an ein Geländer und beschäftigte sich intensiv mit ihrem Eisbecher.

Die blonden Riesen flanierten vorüber, blieben ein paar Meter weiter ebenfalls stehen und beobachteten sie verstohlen.

Emma sah nun auf und betrachtete sie ungeniert.

Die beiden jungen Männer waren offenbar völlig von ihnen verzaubert.

Die Mädchen schlenderten weiter.

„Oh, ja, Du hast recht, Corinna. Sie sehen wirklich gut aus. Teilen wir, oder beanspruchst Du beide?" Emma konnte kaum das Lachen unterdrücken.

„Emma, also ...!", schnappte Corinna mühsam.

Natürlich hatten die Männer sofort ihre fremde Sprache bemerkt. Der eine wandte sich Emma zu und fragte auf Englisch, ob er helfen könne. Vielleicht suchten sie ja nach einer Sehenswürdigkeit, die man ihnen bestimmt zeigen und genau erklären könne.

Wie der große, sehr sportliche junge Mann so vor ihr stand, musste Emma ihn einfach mit ihrem schönsten Lächeln bedenken.

Freundlich antwortete sie in tadellosem Norwegisch und erklärte, sie wären nur ein paar Tage hier und wollten sich die schönen Inseln anschauen. Gleichzeitig fühlte sie, wie ihr Herz heftig zu pochen begann. Allerdings weniger der blauäugigen, blonden Riesen wegen, die schon ihre passenden Opfer gefunden zu haben glaubten und sich ihrer Sache beinahe sicher fühlten. Sondern ihr war aufgegangen, dass sie perfekt Norwegisch sprechen konnte, ohne es jemals gelernt zu haben!

Entsprechend verwirrt knuffte Corinna sie in die Seite: „He, in welcher Sprache redest Du auf einmal und was besprecht Ihr da? Darf ich auch wissen, um was es geht?"

Emma übersetzte: „Sie möchten uns den Ort und ein paar Sehenswürdigkeiten zeigen. – Hast Du Lust?"

„Meine Güte, ja! – Aber Emma ..."

„Keine Sorge, Corinna, ich kann die beiden auch jederzeit wieder loswerden ... Sie wollen ihren Spaß und wir unseren. Eine Zeit lang sind unsere und ihre Interessen dieselben ... Es wird aber sonst nichts weiter geschehen. Meine innige Verbundenheit mit Frank setze ich niemals aufs Spiel!"

Gleich darauf zogen die beiden blonden Riesen mit Emma und Corinna, die sie unentrinnbar bei der Hand gepackt hielten, lachend und scherzend durch den Ort. Jene erwiesen sich als talentierte und kundige Fremdenführer. Zur Verständigung wählten sie in gemeinsamer Übereinkunft Englisch, da es von allen hinreichend beherrscht wurde.

Die Mädchen zeigten sich aufgeschlossen und fröhlich. Ab und zu durften die Männer einen Arm um sie legen und sie für einige Augenblicke näher zu sich heranziehen. Aber Emma und Corinna verstanden es hervorragend, daraus keine plumpen Vertraulichkeiten entstehen zu lassen.

Zwei ausgelassene Stunden später näherte sich die Sonne unverkennbar dem Horizont. Die blonden Riesen erkundigten sich nun bei Emma und Corinna, ob sie auch Hunger verspürten und luden sie zu einem zünftigen Abendessen an Bord ihres Segelbootes ein. Sie hätten Langusten gefangen.

Die Mädchen blickten sich verschwörerisch an, überlegten scheinbar geziert, sagten dann aber gerne zu.

Auf dem kurzen Weg zum Hafen nahm Emma Corinna etwas zur Seite und warnte in deutscher Sprache: „in Skandinavien ist das so: ein Schalentier – ein Schnaps, ein weiteres – ein weiterer

Schnaps, noch eines – natürlich noch ein Schnaps. Das Ende kannst Du Dir vorstellen ..."

Corinna dachte nach: „Die Männer werden mehr vertragen und das bestimmt schamlos ausnutzen!"

„Richtig! – Wir können dem nur entgegensetzen, dass wir geschickt die schnell Betrunkenen spielen. Außerdem müssen wir ihnen wohl ein paar harmlose Zudringlichkeiten gestatten. Jedenfalls so lange, bis sie dann selbst derart unter Alkoholeinfluss stehen, dass sie nicht mehr klar denken können ..."

Das Boot stellte sich als große, komfortable Segelyacht heraus.

In der Kajüte richteten die Männer kochendes Wasser und bald zeigten die Langusten eine intensiv rote Farbe und konnten aufgetragen werden.

Zunächst musste ein unvermeidlicher, hochprozentiger Begrüßungstrunk bewältigt werden.

Anschließend hängten die beiden Männer den hilflos auf die Langusten blickenden Mädchen umständlich und liebevoll lätzchenartige Papierservietten um. Dann nahmen sie sehr dicht neben ihnen Platz, damit sie ausführlich erklären konnten, wie die Schalentiere geöffnet und fachgerecht zerteilt werden müssten.

Da sich Emma und Corinna in den Augen der Gastgeber nicht geschickt genug zeigten, begannen diese, ihnen die Langusten in appetitliche Häppchen zerlegt, in die Münder zu stecken.

Inzwischen bekamen sie weitere Schnäpse vorgesetzt und Corinna und Emma stellten sich auf ihre Rolle der leicht Beschwipsten ein. Das fiel Corinna gar nicht so schwer, denn sie spürte den Alkohol schon deutlich. Aber eigentlich fühlte sie sich sehr wohl und ihr war unklar, weshalb Emma so früh mit dem „Theater" begann.

Emma hatte gerade einige Mühe, ihren Versorger zu überzeugen, dass sie bereits satt wäre. Der versuchte sie immer wieder durch sanftes Streicheln ihrer Wangen zu veranlassen, den Mund zu öffnen und zu erleben, wie ihre schönen, weichen Lippen behutsam das Langustenstück annahmen.

Schon wieder wartete ein Schnaps. Corinna griff zu, ohne den mahnenden Blick von Emma wahrzunehmen. Diese versuchte mit ihrem Fuß Corinnas Schienbein zu treffen, erreichte aber wohl das des anderen Norwegers, der sie daraufhin ganz verklärt ansah.

Glücklicherweise ließen sich jetzt die beiden Seefahrer immer williger von Emma mit Schnäpsen bedienen, bei denen sie selbst wegen ihrer absoluten Alkohol-Unempfindlichkeit mithielt, Corinna hingegen weitgehend auslassen konnte.

Es war absehbar, dass die blonden Riesen nicht mehr lange in der Senkrechten bleiben konnten – oder wollten.

„Jetzt gehen wir alle in die Koje", erklärte der eine auch schon. „Du kommst zu mir", bestimmte er selbstsicher zu Emma gewandt.

„Und Du bleibst bei mir", folgerte der andere grinsend.

Die beiden Riesen erhoben sich und wankten in Richtung ihrer Kojen. Die Mädchen zogen sie einfach hinterher.

Corinna schulte ängstlich auf Emma, die immer noch lieb lächelte. Erwartungsvoll seufzend sanken die Männer auf ihre Lager nieder. Dann wiesen sie neben sich, wo sie nun unverkennbar ihre Gespielinnen erwarteten.

Emma stand in der Nähe der Lampe und löschte das Licht. „Du kannst es ruhig anlassen ...", hörte sie nur noch, dann waren sie und Corinna zurück im Vengalyx-Modul.

Corinna hielt sich die Hand vor den Mund um nicht laut loszulachen. „Die werden staunen, wenn sie merken, dass ihre herzigen Vögelchen fortgeflogen sind ..."

Eine viertel Stunde unterhielten sie sich noch angeregt, dann stellte Corinna nachhaltig gähnend fest, dass sie ziemlich müde wäre.

Kaum hatte Corinna den Weg aus dem Bad bis zu Emma in das große Doppelbett des Schlafzimmers geschafft, kuschelte sie sich in ihre Decke – und schlief sofort ein.

Emma drehte sich in eine bequeme Lage. Amüsiert ließ sie noch einmal die turbulenten Stunden mit den blonden Riesen Revue passieren.

Auch sie musste schnell eingeschlafen sein.

Am Morgen gingen auf die Bucht, in der das Vengalyx-Modul nahe den schützenden Bergen schwebte, kräftige Regenschauer nieder.

Obwohl sie lange geschlafen hatten, klagte Corinna über kateränhliche Kopfschmerzen.

„Ich hatte ziemliche Mühe, Dich von weiteren Schnäpsen fern zu halten."

„Zum Glück hast Du es aber geschafft. Sonst wäre ich jetzt wahrscheinlich nicht in der Lage, aufzustehen."

Nach einem gemütlichen, leichten Frühstück mit viel Obst, las Corinna in einem spannenden Roman und Emma blätterte scheinbar unentschlossen durch einige Fachzeitschriften.

„Du erweckst nicht den Eindruck, dass Du gerade große Lust auf Wissenschaft hast", folgerte Corinna nach einer Weile.

„Weshalb glaubst Du das", wollte Emma verwundert wissen. „Nachdem ich diese fünf Hefte durchgeblättert habe, ist deren Inhalt komplett in meinem Kopf!"

Corinna klappte ihr Buch zu und ging zur Freundin. Dort nahm sie ihr den Stapel Zeitschriften aus den Händen, griff wahrlos eine heraus, zeigte Emma das Titelbild und fragte: „Seite achtzehn: ‚Probleme der arktischen Ölförderung'."

Emma begann den Artikel aufzusagen. Kurze Zeit später ließ Corinna die Zeitschrift erschüttert sinken: „Das stimmt ja alles wörtlich ... Meine Güte ... Und das kannst Du einfach so mit jedem Buch machen?"

„Ja, genau."

„Jetzt wird mir langsam manches klar ..." Corinna hatte Mühe, sich wieder auf ihr Buch zu konzentrieren. Gedankenverloren las sie etwas weiter, dann ließ sie es sinken und blickte zu Emma herüber.

Die sah sie fragend an.

„Was wohl unsere beiden blonden Riesen machen ..."

„Die haben einen gewaltigen Kater und können sich nicht mehr richtig an alles erinnern!", meinte Emma.

Corinna seufzte. „Ob wir sie noch einmal treffen sollten?"

Emma sah die Freundin prüfend an. „Hast Du Dich etwa ver ..."

„Nein – nein! Ich meine nur ...", beeilte sich Corinna zu beteuern, aber ihre sehnsuchtsvoll blickenden Augen verrieten etwas ganz anderes.

„Wir wollten Spaß, aber keine Komplikationen", erinnerte Emma sanft.

„Eben – natürlich. Genau", flüsterte Corinna.

„Der eine hat mir zum Glück seine Adresse gegeben."

Emma blickte abwägend nieder und sagte „Oh – oh!" Dann nahm sie die Freundin in den Arm.

„Bitte, Emma", flehte die, „lass uns noch einmal an den Hafen gehen und sehen, ob die beiden dort sind. Wir könnten ihnen erzählen, wir sind einfach von Bord gegangen, weil sie so betrunken waren!"

Emma überlegte, ob Corinnas Vorhaben Probleme aufwerfen konnte, fand aber keine stichhaltigen Gründe, diesen Wunsch abzuschlagen.

Nach dem schon bekannten persönlichen Ortswechsel nach Svolvaer schlenderten beide zum Hafen. Schon aus der Ferne erkannten sie: Das Boot der beiden Norweger lag noch an seinem Platz. Als sie fast dort angelangt waren, ertönte hinter ihnen „Stopp, Ihr Mädchen!"

Erschrocken wandten sie sich um und blickten geradewegs auf die beiden blonden Riesen. Die sahen zwar etwas übernächtigt aus, waren aber offenbar schon einige Zeit auf den Beinen.

„Wir haben Euch überall gesucht! Ihr wart wie vom Erdboden verschwunden – bis eben!"

Emma stellte erstaunt und ein wenig erschrocken fest, dass die beiden offenbar doch mehr mitbekommen hatten, als nach ihrem Alkoholkonsum zu vermuten war.

„Nun kommt zunächst mal an Bord."

Emma zögerte etwas, Corinna war jedoch beinahe schon in der Kajüte verschwunden.

Als Emma dann ebenfalls dort eintrat, schloss der eine, namens Ole, sofort die Tür und stellte sich unüberwindbar davor auf.

Der andere, Folke, zeigte Corinna unmissverständlich, dass sie bitte auf der Bank Platz zu nehmen hätte. Für ein paar Sekunden herrschte gespanntes, bedrücktes Schweigen.

„Wir haben den ganzen Vormittag alle Hotels und Gasthöfe in Svolvaer nach Euch abgesucht", begann Folke.

„Aber niemand hat Euch auch nur gesehen", schloss sich Ole an.

„Habt Ihr bei Bekannten oder Verwandten übernachtet? Oder in einem Nachbarort ...?"

Die Mädchen blieben verlegen eine Antwort schuldig.

„Vielleicht war Eure Personenbeschreibung schlecht, oder das Personal hat nicht gewusst, dass Ihr uns meintet ..." entgegnete Emma, nicht ganz unbesorgt.

Ole griff in seine Brusttasche und hielt ein recht deutliches Foto von Emma und Corinna hoch.

Die Mädchen waren erstaunt.

„Woher habt Ihr das?", wollte Corinna wissen.

„Schaut mal dort in die Ecke, seht Ihr unsere Überwachungs-Videokamera?" Emma holte tief Luft und traute sich nicht, wieder auszuatmen. Corinna sah die beiden mit großen Augen entsetzt an. „Lief diese Kamera etwa die ganze Zeit über, als wir hier waren?"

„Leider war das Band zu kurz! Ein paar Minuten bevor wir in die Kojen wollten, war es zu Ende."

„Hattet Ihr etwa vor, uns auch dort aufzunehmen?" Corinna war entsetzt.

Emma überlegte inzwischen fieberhaft, wie sie den beiden ihr plötzliches Verschwinden aus dem Schlafraum erklären sollten.

„Nein, dort können wir keine Aufnahmen machen und wollten das auch gar nicht. – Was ist mit Euch beiden, Ihr seid ja ganz blass geworden!"

Emma nahm vorsichtshalber ebenfalls Platz. Schnelles Entkommen war auf normalem Wege ohnehin nicht möglich, denn der eine blonde Riese stand immer noch genau vor der Tür und versperrte diese weiterhin völlig.

„Das klingt ja ganz wie ein Verhör", trumpfte Corinna auf. „Was haben wir Euch denn getan, dass Ihr uns so behandelt?"

Emma stöhnte innerlich auf. Die Freundin war im Begriff sie in eine sehr missliche Lage zu bringen.

Schon begann Ole: „Wir sind Beamte der Wasserschutzpolizei. Unsere Aufgabe besteht darin, die norwegischen Küstengewässer und insbesondere die Häfen, gegen illegal zuwandernde Ausländer abzusichern. Ihr seid doch Ausländer? – Obwohl Emma sehr gut Norwegisch spricht. Ich glaube, wir sollten uns mal Eure Pässe und Reisedokumente ansehen!"

Emma glaubte, ihr Herz müsse stehen bleiben. Alles hatte sie erwartet, nur dieses nicht! In eine fatalere Lage konnten sie nicht geraten! Hotelbuchungen und Ausweise! Sollte sie den Männern gestehen, dass sie nichts dergleichen vorzuweisen hätten und mit dem Vengalyx-Modul gekommen wären? – Völlig unmöglich! Nun würde es auf alle Fälle Verwicklungen geben: unangenehme Verhöre, langwierige Erklärungen. Drohte ihnen sogar die Festnahme ...? In zwei Tagen sollte ihre Geophysik-Prüfung stattfinden ...

Corinna rückte zu Emma heran, legte beide Arme um ihre Schultern und begann zu schluchzen. „Entschuldige, Emma, es ist alles meine Schuld; wenn ich heute nicht noch einmal hierher gewollt hätte ...“ Dann blickte sie unsicher auf die beiden blonden Riesen, die mit einem Mal mühsam verhalten zu grinsen begannen.

„Ole hat nun aber zu dick aufgetragen! – Wir sind zwar Sicherheitsbeamte, aber nicht im Dienst, sondern auf Urlaub. Natürlich kontrollieren wir Euch nicht! Die Video-Kamera in der Kajüte ist als Hilfsmittel zur Überführung von Einbrechern und Dieben installiert. Wir wollten Euch nur einen kleinen Schrecken einjagen, weil Ihr uns auch ziemlich verwirrt habt. – Das haben wir nun davon, Ole: Corinna weint und Emma schaut, als ob wir ...“

Weiter kam er nicht mit seiner anklagenden Rede, denn Corinna war gerade wie eine Wildkatze aufgesprungen und begann Ole mit Fäusten und Füßen zu bearbeiten.

„Du Schuft, Du hinterhältiger Kerl, Du Ungeheuer, uns so zu ängstigen!“

Der grinste immer noch und hielt sie mühelos auf Abstand. Als Corinnas Kräfte nachzulassen begannen, umarmte er sie und gab ihr einfach einen Kuss auf ihre Lippen.

Verwirrt hielt sie inne und seufzte. Dann trocknete sie ihre Tränen und funkelte die blonden Riesen nur noch entrüsteter an.

Emmas Herz klopfte wieder vernünftig, aber ihr war immer noch beklommen zu Mute, wenn sie daran dachte, wie leicht sie in arge Schwierigkeiten hätten geraten können. Sie musste viel umsichtiger die möglichen Probleme und Gefahren bedenken, wenn sie derartige Unternehmungen, wie diese Reise, begann!

„Nun erzählt uns aber, wie und weshalb Ihr gestern Abend so schnell verschwunden seid; es wurde doch gerade erst richtig gemütlich! Ihr habt das so wahnsinnig schnell und unglaublich leise geschafft! Wir merkten es kaum! Jedenfalls hat es eine ganze Weile gedauert, bis wir begriffen hatten.“ Ole sah die Mädchen beschwörend an.

„Ihr wart ziemlich betrunken", sagte Emma mutig, „und zu Hause warten unsere festen Partner auf uns."

Die beiden blonden Riesen sahen betreten zu Boden.

„Dass Emma in festen Händen ist, war zu vermuten. Aber bei Corinna hatte ich Hoffnung", grübelte Ole.

„Wie kommst Du denn darauf?", fragte Corinna.

„Deine Augen blickten so sehnsuchtsvoll", resignierte Ole.

„Dennoch vielen Dank für den schönen Tag gestern. Corinna und ich wollten deshalb noch einmal zurückkommen und Euch das sagen."

„Und heute reist Ihr sicher weiter?"

Ole blickte traurig zu Corinna, die den Blick gesenkt hielt.

„Ja, in einer Stunde", sagte Emma. Sie fing Corinnas erstaunten Blick auf.

„Keine Chance, Euch noch einen Tag länger hier zu behalten?"

Emma und Corinna schüttelten in Übereinstimmung energisch die Köpfe.

„Corinna hat ja meine Anschrift", seufzte Ole, „falls sich Eure Ansichten zu Hause ändern sollten ..."

Die Mädchen verabschiedeten sich schnell und waren froh, dass die beiden blonden Riesen sie nur bis zur Reling des Bootes begleiteten und nicht weiter. Als sie in einer Seitengasse verschwunden waren, fielen sich Emma und Corinna in die Arme.

„Das war knapp", stöhnte Corinna.

„Wir hatten wirklich Glück", ergänzte Emma.

„Hast Du Ole auch Deine Anschrift gegeben, Corinna?"

„Nein, soweit habe ich mich nicht vorgewagt."

Emma blickte erleichtert. „Anschließend werden wir gleich unseren und den Standort des Vengalyx-Moduls nachhaltig verändern."

„Einverstanden! Ist wirklich besser so ..."

Einige Kilometer südlich fanden sie an der Westseite der Lofoten einen neuen Platz für das Vengalyx-Modul. Beide ruhten sich den Rest des Tages aus und machten sorgsam überlegte Spaziergänge in der unvergleichlichen Natur. Ansiedlungen mieden sie vorsichtshalber.

Am nächsten Mittag brachte Emma Corinna mit dem Vengalyx-Modul nach Karlsruhe zurück.

„Es war ein herrlicher, wenn auch aufregender Kurzurlaub mit Dir", verabschiedete sich Corinna. „Du hast alles großartig im Griff gehabt. Ich bewundere Dich wirklich immer mehr, soweit das natürlich überhaupt noch möglich ist."

Emma schüttelte leise den Kopf.

„Und alles Gute für Deine Prüfung morgen. Du musst mich anschließend gleich anrufen ...!"

Corinna winkte der Freundin nach.

4

Emma besuchte noch am Nachmittag des Tages ihrer Rückkehr von den Lofoten Frank und Karl, die in den Räumen des Physikalischen Instituts in Hamburg angespannt beschäftigt waren.

Obwohl beide bei ihrem Eintritt den Eindruck machten, als ob sie gerade aus einer anderen Welt in die Normalität auftauchten, freuten sie sich unbändig über den Besuch.

Zärtlich und lange umarmte Frank Emma. Karl konnte es kaum abwarten, sein zugestandenes Recht, sie ebenfalls umarmen zu dürfen, auch endlich wieder einmal in die Tat umzusetzen.

„Was habt Ihr beiden hier so lange gemacht?", wunderte sie sich, „Ihr habt ja riesige Stapel Papier verbraucht. Ist etwas Greifbares dabei heraus gekommen?"

Karl winkte wortlos ab und streckte witternd die Nase in die Höhe. „Wenn ich mich nicht sehr täusche, rieche ich Essbares!" Er ging zielstrebig zu Emmas Korb, den sie beim Hereinkommen abgesetzt hatte und hob triumphierend einen Pizzakarton in die Höhe.

„Damit Ihr wenigstens ab und zu etwas zu essen bekommt", erklärte Emma. „Wann gab es denn zuletzt etwas?"

Karl brauchte nicht lange nachzudenken: „Gar nicht so lange her. Muss gestern oder vorgestern gewesen sein ..."

Entsprechend schnell waren die Pizzen verspeist.

„Mir ist gerade etwas ganz wichtiges zu unserem letzten Problem eingefallen", brachte Karl hervor und schluckte eilig die letzten Bissen herunter. Schon durchwühlte er seine Aufzeichnungen. „Ich glaube, das ist sogar der entscheidende Gedankenschritt", freute er sich. „Lasst mich mal einen Moment in Ruhe!"

Emma und Frank sahen sich verschwörerisch an und gingen in den Nebenraum.

„Karl hat mich andauernd gelöchert, dass er Dich unbedingt einmal wieder sehen möchte. Fast bin ich eifersüchtig geworden", bekannte Frank.

Emma umarmte Frank erneut liebevoll. „Dabei wäre ich Dir fast untreu geworden." Sie berichtete Frank in groben Zügen von ihrer

Reise mit Corinna und den beiden blonden Riesen. Besorgt beobachtete sie Franks Reaktion.

Der umfing entspannt lächelnd ihren Nacken und sah ihr tief in die Augen. „Ich liebe Dich unendlich und das vergisst Du bestimmt nicht!" Gerade wollte er letzteres noch mit einen Kuss auf ihre Lippen bekräftigen, als Karl hereinstürmte.

„Genau dieser kleine Schritt fehlte noch in unserer Theorie! Unsere Annahme lässt sich jetzt berechnen, alles stimmt ..."

Dann hielt er inne und versank leicht errötend in Emmas Anblick. „Die ganzen Tage haben wir herumüberlegt – aber als Du jetzt hier erschienen bist, ging mit einem Male alles wie von selbst!"

„Ihr habt bestimmt lange und sorgfältig gearbeitet. Auch ohne mein Erscheinen hättet Ihr sicher die Lösung gefunden!"

„Ausgeschlossen!", protestierte Karl. „Und Frank konnte sowieso kaum vernünftig denken, während Du fort warst!"

Emma blickte Frank besorgt an.

„Na, ja. – Drei Tage ohne Dich und ohne Gedankenkontakt sind eine sehr harte Zeit ...", bekannte der.

„Wie soll ich das nur wieder gut machen", scherzte Emma.

Karl schluckte betroffen. „Also ich wüsste natürlich etwas, womit Du ..., oder geht es nur um Frank ...?"

„Du hast es erfasst, Karl ...!"

Frank reckte sich. „Ich glaube, wir haben hier fürs Erste genug gearbeitet. Lassen wir unsere Gedanken ein wenig zur Ruhe kommen!"

„Wir könnten kurz in unserer Stammkneipe vorbeischauen", schlug Karl vor.

Emma und Frank stimmten zu und wenig später waren sie zu Fuß dorthin unterwegs.

Bei einem Kaffee unterrichteten Emma und Frank ihren Freund über die Informationen des Vengalyx-Moduls zu seiner Person. Karl staunte: „Es meint wirklich, Emma und ich reagieren besonders empfindlich auf unsere jeweiligen Gedankenimpulse und sie kann mich sogar lenken?"

Emma bestätigte das: „Jedenfalls in bestimmten Situationen, nicht generell ..."

Karl strahlte. „Ich bin froh, mir nicht alles nur eingebildet zu haben."

Die Kneipentür wurde geöffnet und herein traten ein Freund von Emma und Frank, namens Bernd und dessen Freundin Tanja. Außerdem begleitete sie Michaela, die sich seit einiger Zeit gerne diesem Freundeskreis anschloss. Alle begrüßten sich, als hätten sie sich ewig nicht mehr gesehen.

„Emma, wie schön, Dich zu sehen", schwärmte Bernd und Tanja blickte ein wenig eifersüchtig zu Boden. Emma versuchte, ihr aufmunternd zuzulächeln.

Michaela war auffällig darauf bedacht, neben Karl zu sitzen.

Man erzählte von den Erlebnissen der letzten Tage und über die Aufgaben in der nächsten Woche. Natürlich kam bald die Sprache auf Emmas morgen bevorstehende Prüfung. Besonders Tanja konnte kaum fassen, dass diese jetzt noch hier saß und nicht letzte, verzweifelte Lernanstrengungen unternahm.

Nach einer guten Weile beschlossen Emma und Frank, sich von der Runde zu verabschieden. Sie zogen es vor, die nächsten Stunden im Hause von Franks Eltern in aller Ruhe zu verbringen.

Auch Michaela drängte zum Aufbruch. Karl bot an, sie noch ein Stück zu begleiten, da er noch etwas frische Luft schnappen wollte. Zugewandt willigte sie ein. Tanja und Bernd lächelten bedeutungsvoll und schwiegen.

Beim Hinausgehen hielt Tanja Emma noch etwas zurück. „Wenn Du möchtest: Morgen Nachmittag ab vier Uhr trainiert unsere Damen-Leichtathletik-Gruppe im Stadion. Ich habe gehört, Du bist eine gute Sportlerin! Komm doch vorbei, mach mit und lass uns sehen, was Du drauf hast!" Dabei schaute sie selbstbewusst und gespannt, ob Emma den Mut hätte, ihr Angebot wirklich anzunehmen. Vielleicht hatte sie hier eine Chance, gegen diese zu bestehen und ihr zu zeigen, dass noch andere Dinge zählten, als nur äußerliche Schönheit. Bernd schätzte Sportlichkeit sehr. Wenn sie bewies, wie viel besser sie war als diese Emma ... Dann würde Bernd sie sicher wesentlich mehr beachten ...

„Nach der Prüfung wäre das eine prima Sache!" Emma war einverstanden.

Auf dem Weg zu Franks Elternhaus grübelte Frank: „Meinst Du, Tanja wird den Schock über Deine ausgezeichneten sportlichen Leistungen ertragen? Sie ahnt nicht, dass wir nach den Schulungen durch das Vengalyx-Modul auch hier mit herausragenden Leistungen aufwarten können. Sie hält sich für eine besonders gute Sportlerin und ich glaube, sie reagiert immer ziemlich sensibel auf Niederlagen."

„Ich werde mich sehr zurückhalten und möglichst einen direkten Vergleich mit ihr meiden", versprach Emma. „Es sei denn, sie fordert mich unnachgiebig heraus …"

5

„Frau Hartrampf, wo ist der Professor, ich muss ihn unbedingt sofort sprechen!" Der Wissenschaftliche Assistent Friedrich Meyer war außer sich.

„Herr Professor hat gerade eine Besprechung mit dem Dekan; es kann noch eine viertel Stunde dauern, bis er zurückkommt. – Kann ich solange helfen oder darf man fragen, was denn passiert ist?"

Assistent Meyer schwenkte ein Bündel Papiere. „Diese Studentin, die heute außerplanmäßig ihre schriftliche Examensarbeit machen sollte – Sie ist ... Das wird bestimmt eine totale Katastrophe! So etwas ...!" Er schluckte und schüttelte aufgebracht den Kopf.

„Ist sie etwa nicht gekommen?" argwöhnte die Sekretärin Hartrampf, während sie die Postmappe weiter sortierte.

„Nein – doch, schon! Natürlich ist sie gekommen! – Sie hat sich zunächst mal in aller Ruhe hingesetzt, ohne jede Nervosität! Nachdem ich ihr die Prüfungsbögen um Punkt 8 Uhr übergeben und die allgemeinen Hinweise noch einmal erläutert hatte, erklärte ich, dass sie bis genau 11 Uhr, und nicht eine Minute länger, Zeit hätte.

Sie sah mich nur ungläubig an und fragte, ob sie nicht eher abgeben könnte! – Ich dachte, sie wolle mich veralbern und bin gar nicht darauf eingegangen!

Dann hat sie blitzschnell ihre Kreuzchen in die Antwortspalten der Prüfungsbögen gesetzt! Sie kann eigentlich die Fragen dabei überhaupt nicht richtig gelesen haben, geschweige denn, gründlich. Nach einer knappen halben Stunde ist sie aufgestanden, hat mir die Blätter übergeben, mir zugelächelt und ist wieder gegangen."

Assistent Meyer schnaufte ob dieser Ungeheuerlichkeit.

„Die hat nicht einmal überprüft, ob sie Fehler gemacht hat, oder etwas übersehen oder falsch verstanden ... Sie weiß doch gar nicht, ob sie alles vollständig beantwortet hat! Keinen weiteren Blick mehr auf die schweren Fragen geworfen, nicht überlegt, ob vielleicht andere Antworten möglich wären!"

Frau Hartrampf hob nachdenklich die Augenbrauen. „Wenn der Professor von ihr spricht, geht immer ein verklärtes Lächeln über seine Züge. Das kenne ich sonst gar nicht von ihm. – Und er hat mir neulich wirklich gesagt, ich solle mir das Gesicht dieser Studentin gut merken, sie sei ein – ein – ‚Neuer Einstein' – Ja, genau das!"

Der Assistent staunte. „Das hat der Alte tatsächlich gesagt?"

„Also, Herr Meyer ..."

„Entschuldigung, ich meine natürlich der Professor ... – Was soll man denn davon halten ...? Dieses – ja, wahnsinnig überhebliche Gebaren der Studentin bei der schriftlichen Prüfung ... Könnte sie etwa die Prüfungsfragen schon gekannt haben, vielleicht im Voraus vom Professor erfahren ...?"

„Sie unterstellen dem Herrn Professor ja einiges ..."

„Nein – ich will natürlich gar nichts unterstellen, wirklich nicht – ich bin nur völlig aus dem Häuschen und sehe in allem überhaupt keinen Sinn und Nutzen ... Die Prüfung muss doch total verkorkst sein ..."

Assistent Meyer stöhnte völlig entnervt.

Die Sekretärin überlegte: „Der Dekan hat den verschlossenen und versiegelten Umschlag mit den Fragen persönlich heute Morgen hier auf den Schreibtisch gelegt. Er sagte noch, er sei sehr gespannt auf das Ergebnis."

Fünf Minuten später hat unser Professor den unversehrten Umschlag hier abgeholt und wollte anschließend direkt zum Prüfungsraum gehen."

Assistent Meyer nickte. „Dort erschien er Punkt acht Uhr, hat den Umschlag vor meinen Augen geöffnet, aber kaum einen Blick auf die Fragen geworfen und sie mir gleich übergeben. Dann rief ich die Studentin herein."

Frau Hartrampf zeigte Interesse: „Und Studentin Becker ist tatsächlich ganz schnell wieder gegangen?"

„Die nötige Zeit zur Beantwortung der Examensfragen beträgt mindestens zwei Stunden. Wie schon gesagt, bereits nach einer knappen halben Stunde hat sie mir die Arbeit zurückgegeben. Stellen Sie sich vor, schon nach einer knappen halben Stunde! – Obwohl ich diese ansehnliche Person, ehrlich gesagt, gerne noch etwas länger in Augenschein genommen hätte ..."

Frau Hartrampf schwieg nachsichtig.

Assistent Meyer haderte: „Entweder hat diese Emma Becker großen Blödsinn verzapft – oder ich weiß nicht mehr was ..."

Gerade kam der Wissenschaftliche Assistent Heiner Eisele schwungvoll ins Sekretariat. Er hatte die letzten Sätze mitgehört.

„Emma Becker? – Diese Superhübsche? Sollte sie nicht heute ihre Abschlussarbeit ...“

„Genau, um die geht es. Stell Dir vor, Heiner, sie hat nach einer knappen halben Stunde abgegeben und ...“

„Und vermutlich alles richtig beantwortet?“ Assistent Eisele grinste. „Sie ist nicht nur unverschämt schön, wissenschaftlich gesehen steckt sie uns wohl auch alle noch dazu in die Tasche ...“

Assistent Meyer stand mit offenem Mund da und überlegte.

„Du meinst, sie hätte die Prüfung vielleicht bestanden?“

„Vielleicht? Ich bin ganz sicher! Es wird wahrscheinlich eines der besten Ergebnisse, das wir jemals hatten! Du weißt ja, ich hatte sie in meiner Praktikumsgruppe: ihr Wissen ist beängstigend! Ich glaube, der Alte – äh, der Professor – hat sie mal zu sich bestellt und ihr auf den Zahn gefühlt. Hinterher ist er ganz verwirrt gewesen und sagte, das gäbe es doch gar nicht. Er soll ihr sogar schon eine Stelle als Wissenschaftliche Assistentin zu seiner besonderen Verfügung angeboten haben!“

„Das stimmt wirklich“, ließ sich Frau Hartrampf verschwörerisch hören. „Aber erzählen Sie es bloß noch nicht weiter!“

Beide Assistenten schüttelten die Köpfe.

Jetzt trat der Professor ins Sekretariat und sah seine beiden ratlosen Assistenten und die Prüfungsbögen.

Mit dem Kinn machte er eine hindeutende Bewegung. „Ist Emma Becker schon fertig?“

Assistent Meyer nickte beflissen. „Denken Sie: Schon nach einer knappen halben Stunde ...!“

„Und – haben Sie mal nachgesehen? War sie gut?“

Assistent Meyer war jetzt blass geworden. „Nein – sollte ich? Habe gedacht, Sie wollten zuerst ...“

„Frau Hartrampf, Sie haben in dem anderen versiegelten Umschlag die richtigen Lösungen. Geben Sie die Herrn Meyer. Er soll die Arbeit auswerten und mir das Ergebnis mitteilen!“

Mit einem Lächeln verschwand er in sein Zimmer.

Die Assistenten und die Sekretärin sahen sich hilflos an.

„Ja, dann mal an die Arbeit, Meyer“, feixte Assistent Eisele und klopfte seinem Kollegen auf die Schulter. „Du kannst dabei bestimmt noch eine Menge lernen ... Und meine todsichere Wette: Bestimmt Null Fehler!"

Assistent Meyers Hände zitterten, als er die Prüfungsblätter und den Umschlag mit den richtigen Antworten nahm und den Raum verließ.

Emma hatte ihr Sportzeug angezogen und wollte sich gerade mit einem vorsichtigen persönlichen Ortswechsel zum Sportstadion begeben, als sich ihr Handy meldete.

„Oh, Herr Professor ..."

Dann lauschte sie interessiert und ein sanftes Lächeln glitt über ihr Gesicht.

„Null Fehler? – aber die Fragen waren auch ziemlich leicht! – Ach, so – das Ministerium hat sie zusammengestellt? – Wann soll die mündliche Prüfung sein?"

Emma blickte sekundenlang begeistert mit großen Augen und beendete das Gespräch mit „Vielen Dank, das ist sehr schön. Ich melde mich dann morgen bei Ihnen ..."

Schon war sie über ihre Gedanken mit Frank in Verbindung getreten. „Ich habe mit Null Fehlern bestanden und bei einem derartigen Ergebnis ist keine mündliche Prüfung mehr nötig! Ist das nicht toll?"

„Herzlichen Glückwunsch, Emma. Aber jedes andere Ergebnis hätte mich tief enttäuscht!"

Emma wollte daraufhin gerade etwas schmollen, spürte aber sofort Franks zärtliche Gedanken und dass seine Bemerkung nur ironisch gemeint war.

„Das müssen wir heute Abend ganz besonders feiern!"

„Oh, ich weiß noch nicht, ob ich Zeit habe, Dich zu treffen", konterte Emma.

Sofort materialisierte Frank vor ihr, nahm sie liebevoll in seine Arme und gab ihr einen langen Kuss. Dann verschwand er ebenso plötzlich wieder.

„Also gut – ich werde sehen ...", folgten ihm Emmas Gedanken.

Im Stadion hatten die Mitglieder der Damensportgruppe schon neugierig und gespannt auf Emma gewartet und mit nicht zu anstrengenden Aufwärmübungen die Zeit vertrieben.

Tanja trat vor, begrüßte Emma und taxierte sie noch einmal.

Emma war sehr schön: unglaublich schön sogar – aber konnte sie auch sportlich sein? Ausgeschlossen! Sie war sich in dieser Sache ziemlich sicher und brannte geradezu darauf, sich heute mit ihr zu messen.

„Bist Du schon mal eintausend Meter auf einer Stadion-Bahn gelaufen?", fragte Tanja provozierend.

Die anderen jungen Frauen blickten gespannt.

„Eigentlich nicht richtig", bekannte Emma, „meine Strecke ist eher – "

„Kürzer? – Vierhundert?", unterbrach Tanja siegessicher, „oder Hundert?"

Emma zuckte verwundert mit den Schultern. Wenn Tanja sie hier vorführen wollte, dann sollte sie ihr blaues Wunder erleben!

„Die Hundert Meter muss ich wohl zuletzt in der Schule gelaufen sein", entsann sich Emma.

„Also gut. Wir laufen jetzt gemeinsam vierhundert Meter und dann sehen wir weiter. Aber verausgabe Dich nicht zu sehr, Emma; danach gehen wir auf die Tausend ..."

Emma blickte zu Boden.

Tanja beobachtete sie triumphierend. Jetzt war es soweit! Sie hatte endlich eine Schwachstelle gefunden!

Emma fragte leise, aber doch für alle deutlich vernehmbar: „Wollt Ihr Euch wirklich diese Mühe machen, extra mit mir diese Strecke zu laufen, ich könnte auch – "

„Ist doch ganz selbstverständlich!", unterbrach Tanja, „unser Sportsgeist verlangt nun mal, auf andere Sportler, die nicht in unserer Gruppe sind, besondere Rücksicht zu nehmen! – Also los!"

Unverzüglich absolvierten die zwölf Mädchen den fliegenden Start und Emma schloss sich sofort an.

Bewundernd stellte sie fest, dass die jungen Frauen sportlich in der Tat gut waren. Wenn das nur eine Aufwärmrunde sein sollte, waren sie sogar sehr gut.

Scheinbar angestrengt hielt sie sich als letzte im Feld, um die Gruppe noch eingehender zu beobachten.

Tanja hatte die Führung übernommen und wandte sich häufiger um, offensichtlich um Emmas Leistungsfähigkeit zu kontrollieren.

Bald war erkennbar: die Mädchen hatten ein viel zu schnelles Tempo vorgelegt, sie bemühten sich stolz zu zeigen, was sie gerne leisten wollten.

Am Ziel sprach Emma ihre Bewunderung über Tanjas Sieg aus. Die strahlte, während sie noch krampfhaft um Atem rang, bemerkte jedoch in ihrem Siegestaumel nicht, dass Emma überhaupt keine Spuren von Anstrengung zeigte.

Nach zehn Minuten Pause meinte Tanja, jetzt sollte der Tausendmeterlauf folgen. Dazu teilte man sich in zwei Gruppen, damit jeder eine feste Laufbahn benutzen konnte.

Emma bemerkte mit Genugtuung, dass man sie als Schlechteste beim Vierhundertmeterlauf in die zweite Gruppe beorderte, während Tanja in der ersten lief.

Zum Tausendmeterlauf wurde ein richtiges Startkommando gegeben und die Zeiten der einzelnen Läuferinnen wurden gestoppt.

Abermals war Emma von den guten Leistungen, insbesondere von Tanja, überrascht und drückte noch einmal ihre Bewunderung aus.

Sie hatte sich Tanjas Siegeszeit gemerkt und beschloss nun bei ihrem Start, ganz exakt so schnell zu laufen, auf die zehntel Sekunde genau. Ihre vom Vengalyx-Modul besonders geschulten Fähigkeiten ermöglichten dieses Vorgehen mühelos.

Daher musste sie sich bald an die Spitze ihrer Gruppe setzen und schließlich noch einigen Vorsprung gewinnen.

„Das kann gar nicht sein", war Tanjas erste, entsetzte Reaktion als Emma im Ziel einlief. „Du warst fast – nein genau – so schnell wie ich!"

Sie musterte Emma genauer und diesmal bemerkte sie fassungslos, dass diese keinerlei Zeichen von Anstrengung oder Luftnot zeigte. Ein entsetzlicher Gedanke keimte in ihr auf. Sollte Emma sich beim Vierhundertmeterlauf vielleicht zurückgehalten oder verstellt haben? Konnte sie etwa lange Strecken besonders gut laufen?

„Was ist denn eigentlich Deine Lieblingsstrecke", fragte auch schon eine junge Frau aus der Gruppe neugierig.

„Fünf- bis zehntausend Meter", kam Emmas schockierende Antwort. „Wer von Euch hat Lust, solche Strecke gleich einmal mit mir zu laufen?"

„Fünftausend könnten gehen", meinten einige. Tanja schwieg und schien eigentlich nicht gewillt, am Lauf teilzunehmen.

Als Emma und eine kleine Gruppe an den Start gingen, gesellte sich jedoch auch Tanja hinzu. Allerdings blickte sie dabei, als ob sie zur eigenen Hinrichtung ginge.

Das Ergebnis am Ziel war dann auch niederschmetternd.

Emma hatte alle Läuferinnen leichtfüßig überrundet, war streckenweise neben der keuchenden Tanja einher gelaufen und hatte mit ihr Worte gewechselt. Emma war so schnell am Ziel, dass niemand die gestoppte Zeit glauben mochte.

Tanja war gleich nach dem Zieleinlauf erheblich angestrengt zu einer Bank gegangen, hatte sich gesetzt und den Kopf in die Hände gestützt.

Emma näherte sich ihr behutsam. Tanja schluchzte herzerweichend.

„Tanja – " Emma befürchtete eine heftige Reaktion von ihr. Aber jene schüttelte nur den gesenkten Kopf und blickte sie tränenüberströmt an: „Ich bin so eine Idiotin, so saudumm, wie kein zweiter Mensch auf dieser Welt. – Ich wollte angeben und bin furchtbar reingefallen. – Mir ist nicht zu helfen!"

„Tanja", tröstete Emma, „Du läufst sehr gut!"

Die anderen Mädchen standen stumm am Ziel und kamen nur zögerlich zu ihnen.

„Am besten hören wir ganz und gar mit Sport auf", maulte eine.

„Bist Du vielleicht gedopt?", wollte eine andere wissen.

„Weshalb haben wir von Deinen extrem guten Leistungen noch nie gehört; Du könntest doch bei Weltmeisterschaften oder Olympischen Spielen alle Titel abräumen ...", resümierte eine dritte.

„Ich mache Sport halt nur zu meinem privaten Vergnügen und will meine Fähigkeiten nicht zur Schau stellen", antwortete Emma vorsichtig. „Wie sich die Medien andernfalls mit mir beschäftigen würden; ich hätte doch überhaupt kein Privatleben mehr ..."

Das leuchtete den anderen durchaus ein.

Nach dem Duschen fragte Emma: „Tanja, hättest Du Lust, heute Abend mit Bernd zu einem Umtrunk zu kommen?"

„Was liegt denn an?", erkundigte sich Tanja.

„Ich habe mein Examen in Geophysik bestanden."

„Ach ja – richtig! Entschuldige! Habe ich auch noch ganz vergessen! Wie war es denn? Schwer?"

Sie beobachtete Emma ein paar Augenblicke.

„Nein – keine Frage: Du hast sicher mit der Note ‚Eins' bestanden!"

Emma legte sanft einen Arm um Tanjas Schulter. „Es ist viel leichter und schöner, meine Freundin zu sein, als meine Konkurrentin!"

Tanja begann heftig zu schluchzen. „Aber Du wirst mir Bernd ..., also, Bernd – ich bin sicher, er lässt mich zukünftig links liegen, so wie er Dich letztens anhimmelte!"

Mitfühlend blickte Emma nieder. „Ich nehme ihn Dir bestimmt nicht weg! Ich liebe Frank! Unabhängig davon – mich himmeln fast alle Männer an! Das heißt aber überhaupt nicht, dass ich wahllos jedem zu Willen bin!"

Tanja nickte und versuchte zu lächeln.

Emma tröstete weiter: „Bleib Du selbst! So mögen Dich alle am liebsten und sicher auch Bernd!"

„Also gut! Wir kommen heute Abend. Sturmfreie Bude im Haus von Franks Eltern?"

Emma holte mit Hilfe des Vengalyx-Moduls Corinna und Sven aus Karlsruhe und machte sie mit Tanja, dazu Michaela, die auch gerne gekommen war, sowie Bernd und Karl aus Hamburg bekannt.

Einige setzten sich im geräumigen Kaminzimmer gemütlich vor das flackernde Feuer, andere tanzten ausgelassen im Nebenzimmer oder auf Terrasse und Gartenwiesen, trotz abendlicher Kühle und Dunkelheit.

Frank hatte für ausreichend Getränke gesorgt, die vom Vengalyx-Modul bereitgestellt wurden. Entsprechend der Lebensphilosophie des Freundeskreises waren nur wenige Alkoholika dabei.

Alle freuten sich über Emmas hervorragend bestandenes Examen und erkundigten sich nach ihren weiteren Plänen.

„Fängt nun für Dich auch das Geldverdienen und damit der Ernst des Lebens an? – Hast Du schon einen passenden Job?"

„Die Universität Karlsruhe hat mir eine Stelle als Wissenschaftliche Assistentin angeboten."

„Du bist wirklich ein Glückspilz ..."

Die Musik hatte gerade eine kleine Pause eingelegt und alle Gäste scharten sich um Emma.

„Aber nebenbei studiere ich noch weiter!"

Allgemeine Überraschung tat sich kund.

„Was willst Du denn weiter studieren ... Und wo?"

„Ich habe mich entschlossen, Medizin ..."

Lauter Trubel setzte ein.

„Das ist doch ziemlich schwer und dauert lange ..., warum machst Du das?"

„Wie Ihr ja alle wisst, fällt mir das Lernen besonders leicht.

Da mich die Medizin auch sehr interessiert, habe ich mit Franks Vater gesprochen, der ja hier in Hamburg Chefarzt ist. Er hat Gespräche mit der Universität vermittelt.

Nächstes Semester geht es los."

Den Karlsruher Gästen stand Entsetzen ins Gesicht geschrieben.

„Meine beste Freundin will mich verlassen? Zieht ganz nach Hamburg? Dann können wir uns ja gar nicht mehr sehen ...", Corinna war außer sich.

Bernd bemerkte, wie Tanja sich anspannte. „Sie zieht auch noch hierher ...", dachte diese völlig verstört. „Wenigstens hatte Bernd heute Abend nicht gleich mit Emma getanzt. Ohne Zweifel würde er ihr mehr Aufmerksamkeit widmen, wenn er sie zukünftig noch öfter sehen würde ...

„An meiner Präsenz in Karlsruhe ändert sich nichts, zumal ich dort auch meine Arbeitsstelle habe." Emma musste jeden einzelnen beruhigen: „Ihr wisst doch, wie mühelos und schnell ich jeden Ort erreichen kann ..."

„Wirklich?", raunte Michaela Karl zu, die heute erstmalig von der Existenz des Vengalyx-Moduls erfahren hatte und immer noch etwas verschreckt wirkte.

„Du kennst erst einen Teil der Wahrheit", flüsterte Karl ihr zu, „Emma kann sich genauso gut nur mit ihren Geisteskräften an jeden beliebigen Ort bringen lassen ..." Michaela sah Karl fast entsetzt an: „Ganz ohne ein Transportmittel ...? Wie soll das gehen?"

Karl bemerkte mit Freude, dass Michaela hilfeheischend seinen Arm suchte. Vorsichtig umschloss er ihre Taille und spürte freundliches Entgegenkommen.

Michaela starrte auf Emma. „Das musst Du mir noch genauer erklären", bat sie.

Karl war gerne dazu bereit.

Am späteren Abend luden Emma und Frank ihre Gäste in das Vengalyx-Modul ein, das im Innenraum schon für genügend Sitzgelegenheiten gesorgt hatte.

Gespannt erwarteten alle einen ganz besonderen Ausflug.

„An den Strand!", riefen welche, „Mitternachtsbaden!", „dorthin, wo es noch hell ist!", schlugen andere vor.

„Wie wäre es mit einem Barbecue am Strand von Hawaii?", fragte Frank, als einigermaßen Ruhe eingekehrt war.

„Super! – Toll! – Los!", war die einmütige Antwort.

Schon leuchtete die helle Sonne von einem mäßig bewölkten Himmel und sie blickten durch das Panoramafenster auf einen breiten, menschenleeren Strand, auf den vom Meer her hohe Wellen aufliefen.

Alle drängten zum Schleusenlift.

„Halt, halt! Jeder nimmt von hier Essen oder Getränke mit", rief Emma und zeigte auf Platten mit Braten und Gemüse, Töpfe mit Salaten, Brot, Körbe mit Tellern, Bestecken, Gläsern und Tüchern welche das Vengalyx-Modul bereitgestellt hatte.

Am Strand setzten sie sich im Kreis um die herausgetragenen Köstlichkeiten. Die Temperaturen waren angenehm, da die Sonne zeitweilig hinter Wolkenbergen verschwand und ein leiser Seewind für Kühlung sorgte. Wegen der hohen Brandung aber war an Baden nicht zu denken. Deshalb griffen sie ohne Bedenken zu Essen und Getränken.

Bei lebhafter Unterhaltung vergingen schnell ein paar Stunden. Die faszinierende Landschaft, der breite Strand und das freundliche Klima fesselten die Gäste, niemand sehnte sich zurück in das kühle, nächtliche Deutschland.

„Schade, dass ich meine Gitarre nicht mitgenommen habe", beklagte Bernd. „Wir könnten hier toll singen. Zumal wir auch einige wirklich gute Sängerinnen unter uns haben."

Frank winkte Bernd zu sich. „Wir können mit dem Vengalyx-Modul Deine Gitarre sofort herbeischaffen."

Bernd überlegte und nickte dann begeistert.

Frank hatte Emma bereits über seine Gedanken informiert.

Die beiden Freunde machten sich auf den Weg zum Modul, das für die Gäste jetzt unsichtbar, in etwa zwanzig Metern Entfernung wartete.

Bernd war das plötzliche Sichtbarwerden bei der Annäherung mit Frank nicht mehr unbekannt und zügig gingen sie an Bord.

Als sie im nächtlichen Garten von Franks Elternhaus ankamen, wurde Frank mit einem Male bewusst, dass er das aller erste Mal das Vengalyx-Modul gelenkt hatte. Seine Fähigkeit, das zu bewältigen, war ihm ganz selbstverständlich erschienen.

Schon erreichten ihn Emmas Gedanken: „Toll, herzlichen Glückwunsch. Ich glaube, Du hättest das auch schon viel eher gekonnt ...“

Da Bernd in der Nähe wohnte, war er nach wenigen Minuten mit seiner Gitarre und einem kleinen Koffer mit Noten und Textheften zurück.

Gleich darauf befanden Frank und Bernd sich wieder im Kreis der Freunde am Strand von Hawaii.

Bernd stimmte sein Instrument nach und begann ein paar gängige Popstücke zu spielen. Emma kannte die Texte auswendig und begann mitzusingen. Gesellschaft erhielt sie dabei von Corinna. Die beiden Freundinnen hatten oft gemeinsam gesungen.

Andere Stücke waren passender für männliche Stimmen und Bernd, Sven und Frank zeigten ihr Können.

Schließlich bat Tanja um die Gitarre.

Sie begeisterte mit ihrer ausgezeichneten Sopranstimme und einem klassischen Gesang eines Unbekannten Meisters des Barock.

„Wie ich gehört habe, Emma, hast Du eine Gesangsausbildung hinter Dir. Kannst Du die Altstimme übernehmen?“

Gemeinsam sangen die beiden dann zur Gitarre das Duett „Abends wenn ich schlafen geh“ aus Humperdincks Oper „Hänsel und Gretel“, das ihre Gäste andächtig lauschen ließ.

„Das war unglaublich schön ...“, freute sich Tanja. „Unsere Stimmen passen wunderbar zusammen. Wir müssen öfter gemeinsam singen!“

„Gerne“, sagte Emma. Ein Blick in Tanjas Augen bestätigte ihr: endlich hatte sie deren Zuneigung gewonnen ...

Gemeinsam sangen die beiden noch das ‚Blumenduett‘ aus der Oper ‚Lakme‘ von Delibes.

Viele weitere Instrumental- und Gesangsstücke aus allen Bereichen der Musik folgten noch in dieser Strandrunde.

Die Sonne näherte sich allmählich dem Horizont und die Gäste wunderten sich zunehmend über immer stärkere Müdigkeit.

„In Deutschland geht jetzt bald die Sonne auf", erinnerte Frank. „Der Zeitunterschied beträgt immerhin 11 Stunden!

„Wenn es am schönsten ist, sollte man aufhören", bekannte Corinna und fast alle nickten.

Während sie langsam zum Vengalyx-Modul zurückschlenderten, blickten sie sich immer wieder zu Strand und Meer um, als wollten sie diesen unvergesslichen Eindruck auf ewig in ihr Gedächtnis einprägen.

An Bord wechselte der Ausblick durch die Fenster abrupt von sommerlichem Strand zu nebeldurchzogener Dämmerung des beginnenden neuen Tages in Hamburg.

Wehmütig verabschiedeten sich alle. Die in der Nähe wohnten, zogen zu Fuß weiter, ein Teil der Gäste übernachtete in Franks Elternhaus. Diese würden morgen in die Heimatorte zurückgebracht werden.

„Ich bin jetzt doch ziemlich müde", bekannte Emma in Franks Armen. „Aber um vierzehn Uhr soll ich mich in Karlsruhe mit dem Professor treffen. Bis dahin muss ich wieder fit sein. Wir dürfen auf gar keinen Fall verschlafen ..."

6

Ein paar Tage später trafen sich Frank und Karl wieder zu Besprechungen. Karl gab sich allerdings heute merkwürdig nachdenklich und fahrig.

„Ist Dir die Feier zu Emmas bestandenem Examen gut bekommen?", erkundigte sich Frank.

„Ja, danke. War alles super!"

„Und wie lief es mit Michaela?"

Karl sah Frank durchdringend an. „Oh, sehr erfreulich, wirklich gut. Weshalb fragst Du?"

„Frisch Verliebte sehen eigentlich anders aus als Du heute Morgen. Sie sind eigentlich fröhlicher ..."

„Ich bin nicht frisch verliebt – äh, oder ja, vielleicht doch. – Nein, ich mache mir ganz andere Sorgen – wegen – also ..." Karl zögerte unsicher und blickte zu Boden.

„Komm schon heraus mit der Sprache ..."

„Also, es hat nichts mit mir oder Michaela zu tun, mehr mit jemand anderem ... Und ich weiß einfach nicht, wie ich mich da verhalten soll."

„Du scheinst auf einen Rat Wert zu legen. Also musst Du mir schon etwas mehr erzählen."

„Frank – " Karl schluckte heftig. „Frank – Du sagtest mir neulich, Emma würde heute in Karlsruhe bei Ihrem Professor sein. – "

„Ja, das ist ganz genau richtig! Sie ist schon ganz früh dorthin gewechselt."

„Ich habe sie aber eben gerade. also vor einer halben Stunde, hier – in Hamburg – gesehen, bevor ich in das Institut kam. Ich hatte noch eine Besorgung in der Innenstadt zu machen. – Und sie war in Begleitung ..."

Frank runzelte die Stirn. „Bist Du ganz sicher, dass es wirklich Emma war?"

„Emma erkenne ich nun ganz bestimmt! Ich blieb wie vom Donner gerührt stehen, weil ich sah, wie sie mit diesem gut aussehenden Herrn eingehakt in ein Hotel ging ... An der Rezeption nahmen sie einen Schlüssel. Dann verschwanden beide schnell im Fahrstuhl."

Karl atmete erregt. „Ich meine – ich, als Dein Freund – es wäre meine Pflicht, Dir das mitzuteilen ..."

Frank schwieg.

„Mir ist das Ganze furchtbar peinlich und ... und ich betrachtete Emma bisher immer als sehr beständig und ehrlich ..."

Frank versuchte bereits einen vorsichtigen Gedankenkontakt zu ihr. Diese schien sich aber sehr gestört zu fühlen – oder war sie gar erregt? – , denn sie bat kurz angebunden um Geduld: „Es passt jetzt gerade gar nicht ..., ich melde mich, sobald ich kann, aber es wird etwas dauern ..."

Franks Herz klopfte dumpf.

Manchmal hatte er früher schon alptraumhafte Überlegungen angestellt: Würde er für Emma weiter „der Einzige" bleiben? Und immer ihr Vertrauter sein? Ihr wirklicher und geliebter Gefährte? Oder konnte dieses grenzenlos schöne und intelligente Mädchen einfach niemals nur an einen Mann gebunden durch das Leben gehen? Frank fühlte sich, als werde ihm quälend langsam ein Messer tief ins Herz gestoßen.

Karl beobachtete ihn mit erkennbarer Sorge. „Hätte ich Dir lieber nicht davon berichten sollen?"

„Hat Emma Dich gar nicht bemerkt? Oder wenigstens durch ein schnelles Lächeln zu erkennen gegeben, dass sie Dich ebenfalls gesehen hat?"

„Eigentlich war ich dicht genug bei ihnen", überlegte Karl. „Aber sie waren wohl so verdammt mit sich selbst beschäftigt, dass sie mich nicht wahrgenommen haben!"

„Das ist gar nicht Emmas Art! Sie hat immer alles voll im Blick! Entweder hat sie Dich gesehen – dann hätte sie es Dir sicher gezeigt, oder sie ..."

„Ja – oder sie wollte mich nicht kennen! Weil es ihr peinlich war! Oder sie hoffte, ich hätte sie vielleicht doch nicht bemerkt! Warum wird mit schönen Frauen nur immer alles so kompliziert", schnaufte Karl verbittert.

Frank setzte sich.

Hatte Emma nicht auch schon auf ihrem Kurzurlaub mit Corinna auf den Lofoten von einem – vielleicht doch recht intensiven Flirt – mit zwei blonden Norwegern erzählt?

Hatte sie schon dort ein Abenteuer gesucht?

Brauchte sie ständig derartige Abwechslung in ihrem Leben?

Suchte sie nicht auch neue Herausforderungen, indem sie zusätzlich das Medizinstudium aufnehmen wollte?

Dort würde sie sicher viele attraktive junge Männer kennen lernen ... Frank blickte nachdenklich auf Karl. Der stand immer noch wie ein Häuflein Elend vor ihm und wusste nicht, wie er sich verhalten sollte.

„Vielleicht habe ich mich ja doch geirrt – oder Emma änderte kurzfristig ihre Pläne, weil sie einen guten alten Bekannten traf – oder es könnte auch sein, dass sie nur – "

„Karl, Du brauchst jetzt nicht nach Entschuldigungen oder Erklärungen zu suchen! Du hast schon alles richtig gemacht", unterbrach Frank. „Danke, dass Du mich ins Vertrauen gezogen hast. Manchmal ist die Wahrheit bitter, doch das hilft nichts ... Aber natürlich werde ich erst mit Emma persönlich sprechen. Dann sehen wir weiter!"

Frank griff ein paar Seiten Notizen und blickte aus dem Fenster auf den Hof des Institutsgebäudes. Nebel lastete auf den Kronen der Baumriesen. Verloren suchten ein paar Sperlinge nach Fressbarem.

Eine Stunde später materialisierte Emma unmittelbar vor ihnen. Sie sah glücklich aus und atmete erregt. „Frank, wir hatten eine tolle Besprechung ... Hallo Karl! – Aber was ist denn mit Euch passiert – Ihr seht ja aus, als ob etwas Furchtbares geschehen wäre ..."

„Ist es vielleicht auch ...", murmelte Frank.

„Ich habe heute nicht – " versuchte Emma lebhaft fortzufahren.

„Wissen wir schon", unterbrach Frank, „Du warst nicht in Karlsruhe, sondern in Hamburg!"

Emma blickte sie abwechselnd mit großen Augen an. Dann wurde sie ernst. „Wie kommt Ihr denn auf solche Ideen", fragte sie leise. Sie ging auf Frank zu und wollte ihn umarmen.

Der trat jedoch schnell einen Schritt zur Seite.

„Frank – " In Emmas Augen spiegelte sich Entsetzen. „Willst Du mir nicht erklären – "

„Das müsstest Du eigentlich – ", warf Karl ein.

Emma schien den Tränen nahe. Sie schüttelte den Kopf.

„Wer war denn der nette Mann, mit dem Du ins Hotel gegangen bist?", brachte Karl mühsam hervor.

Emma schlug die Hände vor das Gesicht. Nach ein paar Sekunden ließ sie diese wieder sinken und begann gequält zu lachen. „Wenn Ihr Scherze machen wollt, dann bitte bessere! Ich war mit niemandem in irgendeinem Hotel! Wir hatten in Karlsruhe eine Besprechung mit sechs Professoren der Fachschaft! Die alle sind meine Zeugen!"

Karl war bleich geworden. „Was auch immer; es ist eine Katastrophe ...", hörten Emma und Frank.

Sie konnten sich inzwischen vorstellen, dass es am ehesten eine zufällige, grobe Verwechselung gegeben haben musste.

Frank schaute nachdrücklich auf Karl. „Er hat aber ganz klar und unmissverständlich gesehen, dass Du ..."

Emma war auf Karl zugegangen, stellte sich dicht vor ihn und packte ihn an beiden Schultern. Dabei sah sie ihm so intensiv in die Augen, dass er unwillkürlich zurückzuckte. Er wagte nicht, die Augen zu schließen.

„Ich habe vermutlich jede Strafe verdient", gab er kleinlaut zu.

Emma hingegen gab ihm einen schwesterlichen Kuss auf die Wange.

Karl schien völlig verwirrt. „Aber ich habe doch ..., war das völlig verkehrt?"

Emma ließ von ihm. „Das war ich nicht! – In Hamburg ...!"

Karl sah zwar etwas erleichtert aus: „Ich verstehe aber trotzdem nicht ..."

„Wahrscheinlich hast Du mich mit meiner Schwester Sandra verwechselt", überlegte Emma. „Das ist früher schon ein paar Mal vorgekommen und Sandra *ist* zurzeit in Hamburg. Sie organisiert mit einem Arbeitskollegen in einem Hotel eine Fachtagung!"

„Wirklich? Das wäre ja ...", stammelte Karl. „Wie entsetzlich; was habe ich da angerichtet ...?"

„Wir werden Dir Sandra nachher persönlich vorstellen und über Deine Bestrafung denke ich noch nach ...", drohte Emma. Dabei lächelte sie aber ein wenig.

Frank war verschämt zu Emma getreten. „Du hattest da wirklich sehr merkwürdige Gedanken", staunte Emma nachdenklich. „Solche Missverständnisse ..." Sie blickte ihm ernst in die Augen. „Frank – ich liebe Dich über alles. Niemals würde und könnte ich es fertig bringen ..."

Dann flutete eine mächtige Woge von Gedanken und Emotionen auf ihn hinüber, dass er glaubte, die Heftigkeit würde ihm die Besinnung rauben.

„Emma ...", flüsterte er fassungslos, „Du hast mir auf mindestens zehn Gedankenkanälen gleichzeitig intensiv Deine Liebe und Dein Vertrauen versichert ..."

„Und ich habe Deine beglückende Rückmeldungen bekommen", strahlte sie.

Karl verstand zwar kaum, was da vor sich zu gehen schien, aber er gestattete sich ein verstehendes Lächeln. „Ich werde jetzt am besten für den Rest des heutigen Tages verschwinden ..."

Karl war schon aus der Tür, bevor Emma und Frank antworten konnten.

Emma umarmte Frank. „Weißt Du noch, was ich Dir damals kurz nach Deiner Liebeserklärung in Schweden über das Verhältnis schöner Frauen zu den meisten Männern erzählt habe? Nämlich, dass wirkliche Freundschaften extrem schwer zu finden und sehr selten sind! Nun hatte ich dieses unfassbare Glück und werde es nie, nie, nie aufs Spiel setzen! Bitte, Frank, glaub mir ..."

Frank drückte sie innig an sich und küsste sie.

Erst einige Minuten später konnte Emma ergänzen: „Es ist auch ziemlich einmalig, dass Sandra und ihr Kollege unserm Karl über den Weg laufen mussten! – Wenn ich das gewesen wäre, hätte ich ihn doch begrüßt ..."

„Das hätte ich von Dir allerdings auch angenommen. An diesem Punkt keimte in mir Hoffnung, dass irgendetwas nicht so war, wie Karl annehmen musste ..."

Sie umarmten sich erneut.

„Für mich wäre die Welt untergegangen, falls Karl Recht gehabt hätte", bekannte Frank.

Sie nickte heftig. „Doch so etwas wird niemals geschehen!"

„Karl hat wirklich schwer gelitten. Er traute sich kaum, darüber zu reden. Sollte er mich informieren und Deine Freundschaft gefährden? Oder Dich nicht kompromittieren und ständig mit einem schlechten Gewissen mir gegenüber herumlaufen? Er war völlig schockiert! Er betrachtet Dich als sein absolutes Ideal und wenn sich alles so verhalten hätte, wie er annehmen musste, wäre das sehr schlimm für ihn gewesen!"

Frank dachte weiter nach. „Wir sollten uns auch immer wieder vor Augen halten, dass nach unserer Schulung durch das Vengalyx-Modul selbst nahe Freunde unsere besonderen neuen Fähigkeiten und die resultierenden Handlungen und Gedanken nicht völlig verstehen und beurteilen können. Manches müssen sie einfach anders betrachten. Wenn wir beide uns vertrauen und einig sind, ist unsere Welt in Ordnung. Den Rest müssen wir hinkriegen, so gut es geht."

Emma lehnte sich sanft an ihn und stöhnte leise. „Als Du da vorhin mit mir in Gedankenkontakt treten wolltest, fiel in der Besprechung mit den Professoren gerade die Entscheidung über ein wichtiges Projekt. Ich musste mich konzentrieren! Deshalb bat ich Dich um Geduld. Wenn ich gewusst hätte, um was es ging, wäre ich bestimmt aus der Besprechung gelaufen ..." Emma blickte ihn immer noch besorgt an.

„Zu welcher Entscheidung seid Ihr denn eigentlich gekommen? – Karl und ich haben Dich sehr unhöflich attackiert, als Du so fröhlich und glücklich hereinkamst und Dich gar nicht gefragt ..."

Emma schüttelte sacht den Kopf und schlug die Augen nieder. „Es war ganz wichtig, schnellstens über Eure Probleme Klarheit zu gewinnen; nicht eine Sekunde länger durfte das warten ...

Aber nun zu der Entscheidung: Das Geophysikalische Institut will mich mit der fachbezogenen Untersuchung einer Mondgesteinsprobe der USA betrauen! Das soll meine Doktorarbeit werden! Ich habe ein Jahr Zeit!" Ihre Augen leuchteten. „Am liebsten würde ich gleich heute anfangen ... Bestimmt werde ich viel weniger als ein Jahr gebrauchen! – Aber jetzt lass uns überlegen, wie wir Karl mit Sandra konfrontieren ..."

Sie nahm Gedankenkontakt mit Ihrer Schwester Sandra auf. „Wenn es recht wäre, könnte Sandra in einer Stunde in Eure Stammkneipe kommen!"

Frank griff sein Handy und wählte Karls Nummer. „Er sagt, er sei schon dort, um sich etwas zu beruhigen! Aber er wartet, bis wir erscheinen!"

Emma, Sandra und Frank trafen sich ein paar Minuten von der Kneipe entfernt.

„Was Ihr da erzählt, ist aber ein unglaublicher Zufall", staunte Sandra, nachdem Emma und Frank ihr von Karls Irrtum berichtet hatten.

„Soll ich mal zuerst mit Frank in die Kneipe gehen und Emma kommt etwas später nach?", fragte Sandra, wie immer zu einem Schabernack bereit. „Es ist am besten, wenn Karl seinen Fehler gleich eindeutig vor Augen gehalten bekommt."

Also traten Sandra und Frank in die Kneipe, natürlich hakte diese sich eng bei ihm unter.

Sie setzten sich neben Karl, der an ihrem Stammtisch, etwas im Halbdunkel, saß und immer noch unsicher schaute.

„Emma, Du musst mir glauben ..."

„Nein", unterbrach Sandra kühl und betont schnippisch.

Karl ließ den Kopf hängen und schwieg.

„Bitte, sieh mir jetzt einmal richtig in die Augen ...", forderte Sandra.

Er hob den Kopf und betrachtete sie. „Ich kann natürlich verstehen, dass Dich meine Beschuldigungen sehr getroffen haben ... Denn jede Vertrautheit und Zuneigung ist aus Deinem Gesicht gewichen. Du siehst völlig verändert aus! – Ich kann mir das nie verzeihen ..."

Die Kneipentür öffnete sich und Emma trat ein.

Karl fuhr entgeistert hoch und starrte sie an.

„Um Himmels Willen, wer von Euch ist Emma – ach natürlich, klar! Die Letztere ist es!"

„Und ich bin Sandra", lächelte die Erstere. „Wie Du siehst, war ein Irrtum sehr leicht möglich."

„Natürlich ist das alles nicht Deine Schuld", ergänzte Emma.

Karl schien eine Zentnerlast von der Seele zu fallen.

„Ein netter Kollege und ich haben in dem Hotel im ersten Stockwerk eine Fachtagung auszurichten. Sie dauert drei Tage. Deshalb bin ich hier. Ihr könnt Euch unseren Ausstellungsraum auch gerne mal ansehen. Es ist keine romantische Liebeslaube! Damit nicht alle möglichen Leute hineinlaufen, ist er außerhalb der Tagung natürlich abgeschlossen."

Karl nickte: „Ach so – deswegen auch der Schlüssel von der Rezeption … Alles klar. Natürlich glaube ich Euch!"

7

Einige Monate waren ins Land gegangen.

Franks Vater und Emma spazierten wieder einmal entlang der Alster, allerdings an einem ganz anderen Abschnitt, als an dem des unvermuteten ‚Blitzeinschlages'.

„Ach – ja", stellte Emma mit scheuem Blick fest. „Heute Morgen hat mich mein Professor aus Karlsruhe angerufen: Meine Doktorarbeit ist von allen Referenten hervorragend beurteilt und somit angenommen worden. Sie soll die Note ‚außergewöhnlich' erhalten. Man darf mich ab jetzt also ‚Frau Doktor' titulieren!"

Der Vater umarmte sie und gratulierte von Herzen.

Sie schritten weiter, während er berichtete, wie das seinerzeit mit seiner Doktorarbeit gewesen war.

Später fragte sie: „Wäre es Dir recht, wenn wir noch einmal über unsere gemeinsame Fähigkeit zu Gedankenkontakten sprächen?"

„Sicher, Frau Doktor." Für einen Moment gelang es ihm, ernst und förmlich zu bleiben.

Sie sah ihn irritiert und fragend an.

Aber dann musste er lachen: „Du weißt doch, mit Dir rede ich gerne jederzeit und über alles!"

Emma lächelte verwirrend.

„Und Du wärest, auch nach reiflicher Überlegung, weiterhin damit einverstanden, dass ich einen besonderen Gedankenkanal zu dem medizinischen Wissensabschnitt Deines Geistes aufbauen dürfte?"

„Ja, sehr gerne!" Dem Vater fiel aber auf, dass ihre Mine ernster wurde.

„Du nähmest somit in Kauf, dass ich Dein Wissen nutze, als wäre es mein eigenes!"

„Ja, ja natürlich. Mir ist das recht. Spüre ich denn irgendetwas davon?"

„Das weiß ich leider nicht. Ich werde aber sehr vorsichtig sein und versuchen, Dir nicht weh zu tun. Es wird Dir auf gar keinen Fall schaden. Falls es unangenehm wird, sag es bitte."

Sie trat sehr dicht vor ihn hin, blickte ihn mit diesen wunderschönen, großen Augen an und legte dann beide Arme um seinen Nacken.

Wieder schien er geradezu in ihren herrlichen Augen zu versinken, so wie neulich beim Ärzteball. Er hatte noch sehr genaue Erinnerungen an diesen für ihn völlig unverständlichen und auf das äußerste verwirrenden Umstand.

„Emma …", brachte er mühsam als schwachen Protest hervor, als er spürte, dass sie ihn auch noch dicht zu sich heranzog. Der Duft ihres Parfums schien ihn auch heute magisch zu fesseln.

Doch mit einem Mal fühlte er sich wieder ganz klar und war sich absolut sicher, Körper und Geist ohne Probleme kontrollieren zu können.

„Emma, warum machst Du das mit mir?", fragte er leise und unsicher.

Sie löste sich verschämt von ihm und blickte zu Boden.

„Das Vengalyx-Modul hat mich gewarnt: Meine ersten Versuche, bewusst und aktiv in den Geist eines anderen Menschen einzudringen, könnten für ihn sehr schmerzhaft und unangenehm sein …"

„Was hat das jetzt mit dieser Situation hier zu tun? Ich verstehe nun wieder einmal überhaupt nicht!"

„Hast Du gar nichts gespürt? Keine Schmerzen, keine unangenehmen Empfindungen …?"

„Nein, nichts – nur, dass Du mich völlig betört hast mit Deiner Nähe und Deinen Reizen – was sonst!"

Emma blieb stumm und sie gingen etwas weiter.

„Wann willst Du denn nun mit Deinem Versuch beginnen …?"

Sie war erneut stehen geblieben und blickte ihn prüfend an. „Aber ich bin doch schon fertig, ich war ganz tief in Deinem Geist und …"

Der Vater packte ihren Arm. „Schon alles geschehen?"

„Ja, perfekt", bestätigte Emma zurückhaltend, „Du bist offenbar sehr gut für so etwas geeignet!"

„Oder Du hast Dein Vorgehen sehr gut verstanden …"

„Bin ich Dir auch körperlich nicht zu nahe getreten?", fragte Emma leise.

„Oh, doch! – Ach was! Ich meine natürlich: Nein!

Aber wenn Du als wunderschönes Mädchen einem Mann derart nahetrittst, kann der natürlich nicht mehr richtig denken! Und selbstverständlich ist das eine schöne Erfahrung ..."

Emma blickte schuldbewusst. „Ich wollte Dir auf keinen Fall wehtun, deshalb musste ich Dich auf diese Weise massiv ablenken ... Das Vengalyx-Modul und Frank meinten, durch eine starke emotionale Ablenkung erleichtert man einen Zugang zu bestimmten Gehirnabschnitten am besten und macht ihn erträglicher ..."

Der Vater sah sie bewegt an. „Du hast also mit Deinen mentalen Fähigkeiten meinen Geis besuchen können?"

„Ja! Sehr leicht und präzise!"

„Wie soll das denn nun mit Deinem Kanal zu meinem Fachwissen weiter funktionieren? Wirst Du jedes Mal, wenn Du darauf zugreifen möchtest, diesen komplizierten Weg mit der emotionalen Absicherung beschreiten? Ich weiß nicht, ob meine Frau das hinnehmen würde. Sie wird immer ganz schön eifersüchtig, wenn ich Dich so innig umarme oder Dich auf die Wange küsse!

Außerdem fürchte ich, dass ich Dir auch zu nahetreten, oder mich auf Vertraulichkeiten einlassen könnte, die ich später ..."

„Keine Sorge", sagte Emma leise, „Deine Frau ist über unser heutiges besonderes Experiment genau in Kenntnis gesetzt und hatte nichts dagegen!

Und Du weißt und hast erfahren, dass ich so leicht keine körperlichen Berührungsängste habe! Wenn Du mir unangemessen zu nahe kämest, würde ich Dich deutlich darauf hinweisen."

Der Vater wollte sie eigentlich umarmen, unterließ das aber sicherheitshalber.

„Danke, dass Du mir erlaubt hast, Deinen Geist zu besuchen. Und ich bin froh, dass es ohne wirkliche Probleme von Deiner oder meiner Seite möglich war. Zukünftig wirst Du meine Gedankenzugriffe nicht mehr spüren. Ich bin jederzeit mit Dir verbunden, so lange Du mich nicht zurückweist. Aber auch dann wirst Du nichts Unangenehmes bemerken, sondern höchstens ich."

Sie schritten weiter voran.

„Und – kennst Du mich nun in- und auswendig?", rätselte der Vater.

„Nein. Alles ist wie bisher. Ich habe nur vollen Zugang zu Deinem gesamten medizinischen Wissen und Können."

„Das ist gar nicht möglich!"

„Dann stelle mir doch einmal ein paar Fragen aus Deinem Beruf, oder über Deine Patienten!"

Die nächste Viertelstunde folgte geradezu ein Kreuzverhör. Emma kannte die medizinischen Details aller, auch der kompliziertesten Erkrankungen, wusste umfassend von den anatomischen und physiologischen, sowie biochemischen Grundlagen aller Bereiche seines Faches. Sie sagte ihm die Namen und Diagnosen für alle derzeit von ihm gerade behandelten Patienten, kannte die Namen seiner Kollegen und Mitarbeiter.

„Gut, halt, ich bin überzeugt", schloss der Vater fassungslos.

„Natürlich lasse ich dieselbe sorgfältige Schweigepflicht über die Patientendaten walten, wie Du auch."

„Das bitte auf jeden Fall! – Aber es hat wirklich funktioniert! – Lass uns jetzt wieder zurückgehen. Während wir uns unterhielten, haben wir ganz die Zeit vergessen."

„Wir können noch ein Stückchen weiter gehen. Wenn wir müde sind, bringe ich uns mit einem persönlichen Ortswechsel sofort nach Hause zurück!"

Der Vater nickte erfreut. Er dachte einfach nicht ständig an ihre besonderen, unerhörten Fähigkeiten, sah in ihr immer vorrangig die reizende, zugewandte, junge Frau.

„Das Wetter sieht nicht sehr stabil aus", brachte er vor. „Mir ist immer noch fürchterlich unangenehm in Erinnerung, wie bei unserem ersten Alsterspaziergang dieses merkwürdige Gewitter aufzog ... So ähnlich scheint mir das heute auch wieder ...“

Wie auf dieses Stichwort hin flammte ein zuckender Blitz in den Wolken auf, begleitet von rollendem Donner.

Der Vater fuhr zu Emma herum – sie war noch direkt an seiner Seite. Er umschlang sie heftig und hielt sie so eng und fest, wie es ihm nur möglich war. „Nein, bitte nicht! – Emma, ich will nicht, dass Dir etwas geschieht, oder Du entführt wirst ...“ Verstörtes Entsetzen brach sich in seinen Gedanken Bahn.

Da zog ganz sanft und tröstlich-beruhigend ein Gedanke durch seinen Geist: „Keine Sorge, diesmal ist es nur ein harmloses, ganz normales Gewitter ...“

Er spürte wahrhaftig Emmas Gedanken, wie gesprochene Worte! Aber noch nie hatte er dieses so nuancenreich und gefühlvoll übermittelt erlebt!

„Es wäre nicht nur für Dich furchtbar, wenn Dir etwas zustoßen würde ...", versuchte er sich unbeholfen mit einer mentalen Antwort, die sie scheinbar verstanden haben musste.

„Ich bin jetzt erheblich stärker als neulich und könnte uns sicher schützen", vernahm er von Emma mental, die sich jetzt vorsichtig aus seiner schützenden Umarmung befreite.

„Emma, war das eben ... Können wir beide uns tatsächlich mittels Gedanken unterhalten, so wie Du mit Frank oder Sandra? Das ist unglaublich, ich bin völlig fassungslos! Hoffentlich verliere ich darüber nicht den Verstand ...".

Emma schüttelte lachend den Kopf. „Bestimmt nicht! Wir alle kommen stets sehr gut mit diesen Gaben zurecht! Du wirst sehen, es ist eine tolle Erfahrung!"

Der Vater lächelte schwach.

„Ich möchte jetzt wirklich zurück nach Hause. Ich habe heute mit Dir schon wieder so viel Unglaubliches erlebt ...".

Gleich darauf standen beide vor der Eingangstür des Hauses und genau vor Frank und seiner Mutter.

Emma machte eine unbestimmte Abschiedsgeste, nahm Frank beim Arm und zog ihn mit sich ins Haus. „Es hat ganz unwahrscheinlich gut geklappt." Sie konnte ihre Freude kaum in Worte fassen und begann daher mit der ausführlichen, gedanklichen Schilderung.

Auch der Vater betrat mit seiner Frau das Haus.

„Ich muss Dir das genau erzählen", schwärmte er. „Unglaubliches ist geschehen ...!"

Seine Frau blickte unsicher. „Vielleicht sollte ich Dich mit Emma doch nicht mehr so lange alleine lassen ...".

Ihr Mann sah sie irritiert und zärtlich an. „Du musst Dir bestimmt keine Sorgen machen. Auch darüber haben Emma und ich offen gesprochen."

„Ja, ich weiß. Sie kam gestern ganz lieb zu mir und hat von ihrem Problem erzählt, dass sie nicht wisse, wie sie zur Eröffnung eines Gedankenkanals an Dich herantreten dürfe. Sie hat mich um Rat gefragt, Mich! – Damit sie Dich nicht gefühlsmäßig verletzte, wobei sie jedoch gerade über diesen kritischen Bereich in Deinen Geist eindringen müsste.

Und ich konnte nicht anders, ich habe ihr auch noch geholfen und Ratschläge erteilt. Hinterher war ich völlig verunsichert.

Heinz – wenn sie es auch nur ein wenig versuchen wollte: Sie könnte Dich mühelos um ihren kleinen Finger wickeln und uns beide sofort hoffnungslos auseinanderreißen! Das finde ich sehr beängstigend!"

„Katharina, anfangs sind dieses genau auch meine Empfindungen und Befürchtungen gewesen – schon gleich nach Deinem Vorschlag, sie solle mich auf den Ärzteball begleiten."

„Den Vorschlag habe ich anschließend bitter bereut!"

„Ohne Grund, denn Emma hat sich stets tadellos und aufrichtig verhalten. Sie wird auch weiter Wort halten, da bin ich ganz sicher."

„Das ist – irgendwie, seltsamerweise – auch mein Eindruck. Und das verwirrt mich gerade noch mehr."

„Aber dort beim Ball haben Emma und ich bemerkt, dass wir zu gedanklichem Kontakt fähig sind! Das ist doch eine unglaubliche Angelegenheit! Daran kann man nicht vorbeisehen, als ob es die normalste Sache der Welt wäre! – Außerdem, Katharina: Emma könnte sich jeden attraktiven, jungen Mann anlachen! Sie sucht sich da bestimmt nicht so einen alten Kerl wie mich aus!

Wir sollten uns an ihre unbekümmerte Art gewöhnen, wie sie ihren schönen Körper zeigt oder auch akzeptieren, dass sie Körperkontakte nicht scheut. Du weißt ja, wie selbstverständlich sie bei unserem Ausflug auf das Korallen-Atoll am Meer alle Hüllen fallen ließ ..."

Seine Frau schluckte. „Man merkt, dass wir nicht Eltern eines hübschen, unkomplizierten Mädchens sind."

Dann sah sie ihren Mann gespannt an. „Wie ist denn nun das große Experiment ausgegangen?"

„Sehr erfolgreich. Emma behauptete sofort, es habe großartig geklappt. Sie konnte es auch überzeugend beweisen. Ich habe sie ausführlich geprüft: sie besitzt exakt mein medizinisches Wissen!"

Seine Frau sah ihn verängstigt an. „Und wie weit musste sie gehen, oder ist sie gegangen, um an Dein Wissen heranzukommen?"

Ihr Mann überlegte, ob er die Frage richtig verstanden habe.

„Heinz; Emma hat dargelegt, dass sie Dich wahrscheinlich in einen emotionalen Ausnahmezustand bringen müsste, um mentalen Zugang zu Deinem Wissen zu erlangen! Eventuell unter Einsatz all ihrer weiblichen Reize! – Hat sie schließlich sinnlich Deine Lippen geküsst?"

Er glaubte seinen Ohren nicht zu trauen.

„Wie bitte? Was soll sie ... Und ich erfahre erst jetzt, was ich verpasst habe? – Nichts dergleichen war nötig! Schon nach einer simplen Umarmung hatte sie mich soweit!"

Seiner Frau schien ein riesiger Stein vom Herzen zu fallen.

„Und anschließend: Hast Du irgendwelche unangenehmen, körperlichen oder geistigen Folgen verspürt?"

„Ich hatte überhaupt nichts von ihrer mentalen Aktivität bemerkt! Sie muss diese Technik der Gedankenübertragung inzwischen sehr gut beherrschen ... Hat Emma Dich eigentlich auch schon einmal darauf angesprochen?"

„Ja. Sie meinte aber, in meinem Falle wäre es ungleich schwerer, weil sie diesen emotionalen Ausnahmezustand mit mir wohl nicht so einfach herbeiführen könnte ..."

Er lächelte versonnen.

„Heinz – noch etwas ganz anderes: Emma hat uns ja kürzlich offenbart, dass sie nach ihrem Geophysik-Studium zusätzlich noch Medizin studieren möchte. Vor Beginn des Medizinstudiums ist ein Praktikum in einer Klinik zu absolvieren. Du hattest ihr auch sogleich angeboten, es an Deiner Klinik abzuleisten. Ich überlege jetzt allerdings immer öfter, ob das gutgeht. Es könnte ein Riesen-Chaos entstehen! Nicht nur ihre verwirrende Schönheit wird verheerenden Einfluss auf das männliche Personal haben. Stell Dir nur vor, wie sie als medizinisches Küken mit ihrem weitreichenden Fachwissen und den geistigen Fähigkeiten aus dem Rahmen fallen muss!"

Er nickte. „Habe ich auch schon überlegt. Aber je länger ich Emma kenne, umso sicherer bin ich mir, dass sie bestimmt ideal damit umgehen wird ..."

„Meistens bin ich ja zu skeptisch ...!"

„Katharina, frage doch Emma einfach, ob ihr beiden nicht auch mal zusammen einen langen Spaziergang machen könnt! Vielleicht bringt das für Dich mehr Einblicke in Emmas Person und bessere Klarheit über ihre Ansichten als Du Dir vorstellen kannst.

Ich hätte jedenfalls nicht für möglich gehalten, was ich auf diese Weise erlebt habe."

„Ach, Heinz – meinst Du wirklich, sie wäre dazu bereit? Ich traue mich kaum, sie zu fragen …"

„Katharina; sie ist zwar ein ganz außergewöhnlich begabtes Wesen – aber auch unsere zukünftige Schwiegertochter. Und deshalb dürfen – oder müssen – wir unser Verhalten auch entsprechend anpassen!"

Beide umarmten sich stumm und hielten sich lange umfangen.

8

Franks Mutter konnte in der folgenden Nacht lange keinen Schlaf finden. Immer wieder überdachte sie alle Einzelheiten des letzten Gespräches mit ihrem Mann und seine und Emmas neue Fähigkeiten.

Es mochte ja zutreffen, dass er von der Redlichkeit von Emmas Ansichten und Handlungsweise völlig überzeugt und eingenommen war. Sie aber fühlte eine große Unsicherheit.

Selbst wenn dieser besondere Gedankenkanal nun erfolgreich und ohne Komplikationen eingerichtet und ihr Mann jetzt offenbar zu Gedankenkontakten mit Emma fähig war: Verlor zumindest er mit dieser Öffnung des Geistes nicht wichtige individuelle Eigenschaften?

Begaben sie sich nicht alle nach den Schulungen des Vengalyx-Moduls viel zu sehr unter die Einflussnahme dieses seltsamen Gebildes? Ihr Misstrauen glomm unerträglich.

Emma war eine wunderbare junge Frau und als Franks Mutter freute sie sich aufrichtig über diese Bekanntschaft.

Aber ohne Emma wäre eben manches (so die Entdeckung des Vengalyx-Moduls mit allen sich daraus ergebenden Folgen) gar nicht erst passiert!

Oder sah sie mal wieder alles viel zu kritisch und zweckorientiert?

Gegen Morgen dieser unruhigen Nacht beschloss sie daher, gleich am selben Vormittag mit Emma einen Spaziergang zu unternehmen und alle drückenden Sorgen anzusprechen.

Als sie Emma gleich beim Sonntagsfrühstück um diesen Gefallen bat, war jene durchaus überrascht. Eigentlich wollte sie mit Frank etwas ganz anderes unternehmen, aber sie erkannte in den Augen der Bittstellerin, wie dringend der Wunsch schien und willigte deshalb ein.

„Du bist offenbar unglücklich!", eröffnete Emma das Gespräch, nachdem sie das Haus verlassen hatten. „Und zwar meinetwegen! Das tut mir sehr leid und wir sollten ausführlich darüber sprechen!"

Unsicherheit bemächtigte sich der Mutter, da Emma schon wieder so erschreckend richtig beobachtet und die treffenden Rückschlüsse gezogen hatte. Wie sollte sie argumentieren, wenn jene ihr geistig so erschreckend überlegen war? Die Mutter schüttelte resignierend den Kopf. „Ach, jetzt glaube ich schon wieder, es hätte überhaupt keinen Sinn ..."

Emma sah sie mit sehr ernster Miene an. „Bitte, gib mir doch eine Chance ..."

„Emma, ich kann mit Dir nicht diskutieren! Du kannst immer meine Argumente sofort ganz logisch widerlegen und ich komme mir dann vor wie ein dummes Schulmädchen."

Emma blickte sie an. „Was soll ich nur machen?"

Die Mutter erschrak fast über die Trauer in deren Augen.

Hilflos sah sie die Mutter an. Dann schien es, als habe sie zwar eine Entscheidung getroffen, könne sich aber nicht entschließen, diese in die Tat umzusetzen.

Mit einer Miene, als bitte sie um Entschuldigung, umarmte sie schließlich die Mutter hingebungsvoll.

„Versuche ja nicht, mich nun mit Deinen Gefühlen zu beeindrucken, oder zu überwältigen", dachte die Mutter noch. Doch dann schien die Welt um sie zu versinken.

Sie schwebte mitten in einem üppigen, vielfarbigen Blumengarten, der mit berauschenden Düften und herrlichem Vogelgesang erfüllt war. Die Sonne schien klar und wärmte sie, ein angenehmer, lauer Wind streifte über ihren zufriedenen Körper.

Sie war unverkennbar im Paradies!

Und da war ja auch Emma in einem leichten Sommerkleid! Die lachte und freute sich über jede Blume. Ohne Scheu ergriff jene ihre Hand und zog sie zu dieser Knospe oder jener Blüte, wies auf einen schönen Zweig oder schlank gewachsenen Baum hin. Beglückt suchte sie Emmas Blick. Ein überwältigender Strom von Gefühlen, Gedanken und Wissen um die Zusammenhänge dieser Welt überflutete sie. Gleichzeitig konnte sie Emmas Gedanken verstehen und darauf antworten! Nur verlief der Austausch viel schneller und umfassender als durch gesprochene Worte. Von den vielfachen Eindrücken überwältigt, versuchte sie zwar, alle diese Erfahrungen in sich aufzunehmen, ahnte aber bereits die Vergeblichkeit ihrer Bemühungen.

Ein kalter Lufthauch zerstörte alles.

Die Mutter blickte auf Emma, die vor ihr auf dem Spazierweg stand und sie stützte, damit sie nicht strauchelte. „Emma, was ist passiert ..., was war das", fragte die Mutter.

„Unser erster Gedankenkontakt ...", flüsterte Emma, unverkennbar optimistisch.

„Aber ich denke, der soll unangenehm und strapaziös sein! Ich habe nur Schönheit, Harmonie und Glück erlebt und sehne mich nach weiteren derartigen Eindrücken ... Emma, was habe ich eben gesehen?"

„Unsere Seelen sind sich begegnet ..."

„Wie kannst Du Derartiges vollbringen; das ist völlig unvorstellbar! – Hat Heinz gestern mit Dir dasselbe erlebt?"

„Wenn wir eben in der Lage waren, einander in die Seele zu blicken, dann setzt das gemeinsame Fähigkeiten voraus. Ich habe genau so viel oder so wenig dazu beigetragen, wie Du selbst. Sonst wäre es mir nie gelungen, Dir diese Bilder zu vermitteln." Emma schien selbst beeindruckt. „Und was meinen gestrigen Gedankenkontakt mit Deinem Mann anlangt: Das war ganz anders, eine reine Wissens- und Erfahrungsübernahme. Wie das Herausnehmen eines Buches aus einem Regal. Weder er noch ich haben Blicke in die Seele des anderen versucht. Bei uns hier stand das gefühlsmäßige Verstehen ganz im Vordergrund. Wir waren von ganzem Herzen bemüht, unsere Sorgen gegenseitig zu verstehen und zu lindern."

„Erreichen wir diesen Zustand jemals wieder?"

„Es ist jetzt gelungen und nach unseren bisherigen Erfahrungen mit Gedankenkontakten wird es auch zukünftig möglich sein – und sogar noch viel vollkommener!"

„Es muss gelingen, Emma! Ich habe bereits bei diesem verwirrend schönen ersten Mal so viel von Dir, Deiner Seele und Deinen Tugenden erfahren! Das hat mehr als ein langdauerndes Gespräch erklärt! – Bitte, versuchen wir es doch gleich noch einmal!"

Aber Emma schüttelte bedauernd den Kopf. „Das wird nicht möglich sein! Dieser erste mentale Seelenkontakt hat unsere Kräfte sehr beansprucht. Bei einem sofortigen weiteren Versuch wären wir höchstens enttäuscht, weil wir es nicht schafften! Mein Rat: Nimm Dir sehr viel Zeit und versuche es nicht gewaltsam. Du wirst genau spüren, wann Du wieder dazu in der Lage bist – und mit wem."

71

„Meinst Du denn, dass ich auch mit jemandem anderes ...“
Emma zuckte mit den Schultern. „Du bist schließlich vom Vengalyx-Modul geschult worden. Wer weiß?“

Stunden später kehrten sie Hand in Hand und gut gelaunt zurück.

„Das war die informativste und bewegendste Unterhaltung, die ich jemals in meinem Leben geführt habe“, freute sich die Mutter ganz begeistert, als ihr Mann fragte, was sie denn so lange besprochen hätten.

„Es ist, als habe ich Emma ganz neu kennen gelernt; wir hatten sogar einen mentalen Kontakt unserer Seelen!“

Emma ließ sie bei ihrem staunenden Ehemann zurück, damit sie in Ruhe erzählen konnte.

Frank kam ebenfalls gerade mit Rex von einem Spaziergang zurück. Emma berichtete auch ihm das Erlebte. „Wir müssen in den nächsten Tagen einmal versuchen, ob es mir gelingt, gleichzeitig zu Dir und Deinen Eltern Gedankenkanäle aufrecht zu erhalten“, überlegte sie anschließend. „Nach dem Verlauf des heutigen Kontaktes mit Deiner Mutter und den Erfahrungen der Wissensübermittlung mit Dir und Deinem Vater habe ich den Eindruck, als wenn das gut möglich sein müsste!“

„Ist schon denkbar“, stimmte Frank zu. „Du kannst jedenfalls schon sehr viel ... Meine Fähigkeiten oder Möglichkeiten sind mir noch nicht so bewusst. Wenn ich das Vengalyx-Modul dazu befrage, höre ich immer nur, ich solle mich in Geduld fassen und die Entwicklung beobachten und abwarten.“

Emma schmiegte sich tröstend an ihn.

Rex näherte sich. „Kann ich mal stören? – Ich muss Euch auf etwas hinweisen. – Das Vengalyx-Modul reagiert gerade ganz seltsam. Es fährt alle Computer- und Abwehr-Systeme maximal hoch. Meine Anfragen dazu beantwortet irgendeine dumme Automatik mit ‚systembedingter Maximal-Check im Grenzdimensionsbereich. Kein Dialog oder Annahme von Nachrichten möglich.‘ Das ist noch nie dagewesen!“

„Seit wann beobachtest Du das, Rex?“, erkundigte Frank sich besorgt.

„Drei Minuten etwa; ich denke, es könnte auch unsere persönliche Sicherheit betreffen."

Emma richtete inzwischen ebenfalls ihre Gedanken auf das Vengalyx-Modul.

„Ich kann es überhaupt nicht mehr erreichen, obwohl ich mich sehr anstrenge! Was könnte da passiert sein?" hörten sie Emma.

Mit einem Male taumelten sie und Frank. Rex machte jaulend einen erschrockenen Sprung. Gleichzeitig spürten sie einen kurzdauernden, scharfen Schmerz in ihrem Kopf, als reiße jemand etwas heraus. Aus dem Wohnzimmer hörten sie Rufe der Eltern. Schnell liefen sie hinüber.

Franks Vater hielt sich mit beiden Händen den Kopf und stöhnte: „Was war denn das auf einmal?"

„Mir ist plötzlich ganz komisch!", hörten sie die Mutter. „Spürt Ihr auch so etwas …?"

„Wir wissen nicht weshalb, aber das Vengalyx-Modul ist wie bei einem Alarm ganz plötzlich in Aktion getreten und wir können es zur Zeit auch nicht mehr erreichen", erläuterte Emma. „Dann wurden unsere ständigen Gedankenverbindungen dorthin ganz abrupt, gewaltsam und unüblich getrennt. Das hat richtig stark geschmerzt!"

„Ist untereinander noch eine mentale Verbindung möglich?", erkundigte sich Frank besorgt.

„Gedankenkontakt zu Dir ist in Ordnung", stellte Emma erleichtert fest.

„Einwandfrei!", ergänzte Rex. „Die Schmerzen sind zum Glück schnell abgeklungen. Aber das war ziemlich heftig! Was ist mit unserer Fähigkeit zum Ortswechsel? Meiner ist ausgefallen", hörten sie ihn weiter.

Emma und Frank stöhnten auf.

„Unverletzlichkeit?" Frank sah Emma mit ernster Miene an.

Emma griff ohne zu zögern eine Nähnadel, welche die Mutter eben für Ausbesserarbeiten benutzt hatte.

Dann schob sie den linken Ärmel ihres Pullovers hoch, probierte erst zaghaft, dann kräftiger und schließlich stieß sie die Nadel so heftig auf ihren Arm, dass Frank unwillkürlich einen Schmerzenslaut von sich gab.

„Ich bin noch immer unverletzlich."

Rex wurde erneut unruhig. „Jetzt nähern sich seltsame Energiewellen ...! – In etwa zwei Minuten werden sie hier auf uns treffen. Unklar, was sie bewirken können. – Wir sollten versuchen, uns zu schützen ...“

„Kommt alle dicht zusammen“, rief Frank entschlossen. „Wir sollten versuchen, uns unter einen Abwehrschirm zu begeben, um so die Wirkung der Energiewellen mehr oder weniger zu mildern ... Bleibt dicht beisammen! Legt einander die Hände auf die Schultern und lasst auf keinen Fall los! – Emma, Rex und ich werden jetzt eine gemeinsame Bündelung aller unserer Gedankenkräfte aufbauen. Das haben wir zwar bisher noch nie probiert, aber einiges spricht dafür, dass es gelingen könnte. Wir werden Euch, Mutter und Vater, mit einbeziehen. Richtet dazu Eure Gedanken fest auf Emma oder mich. Erschreckt nicht, wenn ihr plötzlich Kopfschmerzen bekommt, Euch schwindelig wird, oder schwarz vor Augen. Vielleicht seht ihr auch irgendwelche Erscheinungen.“

„Das hast Du perfekt arrangiert, danke“, meldete sich Emma über ihre Gedanken bei Frank.

„Noch eine Minute ...“, signalisierte Rex.

„Einer muss ja die Regie übernehmen! Emma und Rex, bitte folgt unbedingt meinen Anweisungen! Stellt Euch mental so ein, als ob wir zusammen einen Persönlichen Ortswechsel einleiten würden, aber versucht dann, alle Energie in einen Schirm über uns zu legen!“

„Fünf Sekunden!“ knurrte Rex.

„Legt los!“, rief Frank, „haltet durch, so lange Ihr könnt ...“

Sie erschraken über sekundenlanges, helles, grünliches Aufblitzen direkt über ihnen und warteten auf donnerähnliche Geräusche, die jedoch ausblieben.

Kurz darauf sank Emma zusammen. Frank, der neben ihr stand, fing sie jedoch in seinen Armen auf. Dabei fiel ihm auf, dass der Diamant des Ringes an ihrer Hand blendend weiß strahlte, fast schmerzhaft und drohend.

Aber schon öffnete Emma die Augen und blickte forschend um sich und auf den Ring. Dessen Leuchten steigerte sich noch einmal heftig, als sich die Farbe in tiefblau wandelte.

„Das mit dem Ring ist in Ordnung, er bedeutet keine Gefahr für uns“, erklärte Emma knapp, „Rex, wie sieht es aus, ist der Spuk zu Ende?“

„Eine weitere Welle in 30 Sekunden. Aber schwächer."

Emma befreite sich aus Franks Armen.

„Versuchen wir es noch einmal. Das eben war sehr gut!"

Das Leuchten des Ringes verblasste unerklärlich schnell.

„Emma, Frank, Rex: Ihr müsst unsere Geisteskräfte mehr einbeziehen", riefen beide Eltern, „wir spüren, dass wir Euch viel stärker unterstützen können!"

Frank überlegte, wie er den Vorschlag der Eltern realisieren könnte. „Kommt wieder ganz dicht zusammen", bat er.

„Zehn Sekunden!", gab Rex bekannt.

„Los!", keuchte Frank.

Ein kurzer Blitz flammte über ihnen auf, dann war alles wieder normal.

Aufmerksam spähte Emma aus der Umarmung von Frank und seiner Mutter hervor. Sie hob die Hand mit dem Ring: Er funkelte wieder wie jedes Juwel im Licht des Raumes.

„Entwarnung. Keine Anzeichen für weitere Wellenfronten ...!", verkündete Rex.

Alle sahen sich aufatmend, wenn auch schreckensbleich an.

„Unser Schutzschild war wirklich eindrucksvoll!", befand Emma.

Die Eltern und Frank nickten zustimmend.

„Ich fühle mich zwar wie zerschlagen, aber unser Plan hat scheinbar ausgezeichnet funktioniert. Aber was waren das für Wellenfronten?", wollte Emma wissen.

Natürlich blickten alle ratlos.

„Der Ring an meiner Hand ist auffallend aktiv gewesen ...", bemerkte Emma nachdenklich. „Was er wohl bewirkt hat?"

„Und was wäre geschehen, wenn wir die Errichtung des Schutzfeldes nicht geschafft hätten?" Frank blickte ernst.

Die Mutter schaute besorgt. „War das wieder so ein Angriff auf Emma?"

„Diese Wellenfronten schienen kein direkter Angriff; eher waren sie Begleiterscheinungen; als ob weit draußen im All irgendetwas sehr heftig reagierte", gab Rex zu verstehen.

„Wir wissen nicht, ob sie uns wirklich geschadet hätten", meinte Emma. „Wir haben vorsorglich gehandelt."

„Woher wusstet ihr denn, was zu tun war?", fragte der Vater.

Frank blickte auf Rex, der sah auf Emma und die wandte sich an Frank. Dann schüttelten alle drei die Köpfe.

„Keine Ahnung!", ergänzte Frank, „Wir sahen sofort diese Möglichkeit vor uns und wussten, dass wir sie in die Tat umsetzen sollten."

„Uns ist eine Gedankenbündelung gelungen! Ich konnte spüren, wie jeder von Euch, seinen Fähigkeiten entsprechend, mentale Energie beigesteuert hat!", lächelte Emma. Dann stutzte sie. „Ich habe wieder mehrere Gedankenkanäle eröffnen können. Aber diesmal ohne Hilfe des Vengalyx-Moduls ... Das stand dafür sicher nicht zur Verfügung!" Sie dachte intensiv nach. „Wir haben zusammen so viel mentale Energie entwickelt, dass daraus ein Schutzfeld werden konnte! Alleine hätte das niemand von uns geschafft! Ihr wart alle sehr gut, wirklich ..."

„Als Du mir jetzt wieder die Hände auf die Schultern legtest, hoffte ich für einen ganz kurzen Moment, vielleicht erneut mit Deiner Seele in Verbindung treten zu können. Aber diesmal war es ganz anders", sagte die Mutter an Emma gerichtet.

„Das heute war kein geformter Gedankenkontakt, mehr eine energetische Unterstützung."

Rex sprang auf.

„Geht es wieder los?", fragte Frank schnell und beunruhigt.

„Nein – keine Sorge", brummte Rex. „Aber ich erhalte Nachrichten vom Vengalyx-Modul."

Emma und Frank staunten über dessen empfindliche Sinne, denn obwohl auch sie sich mühten, vernahmen sie nichts.

„Das Vengalyx-Modul teilt gerade mit, es habe einen potentiellen Gegner am Rande der Galaxie erfolgreich abgefangen. Es besteht keine Gefahr mehr. Und wir sind auch zu keinem Zeitpunkt gefährdet gewesen. Die Wellenfronten, die uns so beunruhigten, waren in diesem Sinne völlig harmlos. – In einer halben Stunde will das Vengalyx-Modul hier eine Besprechung mit uns abhalten."

Alle atmeten erleichtert auf und fielen sich abwechselnd in die Arme.

„Bitte, begebt Euch jetzt mit Euren Eltern an Bord des Vengalyx-Moduls", vernahmen Emma, Frank und Rex eine halbe Stunde später. Mittels der persönlichen Ortswechsel war das kurze Zeit später geschafft.

„Rex hat dem Vengalyx-Modul in der letzten viertel Stunde schon mental alle Eure Befürchtungen, Überlegungen und Maßnahmen genau erläutert", begann das Modul. „Zunächst sei Euch allen versichert, dass keinerlei unmittelbare Gefahr für Gesundheit oder Leben bestanden hat.

Der plötzliche Start des Vengalyx-Moduls musste jedoch wegen der noch extremen Entfernung der möglichen Bedrohung sehr schnell und mit höchster Energie geschehen.

Daher war keine Zeit mehr für resourcenraubende Informationen an Euch. Unerwartet hat Emmas Ring das Vengalyx-Modul dabei energetisch massiv unterstützt, so dass die notwendigen Maßnahmen schon nach ungewöhnlich kurzer Zeit eingeleitet werden konnten. Das verdächtige Objekt konnte erst aus unmittelbarer Nähe als harmlos eingestuft werden. Eine Serie intensiver Computerdialoge über Absichten, Handlungsvorgaben und Absicherungs-Erklärungen hat das bestätigt. Das Vengalyx-Modul hat nach früheren, rückwirkend als verspätet zu betrachteten Maßnahmen seine Strategie mehr in Richtung Prävention ausgerichtet."

Frank nickte zufrieden. „Das ist natürlich ganz in unserem Sinne!"

„Und nun zu Eurer Handlungsweise: Es ist höchst erstaunlich, dass Rex den Alarmstart sofort bemerkt hat. Sein Gespür hat sich offensichtlich weiter verfeinert. Er hat Euch logisch, schnell und sicherheitsorientiert benachrichtigt."

Beifall klang auf, alle streichelten Rex begeistert. „Ohne ihn wäre keine Koordination möglich gewesen", pflichtete Frank lobend bei.

„Überraschend gelang es Euch, einen mentalen Verbund zu errichten. Derartiges ist eigentlich sehr schwierig. Noch ungewöhnlicher ist, dass Ihr in der Lage wart, einen Schutzschirm zu konfigurieren und aufrecht zu erhalten! In dieser Phase bedurfte es nicht einmal mehr der Hilfe des Ringes."

Laute Zustimmung erschallte von allen Seiten. Die Eltern, Emma und Frank umarmten einander liebevoll.

„Ihr seid in Eurer geistigen Weiterentwicklung erstaunlich schnell vorangeschritten und benutzt sie wirkungsvoll und zweckdienlich. Das Vengalyx-Modul wird seine weitere Schulung diesen Umständen entsprechend anpassen müssen."

„Bei diesem unfreiwilligen Versuch haben erstmals fünf vom Vengalyx-Modul geschulte Wesen gemeinsam an einer Aufgabe gearbeitet!", stellte Frank stolz fest und alle blickten ein wenig verlegen zu Boden.

„Frank hat sich als schnell reagierender Koordinator herausgestellt. Diese Gruppe scheint für den Gedankenverbund gut geeignet. Gerade auf diesem Weg können Emma, Frank und Rex Dinge erreichen, die weit außerhalb ihrer jeweiligen persönlichen Leistungsgrenzen liegen! – Zwischenzeitlich gibt es auch eine Analyse Eures Schutzschirms: Dieser hätte im Falle einer ernsthaften Bedrohung ganz perfekt Eure Sicherheit gewährleistet."

Das Modul schien mit seinen Feststellungen sehr zufrieden und hielt die Besprechung wohl für beendet.

„Ist Emma auch wirklich nichts geschehen?", erkundigte sich die Mutter noch einmal besorgt. „Ist sie nicht vorhin kurz bewusstlos gewesen?"

„Nein, das war nur eine kleine Schwächereaktion, weil ich mit den neuen Energien noch nicht richtig umgehen konnte und wohl zu heftig mitgehalten habe. Bei der zweiten Wellenfront ging es schon viel besser. Außerdem hat Frank gut auf mich geachtet."

9

„Es lässt sich also wohl nicht vermeiden", flüsterte Emma mit einem etwas besorgten Seitenblick auf Frank.

„Nicht so schlimm, wir werden das schon schaffen!", tröstete dieser.

„Ihr tut ein gutes Werk; bestimmt!", sagte Emmas Mutter nachdrücklich. „Großeltern lieben halt ihre Enkel und wollen sie ab und zu mal sehen. Emma war jetzt fast zwei Jahre nicht mehr dort. Und Frank möchten sie auch unbedingt einmal kennen lernen! Außerdem wissen sie noch gar nichts von Euren Erlebnissen in Schweden, dem Vengalyx-Modul und Euren neuen Fähigkeiten."

Emma seufzte. „Das macht es ja gerade so unheimlich schwierig! Wie sollen wir ihnen nur alles verständlich machen? Sie vergessen auch schon so vieles! – Außerdem waren die Großeltern immer so streng und unnahbar! Nie haben sie mit Laura, Sandra oder mir irgendetwas unternommen, oder uns verwöhnt, wie andere Großeltern das manchmal anstellen. – Bei den Malzeiten mussten wir uns stets übertrieben ordentlich benehmen! Ständig wurden wir getadelt! – Ich als Jüngste sollte immer Mittagsschlaf halten und abends schon ganz früh ins Bett ..."

Die Mutter nickte. „Du hast ja Recht. Aber sie sind eben noch eine ganz andere Generation mit völlig unterschiedlichen Wertvorstellungen. – Du weißt ja, dass sie auch meine Heirat mit Deinem Vater zunächst überhaupt nicht billigten. Er war ihnen nicht vermögend genug ..."

Emma umfing ihre Mutter. „Und nicht genug, dass die Großeltern in diesem unnahbaren, ungemütlichen Haus leben, zusätzlich wohnen da noch die Familie von Onkel Willi mit Tante Olga und ihr fieser Sohn Waldi ... Man kann nie die Großeltern besuchen, ohne in ihre Fänge zu geraten. Sie bekommen alles mit, weil sie im Erdgeschoss ständig auf Horchposten sind und alles kontrollieren, was sich in der oberen Etage bei den alten Herrschaften tut. Ich kann sie wirklich nur schwer ertragen ... Und drei Tage sollen wir dort aushalten?"

Die Mutter strich ihr liebevoll durchs Haar. „Leider können sie selbst nicht mehr verreisen, sonst würden sie bestimmt herkommen!"

Onkel und Tante arbeiteten gerade im Vorgarten, als Emma und Frank vor dem Haus der Großeltern in Wiesbaden erschienen.

„Na, wirklich toll, dass sich nach ewig langer Zeit endlich mal wieder Besuch aus Karlsruhe sehen lässt! Wir dachten schon, wir existieren für Euch gar nicht mehr ..."

Emma schluckte und wollte etwas entgegnen, spürte aber Franks besänftigenden Händedruck und lächelte nur. „Das ist Frank", teilte sie stattdessen mit.

Onkel und Tante musterten Frank abschätzend.

„Der Herr Verlobte ist Student?", fragte die Tante, obwohl sie darüber sicher eingehend informiert war. „Unser Sohn Walter – Waldi – ist nahezu mit seinem Lehramts-Studium fertig. Er ist unglaublich fleißig, natürlich lernt er auch jetzt gerade. – Müsstet Ihr denn nicht zu den Vorlesungen, oder ist bei Euch am Donnerstag schon das Wochenende ausgebrochen?", nörgelte sie.

Emma schüttelte resignierend den Kopf. „Wir haben uns extra für die Großeltern frei genommen ... Wir sollten sie jetzt begrüßen!"

„Ihr kennt ja den Weg die Treppe hinauf ... Aber regt sie nicht zu sehr auf ... Vielleicht findet Waldi heute Nachmittag auch etwas Zeit nach Euch zu sehen ..."

„Bitte, lieber nicht, oder möglichst spät ...", seufzte Emma nur für Frank vernehmbar.

Die Großeltern hatten wohl schon die Stimmen im Garten gehört und standen bereits an der geöffneten Tür ihrer Wohnung im Obergeschoss.

„Emma! Wie schön ..." Die Großmutter drückte ihre Enkelin an sich.

„Du bist ja eine ganz prächtige Schönheit geworden!", staunte der Großvater mit glänzenden Augen.

Dann begrüßten beide Frank wohlwollend.

„Emma bekommt wieder ihr altes Bett aus dem Mädchenzimmer", wuselte die Großmutter. „Das mag sie doch so gerne und schläft darin auch immer so gut! Bringt ihre Tasche gleich dorthin!"

Dann schaute sie etwas ratlos auf Frank. „Leider haben wir kein zweites Gästezimmer. Der junge Mann wird also mit der Couch im Wohnzimmer vorliebnehmen müssen. Das Bad ist von sieben bis acht Uhr ausschließlich für Damen reserviert. Wir möchten gerne um Beachtung bitten!"

Frank grinste verhalten. „Klar – verstanden."

„Ich habe das Mittagessen heute selbst gekocht", schwärmte die Großmutter. „Olga hat aber alles nötige besorgt. Das Laufen fällt mir halt sehr schwer ..."

Der Großvater freute sich: „Emma verdreht bestimmt allen jungen Männern den Kopf – so wie sie aussieht!" Und staunte sie weiterhin bewundernd an.

Die Großmutter legte ein neues Tischtuch auf. „Ein Drei-Gänge-Menü konnte ich natürlich nicht mehr zaubern, aber schmecken wird es Euch trotzdem! Hoffentlich habt Ihr ordentlichen Hunger mitgebracht!"

„Hast Du viele Freunde und hast Du es Dir mit *ihm da* auch genau überlegt?", rätselte der Großvater.

„Besonders wichtig sind immer frische Gemüse und Kräuter ...", erläuterte die Großmutter.

„Schafft Euch bloß nicht zu früh Kinder an ..."

„Großvater ...!", unterbrach jetzt Emma.

Die Großmutter schreckte auf. „Ihr bleibt doch zum Essen?"

Schon lärmten Tante Olga und Onkel Willi die Treppe hinauf. „Wenn Ihr Neuigkeiten habt – dürfen wir das auch erfahren ...?"

Aber die Großmutter zog Emma mit sich in die Küche. „Wir müssen noch letzte Vorbereitungen treffen ..."

„Das ist Emmas Verlobter!", informierte der Großvater die Hinzugekommenen.

„Ja, kennen wir schon ..."

„Ist sie nicht ein bildhübsches Mädchen geworden ...", schwärmte der Alte. „Und wie groß sie ist ..."

Tante Olga rümpfte die Nase: „Waldi hat übrigens eine sehr sympathische und sehr hübsche Freundin gefunden! Gebildet, aus gutem Hause, wohlhabend ...!"

„Ich mag sie nicht", wetterte der Großvater, „sie schimpft immer, wenn ich mal kleckere ..."

Tante Olga dozierte: „Ein junger Mensch muss sich heutzutage sehr genau ansehen, wen er sich da in sein Haus holt ...!" Und zu Frank gewandt: „Die wenigsten haben doch eine vernünftige finanzielle Basis für ein gemeinsames Leben! Ohne eine solche ist natürlich das Scheitern vorprogrammiert! – Ich hoffe, Sie können Emma gegebenenfalls hinreichende Sicherheit bieten?"

Frank war ganz benommen von ihrer Rede. „Äh, oh, nein, oder ja, wahrscheinlich nicht, aber später vielleicht ..."

Emma hatte inzwischen den Tisch gedeckt, Onkel und Tante waren auch eingeladen. Im Hintergrund verfolgte sie die Unterhaltung aufmerksam und mit entsprechenden mentalen Kommentaren. „Nach dem Essen ist erst einmal Mittagsruhe. Für zwei Stunden ist dann Pause angesagt", konnte sie hoffen lassen.

Das Essen war vorzüglich und die alte Dame freute sich aufrichtig über Franks Lob. „Sie sind ein netter Junge, man kann sich gut mit Ihnen unterhalten", gestand sie.

Wider Erwarten fand heute aber kein Mittagsschlaf statt. Vielmehr bestand die Großmutter darauf, sich allein mit Emma in einen stillen Winkel des großen Gartens zurückzuziehen, um mit ihr ‚ein wenig zu plaudern'. Emma war ganz entgeistert und versuchte sie zu überzeugen, dass Frank gerne mit dabei sein könnte. Aber davon wollte jene ganz und gar nichts wissen. „Nur wir zwei Frauen ... Und Großvater kann Frank ja mal seine Briefmarkensammlung zeigen!"

Die Großmutter hakte sich bei Emma unter und nach einer kleinen Ewigkeit mit vielen, mühsamen, schmerzhaften Schritten, hatten sie die Gartenbank erreicht. Erschöpft hielt die Alte inne. Sie forderte Emma auf, dicht neben ihr Platz zu nehmen und hielt weiter ihre Hand. Emma war erstaunt; so zugewandt und nachsichtig war sie sonst nie ... Beide blickten eine Weile schweigend auf die Blumen, lauschten den Vögeln und beobachteten Schmetterlinge.

„Ich war gerade zwanzig und hatte meinen ersten Freund ...", begann die Großmutter versonnen mit leiser Stimme. Wieder schwieg sie und gleichzeitig schien sie in sich und ihre Erinnerungen hinein zu lauschen. „Siegesmund hieß er und war ein sehr stattlicher Bursche ... Aber, na ja, was rede ich. Das ist doch alles längst vergangen ... Was trägst Du eigentlich für einen unglaublich schönen

Ring an Deiner Hand? Das Verlobungsgeschenk von Deinem Liebsten?"

Emma nickte stolz.

„Der Ring muss etwas ganz Besonderes sein. Sicher birgt er ein Geheimnis ... Ich kann so etwas fühlen ...", flüsterte die Großmutter nachdenklich.

Emma erschrak.

„Ja, schau nur mit Deinen großen, leuchtenden Augen ... Auch meine waren damals so! Allen Männern verdrehte ich den Kopf ..." Wieder legte sie eine Pause ein, um sich neu zu besinnen. Dann zog sie Emmas Hand dicht vor ihre Augen, damit sie den Ring besser betrachten konnte. „Ich sehe ein magisches Leuchten in ihm ..., spüre unglaubliche Kräfte ..." Misstrauisch blickte sie auf Emma. „Wirklich Dein Verlobungsgeschenk? Woher hat Frank den Ring?"

„Von seiner Mutter. Sie sagte, es wäre ein uraltes Familienerbstück ... Und er hat wirklich ein Geheimnis ..."

Nachdenklich winkte die Großmutter ab, als wolle sie nichts weiter davon hören. Emma schwieg gespannt. Es dauerte eine Weile, bis jene den Faden wieder aufnahm. „Der Ring und Du: Ihr gehört zusammen ... Das spüre ich ganz ohne Zweifel. Er verleiht Dir - ." Sie brach ab, blickte erschrocken auf.

Besorgt erwiderte Emma ihren Blick.

Doch dann lächelte ihre Großmutter und tätschelte ihre Wange. „Stets hatte ich das Gefühl, dass Du von Seele und Geist her etwas ganz Besonderes wärest ... Das Leuchten des Ringes bestätigt mir nun meine Erkenntnisse ... Dein Verlobter – ähnelt er Dir geistig? – Ja, das muss er – Ihr müsst Euch unglaublich ergänzen – "

Emma nickte beeindruckt.

„Der Ring hat Euch vielleicht zusammengeführt und verbindet Euch ...", orakelte die alte Dame und nickte stumm. Sie hielt irritiert inne, denn Emma war plötzlich aufgestanden, ergriff deren Hände und sah ihr tief in die Augen. „Großmutter, wie kannst Du all diese Einzelheiten wissen ...?"

„Unterbrich mich nicht dauernd ...", grollte diese. Sie atmete mühsam. „Ich bin zwar eine alte Frau, aber ich habe die besondere Gabe derlei Dinge zu erkennen. Also hör zu: Frank, Du und der Ring – Ihr gehört zusammen und habt große Aufgaben vor Euch –

so gewaltig, dass ich sie nicht abzuschätzen vermag ..." Sie schwieg angestrengt.

Tiefbewegt sah Emma die Großmutter an. „Ich möchte Dir auch gerne noch etwas berichten ..." Sie legte herzlich einen Arm um deren Schultern. Dann erzählte sie vom Schwedenurlaub, in dem sie Frank kennen gelernt hatte, von der Entdeckung des Vengalyx-Moduls und den vielen, tiefgreifenden geistigen Veränderungen, die sie und auch Frank erfahren hatten. Und was es mit dem Planeten ‚Vengalyx' auf sich hatte.

Die Großmutter lauschte stumm und mit entrücktem Blick. Emma fürchtete schon, der alten Dame zu viele Neuigkeiten dargelegt zu haben.

Kurz darauf schaute jene ihr ernst und prüfend in die Augen. Dann nickte sie. „Großvater und ich haben Dich zu fördern und beschützen versucht, wo immer es nur ging. Wir wollten das Beste für Dich ..." Sie blickte Emma hilflos an. „Wahrscheinlich haben wir Dich damit entsetzlich genervt ... Emma, liebe Emma; versprich mir, dass Du auch zukünftig so bleiben wirst, wie Du bist ... „Mir ist jetzt irgendwie schwindelig", klagte die Großmutter. „Ich bin etwas müde und sollte vielleicht doch lieber den Mittagsschlaf nachholen. Bringe mich doch bitte hinein." Ächzend wollte sie sich erheben.

Emma hielt sie zurück. „Wir werden jetzt den mühsamen Weg in die Wohnung abkürzen, indem ich Dich und mich direkt dorthin versetze!" Sie half ihr, sich zu erheben. Von Frank hatte sie mental erfahren, dass er und der Großvater sich im Wohnzimmer aufhielten. Also führte sie, zusammen mit der Großmutter, den Ortswechsel in die Küche durch.

Dort angekommen brauchte jene ein paar Minuten der Besinnung, in denen sie Herd oder Küchentisch oder Geschirr prüfend berührte und immer wieder ungläubig auf Emma sah. „Das Vengalyx-Modul und der Ring ...", wiederholte sie des Öfteren fassungslos.

„Gehen wir ins Wohnzimmer", empfahl Emma schließlich.

„Da seid Ihr ja", krähte der Großvater. „Der junge Mann hier hat mir von Emmas und seiner Entdeckung des Gengaven – äh, wie hieß das noch?"

„ – Vengalyx-Modul", half Frank.

84

„Ja, genau, Werratyx-Modell! Er will es mir sogar zeigen! Und außerdem sind die beiden unheimlich schlau geworden! Da wird Waldi aber staunen!"

„Waldi wird noch zu unserem Hauptproblem", vernahm Frank mental von Emma. Das ließ dann auch nicht lange auf sich warten.

„Kaffee ist fertig ...!", schallte es unüberhörbar das Treppenhaus hinauf. „Hallo, meine kleine Cousine, wo steckst Du ...?"

Emma schloss die Augen, atmete tief ein und öffnete die Wohnungstür. Dann halfen sie und Frank den Großeltern den mühsamen Weg die Treppen hinunter. Waldi hielt erschrocken inne, als er Emma sah. „Du meine Güte, Du hast Dich aber verändert!" Für ein paar Sekunden konnte er sie nur ungläubig anstarren. Nebenbei begrüßte er Frank, wobei er kaum einen Händedruck zustande brachte. „Äh – Conny kennt Ihr schon ...?", stellte er seine Freundin vor, die im Hintergrund gewartet hatte.

„Nein", korrigierte diese, „wie sollten sie denn ..." Und sofort fühlte sie sich neben Emma in die Statistenrolle gedrängt. Doch vielleicht konnte sie bei dem jungen Mann etwas mehr Aufmerksamkeit erregen ... Freundlich lächelnd und mit kokettem Blick erwiderte sie seinen Händedruck.

„Cousinchen ..., also wirklich, ich bin sehr überrascht", meldete sich Waldi zurück.

„Da hast Du auch allen Grund zu – wenn Du wüsstest!", schmunzelte der Großvater schadenfroh.

„Conny musste erst noch ihre Pferde versorgen", verkündete Waldi, „deshalb konnten wir nicht eher kommen. Und dann war ihr Porsche auch noch liegen geblieben – aber die Werkstatt bekommt noch etwas zu hören, gerade letzte Woche ist der Wagen dort überholt worden ...!"

„Ich brauche wohl doch einen neuen ...", kokettierte Conny in Franks Richtung.

„Conny kann sich das ohne Weiteres leisten!", ergänzte Onkel Willi.

„Ich bin ja jetzt mit dem Studium ziemlich stark eingespannt, so gegen Schluss ... Wie waren denn Deine ersten Semester, Cousinchen? Schon an die Uni gewöhnt?"

„Sie hat gerade ihr Examen mit Auszeichnung bestanden und ist jetzt Frau Doktor", feixte der Großvater.

Waldi schien das einfach überhört zu haben. Emma schaute, als wolle sie dem Cousin gleich an die Gurgel springen.

„So, nun wollen wir erst mal gemütlich eine Tasse Kaffee trinken", versuchte die Tante die Situation zu entschärfen.

„Das Geologie-Studium ist ja wohl auch verhältnismäßig kurz und stellt nicht so hohe Anforderungen ...", fuhr Waldi unbeirrt fort.

„Wissensmäßig steckt sie Dich allemal in die Tasche", röhrte der Großvater. „Ihr habt ja gar keine Ahnung, wie ... Sie können Hellsehen und haben ein Transport-Unternehmen oder so etwas ..." Zur Erleichterung von Emma und Frank fanden seine Worte keine Beachtung.

„Das wird mit Großvater auch immer schlimmer", stöhnte Conny. „Pass auf, der Kuchen – ach, zu spät ..."

„Was studierst Du eigentlich", wandte sie sich dann Frank zu. „Mathematik und Physik."

„Alles trockener Kram, zu nichts Vernünftigem zu gebrauchen", teilte Waldi eifrig mit.

Conny warf ihm einen tadelnden Blick zu: „Irgendwer muss doch die Schulbücher für Mathematik zusammenstellen. Sonst hätten wir Lehrer noch mehr Arbeit ..."

Frank sah sie verunsichert an. Sie lachte und drückte übertrieben herzlich seinen Arm: „Sollte doch nur ein kleiner Scherz sein ..."

„Also Cousinchen, ich an Deiner Stelle würde zusehen, mir bald einen Millionär, besser noch Milliardär zu angeln und das Leben zu genießen! Bei Deinem Aussehen kannst Du doch jeden herumkriegen!"

„Ich bin überrascht, wie viel Du schon ‚vom richtigen Leben' mitbekommen hast!", funkelte Emma ihn an. Waldi schaute verunsichert; ihm fiel keine rechte Entgegnung ein.

„Du musst jetzt einmal genau zuhören", begann die Großmutter. „Emma und Frank haben Kräfte und Fähigkeiten, die Ihr kaum jemals verstehen könnt! Emma hat es mir sogar bewiesen ..."

„Bitte, Großmutter, nicht ... Das sollte unser persönliches Geheimnis bleiben ..."

„Aber Frank will mir den Transport-Mogul doch noch zeigen", quengelte der Großvater.

Conny und Waldi lachten mühsam beherrscht. „Das ist ja heute hier mal alles wieder sehr chaotisch", resümierte Letzterer.

Die Tante verschränkte erbost die Arme vor der Brust.

„Emma und Frank scheinen die Großeltern ja mächtig durcheinander gebracht zu haben! Und wir müssen sehen, dass sie sich wieder beruhigen und alles zurück ins rechte Lot kommt!"

„Wir werden Euch nicht zu viel zumuten", erklärte Emma. „Frank und ich haben uns überlegt, die Großeltern für zwei Tage auf eine kleine Reise mitzunehmen. Gleich morgen früh kann es losgehen."

Die Großmutter umarmte Emma, der Großvater schüttelte Frank fortwährend die Hand und klopfte ihm auf die Schulter.

„Könnt Ihr denn die beiden Alten überhaupt versorgen?", wollte die Tante ungläubig wissen.

„Ihr solltet dann ein Auto haben, das nicht zu klein wäre. Habt Ihr denn überhaupt eines? Wenn ich mich recht erinnere, kamt Ihr irgendwie zu Fuß ..."

„Wir parken in der Nähe und Platz ist reichlich vorhanden", bestätigte Frank.

„Das könntet Ihr beiden eigentlich auch mal mit uns machen", nörgelte die Tante, zu Waldi und Conny gewandt.

„So, mit Euch ist offenbar alles in Ordnung", befand Waldi nach dem Kaffeetrinken. „Conny und ich haben noch einiges auf dem Programm, wir sollten los. Wir sehen Euch die nächsten Tage ...?"

Emma hob unbestimmt die Schultern. Ohne weitere Verabschiedung zogen die beiden los. Auch mit Onkel und Tante mochte sich anschließend keine rechte Unterhaltung entwickeln; bald darauf zogen sich die Großeltern mit Emma und Frank in das Obergeschoss zurück. Die beiden alten Herrschaften sanken erschöpft in ihre Sessel.

„Frank und ich machen dann mal einen kleinen Spaziergang und Ihr könnt Euch ein wenig erholen", schlug Emma vor.

Die Großeltern nickten dankbar.

Als sie das Haus verlassen hatten und um die nächste Ecke waren, umarmte Emma Frank. „Sei bitte nachsichtig, dass ich Dich hierher geschleppt habe", entschuldigte sie sich.

„Ich hätte Schlimmeres erwartet", bekannte er.

„Vielleicht habe ich früher eine andere Einstellung zu den Großeltern gehabt; heute kamen sie mir ungewöhnlich freundlich und
eher bemitleidenswert vor ..."

Zwar hatten Emma und Frank die ganze Zeit über in mentalem
Kontakt gestanden und sich gegenseitig über alle Gespräche ausge-
tauscht, aber Emma wollte doch noch eine Menge Einzelheiten von
der Unterhaltung mit ihrer Großmutter berichten.

Früh am nächsten Morgen tadelte die Großmutter besorgt:
„Emma, Du läufst wie früher nur im Nachthemd in der Küche herum und jeden Moment kann doch Dein Verlobter hier auftauchen!"

„Ach, Großmama, Frank und ich sind doch schon längst ganz
vertraut miteinander!" Emma umarmte sie liebevoll. „Unsere Generation handhabt das heute anders ..."

Die Großmutter plagten immer noch arge Zweifel. Der Disput
wurde unterbrochen, als Frank nun tatsächlich hereinkam und fröhlich „Guten Morgen" wünschte. Verschreckt machte die Großmutter Anstalten, sich vor Emma aufzustellen und diese vor den männlichen Blicken zu schützen, doch Emma lief auf Frank zu, umarmte
ihn stürmisch und beide küssten sich innig.

„Nun sag ich nichts mehr", versprach die Großmutter.

Nach dem Frühstück war Emma behilflich, für die Reise Bekleidung und persönliche Utensilien einzupacken.

„Ihr habt uns noch nicht verraten, wohin es denn nun gehen
soll", erkundigte sich der Großvater. „Wir sind natürlich mächtig
gespannt und konnten heute Nacht kaum schlafen!"

„Wir reisen nach Schweden!", bestätigte Emma.

Die Großeltern freuten sich wie Kinder, hielten jedoch nach
kurzer Zeit inne. „Das geht doch gar nicht! Wir haben nur zwei
Tage! Alleine die Hinreise dürfte schon so lange dauern!"

„Lasst Euch überraschen."

Schließlich war man zum Aufbruch bereit.

„Bitte vertraut uns jetzt", bat Emma, „das Folgende zu erklären
ist sehr schwer. Aber Ihr seid in unserer Obhut ganz sicher. Zunächst wechseln wir jetzt hinüber in das Vengalyx-Modul."

Durch den persönlichen Ortswechsel gelangten sie mühelos an
Bord. Emma und Frank zeigten ihnen den Wohnbereich und das
mit Doppelbetten eingerichtete Gästeappartement. Danach nahmen

alle in den bequemen Sesseln des Wohnzimmers Platz. Hier gesellte sich auch Rex zu ihnen. Die Großeltern waren begeistert von dem schönen, großen Hund und streichelten ihn immer wieder.

„Ihr habt mich ganz schön lange alleine gelassen", beklagte der sich mental bei Emma und Frank. „Tröste Dich, Rex, ich musste heute Nacht auch alleine schlafen", munterte Frank ihn auf.

„Möchtet Ihr langsam, wie mit einem Flieger, nach Schweden reisen, oder wollt Ihr sofort dort sein?", fragte Emma.

„Je schneller, desto besser", meinten beide wie aus einem Munde.

„Dann seht mal aus dem Fenster!"

Die beiden erhoben sich.

„Sag mal, vorhin konnte ich kaum einen Schritt machen ohne Schmerzen und jetzt spüre ich nichts mehr! Ich kann mich plötzlich sehr gut bewegen!"

„Nun rede aber kein dummes Zeug, mein lieber Mann", riet die Großmutter und tat selbst ein paar Schritte. Überrascht blieb auch sie stehen. „Bei mir ist es ja genauso! Was ist denn passiert? Man kann doch nicht plötzlich ... Emma und Frank, wie ist das geschehen ... Ihr könnt doch nicht ... Und sieh nur, dort draußen, das ist doch – Schweden! Und der Landgasthof!" Die beiden gerieten von einer Überraschung in die andere.

„Dann mache ich vielleicht nachher mit Emma einen langen Spaziergang", offenbarte der Großvater, „so wie früher!"

„Und ich begleite Euch!", strahlte die Großmutter.

Während des Ausschleusungsvorganges erklärte das Vengalyx-Modul: „Durch ein paar gezielte Maßnahmen konnten die schmerzhaften Gelenk- und Bandscheiben-Beschwerden der Gäste auf Dauer behoben werden. Auch die Gehirnleistung ließ sich nachhaltig verbessern."

Emma war gerührt und bedankte sich beim Vengalyx-Modul. „Es war unverkennbar in Eurem Sinne, diese Maßnahmen zu ergreifen", wiegelte es ab.

Emma hatte bereits am Vorabend der Wirtin den Besuch telefonisch angekündigt. Die war hocherfreut und dankbar, ihre Eltern so unvermutet in die Arme schließen zu können. Und sie musste erneut ihre große Freude zum Ausdruck bringen, dass Emma und Frank sich hier, bei ihr, kennen und lieben gelernt hatten.

Das Wetter meinte es gut mit den Besuchern. Emma, Frank, Rex und die Großeltern konnten wirklich zusammen einige lange Spaziergänge unternehmen. Natürlich mussten dabei genaue Berichte und Erklärungen über all die außergewöhnlichen Ereignisse von Emmas und Franks gemeinsamem Schwedenurlaub folgen.

Die Großeltern genossen den Aufenthalt so nachhaltig, dass Emma wirklich Sorge hatte, ob sie sich nicht übernahmen. Am Abend des zweiten Tages baten jene inständig darum, einen zusätzlichen Tag zu bleiben. Emma und Frank konnten es nicht über das Herz bringen, abzulehnen. Man informierte telefonisch Tante Olga und Onkel Willi. „Noch nicht genug von wirren Reden, verschmutztem Zeug und verkleckertem Essen?" vernahm Emma aus dem Telefonhörer.

Am nächsten Tag überraschte sie die Großeltern mit einem ausgedehnten, langsamen Rundflug über Schweden und servierte das Mittagessen an Bord. Die beiden Gäste waren sprachlos vor Erstaunen.

Spät nachmittags brachten Emma und Frank sie zunächst mit dem Vengalyx-Modul und anschließendem persönlichen Ortswechsel zurück in ihre Wohnung.

Als sie an der Tür von Tante Olga und Onkel Willi läuteten, um die Rückkehr der Großeltern mitzuteilen, fielen die aus allen Wolken. „Wieso seid Ihr schon oben, wir haben doch gar nichts mitbekommen", erklärten sie verblüfft und unsicher.

Emma und Frank blieben eine Antwort schuldig.

Wie sie aus späteren Telefonaten erfuhren, waren die „Wunderheilungen" der Großeltern lange Gesprächsthema in dem Haus. Es wurden die aberwitzigsten Vermutungen angestellt, aber natürlich keine auch nur annähernd zutreffenden.

10

Emma und Frank waren jetzt entweder den einen oder anderen Vormittag, Nachmittag und Abend in einem der beiden Elternhäuser, oder bei verschiedenen Freunden in Hamburg oder Karlsruhe.

Rex war auch öfter mit Sandra oder Laura und zu deren Freunden unterwegs. Seine Fähigkeiten des persönlichen Ortswechsels machten ihn zu einem äußerst beliebten „Taxi".

Und dieses Jahr würde zu Franks Geburtstag endlich wieder eine rauschende Gartenparty steigen – das war ausgemacht.

Das fröhliche Fest sollte am Freitagabend beginnen und man wollte in den Ehrentag hineinfeiern.

Clara traute sich kaum, der frisch gebackenen Frau Doktor in die Augen zu sehen, wenn sie sich über die Vorbereitungen unterhielten. Anschließend war sie froh, wieder in die vertraute Küche entfliehen zu können.

Franks Eltern waren beruflich eingespannter denn je, hatten sich aber für diesen Abend bereiterklärt, im Hintergrund Hilfestellungen zu leisten. Sie forderten Emma, Frank, Sandra und Laura aber ausdrücklich auf, doch möglichst viele Freunde und gute Bekannte zur Geburtstagsparty einzuladen; Platz sei in Haus und Garten genug und die Transportfrage wäre ja wohl auch kein Problem.

So erschienen am frühen Vorabend von Franks Geburtstag nacheinander Karl, begleitet von Michaela, sowie Tanja und Bernd, alle aus Hamburg, Corinna und Sven aus Karlsruhe, außerdem einige weitere gute Freundinnen von Emma und Freunde von Frank.

Auch Sandra und Laura mit ihrem nächsten und vertrauenswürdigen Freundeskreis hatten begeistert zugesagt. Wegen des besonderen Ortswechsels mit Rex zogen die Schwestern ihre Gäste rechtzeitig vorher ins Vertrauen und verpflichteten sie zu absolutem Stillschweigen über die zu erwartenden Erlebnisse.

Bereits vormittags hatten Emma und Frank Haus und Garten fantasievoll geschmückt. Natürlich gab es eine ausreichend große Tanzfläche. Sven und Tanja sorgten mit ihrer hochwertigen Musikanlage und vielen CDs für den richtigen Sound.

Clara hatte darauf bestanden, für Franks Geburtstagfeier persönlich diverse Salate und belegte Brötchen zu bereiten und sich dabei selbst übertroffen. Sogar ein riesiges Tablett mit Kuchen stand bereit.

Da der Wettergott freundlich gesonnen war, konnten alle Gäste in sommerlicher Bekleidung erscheinen.

Natürlich bot Emma in ihrem leichten Minikleid einen hinreißenden Anblick und war sofort der Mittelpunkt des Abends. Ihr einziger Schmuck bestand aus dem Verlobungs-Diamant-Ring.

Alle Herren versuchten selbstverständlich möglichst bald und lange mit Emma zu tanzen. Sie folgte sehr gerne und unermüdlich diesen Aufforderungen.

Lauras und Sandras Freunde äußerten sich begeistert über den aufregenden, äußerst ungewöhnlichen Transport hierher. „Das ist ja etwas unerhört Neues! Woher haben Sandra und Laura diese enormen Fähigkeiten?" Man versuchte Erklärungen zu erhalten und blieb doch ratlos. Durch Musik oder Gespräche wurden die Gäste aber schnell abgelenkt, oder sie nahmen sich vor, später genauer nachzufragen.

„Du bist unverkennbar die unglaublich schöne, jüngste Schwester von Laura", stellten die Freunde von Laura und Sandra mit Blick auf Emma fest. „Hast Du auch so eine Zauberkraft, Dich an jeden beliebigen Ort zu versetzen?"

Emma lächelte dann vielsagend: „Wer weiß ..." und ließ die Fragesteller ebenso im Unklaren.

„Und wer von Euch Schönen hat kürzlich den Doktortitel erhalten?" wurde sich vielfach erkundigt. „Emma natürlich!", war die ebenso kurze Antwort, die meist verwirrtes Staunen auslöste.

Gerade verkündete Clara, das Büffet sei nun eröffnet und Emma wurde durch die allgemein einsetzende Aufregung zunächst von weiteren neugierigen Fragen verschont und von den entsprechend unbefriedigenden Antworten dazu entbunden.

Anschließend wurde ausgelassen getanzt, oder man saß in kleinen Gruppen beisammen.

Später trat auch Karl schüchtern zu Emma. Er hatte sie bisher nur flüchtig begrüßt. „Hallo", sagte er leise. „– Bist Du mir noch böse, weil ich Dich neulich so kompromittiert habe ...? Ich wage kaum, Dich jetzt anzusprechen!"

Emma blickte ihn überrascht an. „Karl, schon damals versicherte ich Dir, dass Du keinerlei Befürchtungen in dieser Richtung haben solltest! Ich hoffte, Du hättest das inzwischen über Deine herzliche Freundschaft zu Michaela aus dem Gedächtnis verdrängt ..."

„Emma, ich habe Michaela wahnsinnig gern, wir passen gut zusammen und sie ist ein toller Mensch – aber Du – Du bist für mich eine Göttin; Dich bete ich geradezu und immerwährend an!"

Sie blickte betroffen nieder. Wieder stellte ein Freund diesen unerwünschten Vergleich an, erwähnte eine gottähnliche Erscheinung und entsprechende Verehrung.

Ihre gute Laune drohte in Betroffenheit abzugleiten. „Gestattest Du mir einen Wunsch?", wollte Emma wissen.

„Jeden, unbesehen!", gewährte Karl.

„Versprich mir bitte, mich niemals wieder mit einer Göttin zu vergleichen! Das empfinde ich als so unpassend und beschämend!"

„Weshalb denn? Treffen nicht alle Punkte dieser Definition auf Dich zu? Durch Deine Unversehrbarkeit bist Du praktisch unsterblich. – Du kannst Dich nach Belieben von einem Ort zum anderen versetzen. – Dein Wissen und Können ist immens ... Ganz abgesehen von Deiner Schönheit ..."

Emma schwieg zunächst, weil sie nichts von dem Gesagten wirklich widerlegen konnte. Doch dann flüsterte sie: „Götter sind völlig unnahbar; sie werden von den Menschen demütig angebetet. Sie nehmen nicht am täglichen, wirklichen Leben teil ... Ich möchte aber weiterhin ein ganz normaler Mensch sein, der mitten in der Gemeinschaft von Freunden steht, der gebraucht wird, oder wenn nötig, auch getadelt!"

„Emma, ich kann nicht an den Tatsachen vorbeisehen und Dich wie irgendein x-beliebiges Mädchen behandeln. Vielleicht solltest Du den Begriff ‚göttlich' auch nicht so streng christlich-theologisch definieren. Halte es wie die alten Griechen oder Römer; die betrachteten ihre Götter als außergewöhnliche, aber durchaus greifbare Gestalten mit Vorzügen, aber auch mit Schwächen. Damals konnte jeder Mensch durchaus in den göttlichen Status erhoben werden, zumindest in den eines Halbgottes."

Emma blickte wohl sehr hilflos und zweifelnd. Karl wechselte taktvoll das Thema: „Ich habe gehört, dass Du jetzt mit Deinem Medizinstudium beginnen willst ..."

„Na, ja – zunächst mache ich ein Praktikum zur Einführung. Franks Vater hat mir das in seiner Klinik ermöglicht. Die Vorlesungen beginnen erst im Herbst."

„Du wirst Dein zweites Studium sicher genauso souverän erledigen, wie das erste; da habe ich nicht den geringsten Zweifel!"

„Ich hoffe es; aber außerdem werde ich meine Berufstätigkeit am Geophysikalischen Institut in Karlsruhe aufnehmen. Dann bin ich auch finanziell nicht mehr von meinen Eltern abhängig. – Jedenfalls freue ich mich schon sehr auf die neuen Herausforderungen!"

Karl nickte. „Darf ich Dich etwas fragen, was mich sehr bewegt?"

„Natürlich."

„Frank und Dir hat dieses Vengalyx-Modul ein neues Universum mit geradezu unermesslichen Perspektiven eröffnet. Euer Wissen und Eure Fähigkeiten sind in letzter Zeit unvorstellbar erweitert worden. Seid Ihr jetzt eigentlich am Ende dieses Prozesses oder wie geht es weiter?"

„Eines steht schon fest: Die Möglichkeiten, die uns das Modul bietet, beherrschen wir erst in den Anfangsgründen. Wie lange unser Lernen dauern wird, verrät uns das Modul nicht. Wenn wir fragen, erhalten wir regelmäßig zur Antwort: Es sei ein sehr langer Weg. Wann jeweils die nächste Entwicklungsstufe von Frank oder mir erreicht werde, hänge von unseren individuellen körperlichen und geistigen Fortschritten ab, die das Modul abwarten müsse und nicht vorhersehen könne. Immer wieder frage ich mich ernsthaft, ob denn wir Menschen überhaupt in der Lage sein können, jemals ein so bedeutsames Projekt, wie das vom Vengalyx-Modul, wirklich umfassend zu bewältigen und zu einem definitivem Ende zu bringen ..."

„Uuiiih ...", machte Karl, hob abwehrend die Arme und schaute überfordert, oder sogar ein wenig erschrocken. „Du wirst ja mächtig philosophisch!"

Und nach einer kleinen Pause: „Aber mit dem Vengalyx-Modul könntet Ihr, soweit ich Euch richtig verstanden habe, den Mond – oder die Planeten unseres Sonnensystems erreichen und erkunden! Das wäre schon einmal ein sehr bedeutsames, aber durchaus überschaubares Unternehmen!"

„Sehr wahrscheinlich. Aber das Modul möchte, dass wir damit erst beginnen, wenn unser Können umfassender geworden ist. Und dieser Empfehlung wollen wir tunlichst folgen. Das gesamte Venga-lyx-Projekt beinhaltet ja ein riesiges Spektrum und die eine Facette soll keine andere stören."

Er nickte nachdenklich.

„Ich sehe hier eine ganze Menge Leute, die Dich und Frank gut kennen – aber je mehr Menschen von Euren besonderen Fähigkei-ten wissen, umso leichter kann das an die breite Öffentlichkeit drin-gen. Das wäre Euch sicher gar nicht recht ..."

„Du sagst es. Es würde alles verändern. Irgendwann geschieht es mit Sicherheit. Hoffen wir, dass es bis dahin noch möglichst lange dauert ..."

Sie blickte Karl fragend an: „Was sagt eigentlich Michaela, wenn Du so lange fort bist und Dich derart interessiert mit mir unter-hältst?"

„Oh, Michaela weiß, seit wir uns das erste Mal trafen, wie sehr ich Dich verehre. Sie versucht es zu überhören, wenn ich ihr von Dir vorschwärme."

„Sie muss Dich wirklich sehr lieben!"

Gerade wurde Sekt eingeschenkt und dem Geburtstagskind Frank überschwänglich alles Gute gewünscht. Man sparte auch nicht mit Bewunderung für die attraktive Verlobte an seiner Seite.

Es wurden zarte Küsse auf die Wangen getauscht, nur Sandra überrumpelte Frank mit einem schnellen und gefühlvollen Kuss mitten auf seine Lippen. Danach schmiegte sie sich eng an ihn, da-mit man die unübersehbare Röte in ihrem Gesicht nicht bemerken sollte.

„Das hat sie wirklich raffiniert eingefädelt", beklagte sich Emma und funkelte Sandra an.

Frank schloss Emma tröstend in die Arme.

11

Emma saß nachmittags mit untergeschlagenen Beinen auf dem Sofa des Wohnzimmers von Franks Eltern und blickte in Gedanken versunken in das flackernde Kaminfeuer. Frank hatte im Physikalischen Institut erneut eine endlose Besprechung mit Karl.

Morgen sollte Emma mit ihrem Praktikum in der Klinik von Franks Vater beginnen.

„Na, so nachdenklich? Geht es um Deinen Start morgen im Krankenhaus?", erkundigte sich Franks Mutter.

„Ja, natürlich. Ich habe mir eine Strategie zurechtgelegt, damit ich nicht allzu viel Aufregung verursache ..."

„Damit hast Du wohl immer zu kämpfen?"

„Ist so eine Schattenseite der Schönheit."

Die beiden Frauen vernahmen die Haustür.

Schon begrüßte Rex Franks Vater.

Gemeinsam nahmen die Menschen das Abendessen ein.

Danach erklärte der Vater: „Am besten solltest Du gleich zum allgemeinen Dienstbeginn um halb acht Uhr in der Klinik sein. Auch wenn ich erst eine halbe Stunde später dort aufkreuze!"

Emma hatte seinen Worten aufmerksam gelauscht und nickte. „Verstehe, ja."

„Geh zur Zentralen Aufnahme und wende Dich an meinen Ersten Oberarzt, Dr. Müller. Er ist informiert und wird Dich zur Verwaltung bringen, damit Du Deinen Laufzettel bekommst, für Einkleidung, Essensmarken, Personalarzt, Vorstellung bei den Bereichs-Chefs und was sonst so alles nötig ist."

„Personalarzt?" Emma blickte skeptisch. „Du weißt, Blutentnahmen sind bei mir nicht möglich ..."

„Dr. Franz ist ein guter Freund von mir. Ich habe ihm angedeutet, dass Du bei Blutentnahmen immer gewaltige Schwierigkeiten machst (bitte entschuldige diese Notlüge). Er meinte entgegenkommend, für ein Praktikum könnte er auf die Blutentnahme verzichten, wenn die übrigen körperlichen Befunde unauffällig sind."

Emma atmete erleichtert aus.

„Mein Oberarzt wird Dir auch erklären, wo Du Dich anschließend einfinden sollst. Auf jeder Station arbeiten bei uns zwei Assistenzärzte, ein Arzt im Praktikum und öfter auch ein Student. Vergiss
auf keinen Fall, Dich bei den Schwestern vorzustellen! Wenn Du sie
gegen Dich hast, kämpfst Du auf verlorenen Posten ...!"

„Hast Du schon irgendjemandem erzählt, dass ich die Verlobte
Deines Sohnes bin?"

„Nein – werde ich aber dann morgen nachholen!"

„Bitte nicht", forderte Emma, ich möchte das nicht gleich her-
vorkehren. Wenn es sinnvoll scheint, teile ich es mit – vielleicht
auch gar nicht."

„Du musst täglich um 10 Uhr zum Tagesrapport im Besprechungsraum erscheinen. Da wird alles Wichtige mitgeteilt und diskutiert, über alle neuen Patienten und Probleme Bericht erstattet. Du
solltest regelmäßig dabei sein. Für ein Fehlen gibt es kaum eine Entschuldigung! (Ich bin ein strenger Chef!)"

Emma lächelte lieb. „Danke. Bestimmt wird alles klar gehen. Ich
freue mich."

Pünktlich um halb acht Uhr betrat Emma dann, mit nun doch
etwas klopfendem Herzen, die Krankenhaus-Aufnahme.

„Bitte?", fragte die Schwester an der Rezeption kurz angebunden.

„Mein Name ist Emma Becker, ich soll mich beim Oberarzt,
Herrn Dr. Müller, melden, weil ..."

„Der ist gerade bei einem Notfall, nehmen Sie dort Platz!",
kommandierte die Schwester, ehe Emma sich weiter äußern konnte.

Sie setzte sich etwas irritiert in den Wartebereich.

Es herrschte reger Betrieb, Krankenwagen hielten vor dem Ein-
gangsportal und brachten ständig neue Patienten.

Ärzte und Schwestern durchquerten geschäftig die Aufnahme-
Zone.

Nach einer viertel Stunde wagte Emma einen neuen Versuch, bei
der Rezeptions-Schwester nachzufragen.

Ehe sie aber etwas sagen konnte, entgegnete jene schon genervt:
„Dr. Müller ist noch beim Notfall, ich sage Ihnen schon Bescheid,
wenn Sie zu ihm können."

„Aber ich ..."

„Nun halten Sie hier nicht alles auf, Sie sehen doch, dass viel zu tun ist!"

„Danke." Kleinlaut verzog sich Emma wieder in den Wartebereich. Dieser hatte sich inzwischen weiter mit Patienten gefüllt, so dass sie nun keinen Sitzplatz mehr fand.

Wenige Minuten später stürmte ein Arzt mit wehendem Kittel herein und rief schon aus einigen Metern Entfernung zur Rezeption hin: „Ist Frau Emma Becker hier irgendwo?"

Die Schwester an der Rezeption intervenierte erstaunt: „Ja, aber da sind noch zwei andere Patienten vor ihr dran!"

„Sie ist keine Patientin, sie soll hier arbeiten", trompetete der Oberarzt „und der Chef ist bestimmt stocksauer, wenn ich sie nicht auf der Stelle einweise ..., es ist gleich acht!"

Die Gesichtsfarbe der Schwester veränderte sich deutlich nach rot: „Niemand hat mir Bescheid gegeben!"

Emma war inzwischen hinzugetreten, nannte noch einmal ihren Namen und begrüßte den Oberarzt.

„Sie sind wirklich, – Sie sind Frau Emma Becker und wollen hier das Praktikum ...", dann versagte ihm die Stimme und er musste zunächst eine kleine Pause einlegen und tief durchatmen. „Entschuldigung, heute Morgen ist hier wieder der Teufel los ..."

Emma versuchte sich mit einem bedauernden Gesichtsausdruck.

„Na, ja, werden Sie auch noch mitkriegen", schloss er und wandte sich zum Gehen. „Kommen Sie bitte mit!"

Auf dem Weg zur Verwaltungsabteilung mühte sich Dr. Müller mit notwendigen Erläuterungen, einem Bündel gutgemeinter Ratschläge und vielen Hinweisen.

„Der Laufzettel zeigt, wo Sie sich überall vorstellen sollen. Arbeiten Sie den am einfachsten der Reihe nach ab.

Vergessen Sie auf keinen Fall, sich bei unserem Chefarzt vorzustellen! Er nimmt es ziemlich übel, wenn jemand das versäumt."

„Wie ist er denn sonst so, als Chef?" fragte Emma scheinheilig.

„Oh, sehr in Ordnung! Diszipliniert, fleißig, fachlich hochkarätig, vernünftige Familienverhältnisse."

Dann hielt er inne und sah Emma für einen Moment länger an: „Also machen Sie sich nur keine völlig falschen Hoffnungen!"

Emma musste direkt erschrocken dreingeblickt haben, denn der Oberarzt fügte lächelnd hinzu: „Aber was rede ich, Sie haben bestimmt längst jemanden, wie erträumt! – Wenn Sie Ihren Zettel durch haben, kommen Sie wieder in die Anmeldung zurück!"

Sie blickte ihn mit großen Augen an und nickte stumm.

Nach einer Stunde war fast alles bewältigt: es fehlten nur noch der Personalarzt und ihr Chef.

„Versuche ich mein Glück erst mal beim Personalarzt", nahm sie sich vor. Der hatte auch Zeit für eine Untersuchung.

Nachdem er diese akribisch durchgeführt hatte, gab er seine Befunde in den Computer ein.

„Hier lese ich schon, Sie haben ein wenig Angst vor Blutentnahmen bei sich selbst? Als zukünftige Ärztin sollten Sie sich das aber schnell abgewöhnen!", lächelte er.

Emma versuchte, ängstlich zu blicken und rang verlegen die Hände.

„Aber da bei Ihnen soweit alles in Ordnung ist, können wir für dieses Praktikum darauf verzichten."

„Danke, das ist schön", sagte Emma leise, ein wenig beschämt.

Als sie sich anschließend im Vorzimmer des Chefarztes meldete, hatte die Sekretärin offenbar schon von ihr Kenntnis.

Sie meldete Emma sofort und wenig später stand Franks Vater auch schon bei ihnen.

„Ich brauche bitte eine Unterschrift für meinen Laufzettel."

„Gehen wir doch für einen Moment herein", forderte er sie auf und wies auf sein Zimmer.

Emma nahm artig Platz, während er sorgfältig die Tür schloss.

„Na, wie läuft es?"

„Die Verwaltungsangelegenheiten habe ich erledigt. Morgen bekomme ich meine Schutzkleidung. Beim Personalarzt gab es keine Schwierigkeiten. Anschließend gehe ich wieder zur Anmeldung und der Oberarzt will mich dann zur Station bringen."

„Fein. Dann machen wir es kurz. Bis 10 Uhr. Nicht vergessen!"

Emma erhielt ihre Unterschrift und zog weiter.

In der Aufnahme hatte sich die Lage entspannt, die Schwester an der Rezeption blickte nicht mehr hektisch und lächelte sogar, als Emma nahte. „Entschuldigen Sie bitte, vorhin war es ziemlich voll und ich ahnte nicht, dass Sie ... Sind Sie Ärztin?"

„Nein, nur Praktikantin. – Ist nicht so schlimm", wiegelte Emma ab, „natürlich haben Sie hier viel Stress."

„Und jetzt?", wollte die Schwester wissen, „wieder Oberarzt Müller?"

Emma nickte und sah sich um.

„Da ist schon wieder ein Notfall, Nummer vier heute Morgen. Aber ich denke, in ein paar Minuten wird er ... Oh, da ist er ja schon ..." Die Schwester gab ihm ein Zeichen.

„Ich bringe Sie nun zur Station 5C, das ist eine unserer nettesten: Freundliche Kollegen und Schwestern, nicht nur schwere Fälle. Genau richtig für den Berufsanfang."

„Das ist sehr freundlich", bedankte sie sich schüchtern.

Es war jetzt halb zehn Uhr, Ärzte und Schwestern hatten sich gerade im Stationszimmer versammelt, um die Akten der neuen Patienten und die auffälligen Befunde und Krankheitsentwicklungen für den Chef-Rapport zu sichten.

Der Oberarzt stellte Emma kurz vor und eilte zurück zur Anmeldung. Die Anwesenden betrachteten Emma staunend.

„He, welch besondere Ehre für uns", meinte der Erste Assistenzarzt, Dr. Armin Lange, augenzwinkernd.

„Hoffentlich noch ungebunden?", flirtete der zweite, Dr. Rolf Mühlhagen.

Der junge Arzt im Praktikum, Kevin Kantor, traute sich nicht, irgendetwas zu sagen, bekam nur rote Ohren. Eine junge Praktikantin stand schüchtern, halb von einer Tür verdeckt, im Hintergrund.

Die dienstälteren Schwestern blickten abwägend.

Dr. Lange stellte alle Anwesenden mit Namen und ihren Tätigkeitsbereichen vor. „Unter Kollegen sind Vornamen als Anrede üblich, einverstanden?" Er schien Emmas eindeutige Zustimmung vorauszusetzen und fuhr sogleich fort, die neu hereingekommenen Laborbefunde mit seinen Kollegen zu diskutieren. „Wir müssen bis zur Besprechung mit dem Chef den vollen Überblick haben, sonst gibt es Ärger!", fügte er aber erklärend hinzu.

„Hast Du schon mal auf einer Station gearbeitet?", traute sich jetzt die junge Praktikantin Emma zu fragen. Sie sprach mit einem leichten Akzent.

„Nein, noch nie!", zurückhaltend blickte Emma zu ihr herüber.

„Ich könnte Dir bei Deinen ersten Schritten gerne helfen." Leichte Röte zog über ihr Gesicht.

„Das wäre sehr nett von Dir! „Dein Name, Kaissa Häkkinen, klingt sehr skandinavisch!", bemerkte Emma interessiert, „aus welchem Land kommst Du?"

„Aus Finnland. Aber ich lebe jetzt schon seit 10 Jahren in Deutschland."

„Ich habe eine schwedische Mutter!", entgegnete Emma. Sogleich begannen sie zum Erstaunen der anderen eine kleine schwedische Konversation. Kaissa entschuldigte sich verlegen bei den Umstehenden.

„So, es ist Zeit; der Chef wartet ungern. Lasst uns zur Besprechung gehen", forderte Dr. Mühlhagen.

Dort zogen sich Kaissa und Emma bescheiden in die letzte Stuhlreihe zurück. Franks Vater und die Oberärzte ließen sich alle Neuigkeiten und wichtigen Befunde von den Stationen eingehend schildern, fragten sehr differenziert nach und sparten nicht mit Lob oder Kritik. Sehr erfreulich fand Emma, dass alle Mitarbeiter kritische Fragen stellten und kompetente Antworten erhielten. Kurz vor Schluss der Besprechung erwähnte der Oberarzt noch die neue Praktikantin. Emma musste sich, für alle sichtbar, erheben.

„Die Station soll ihr mit einem Kittel aushelfen", merkte der Oberarzt noch an. Die zuständige Schwester nickte dienstbeflissen.

Zurück auf der Station setzte man sich zusammen und besprach, auch mit mehreren Schwestern, die Ergebnisse des Tagesrapportes und die Aufgabenverteilung für den heutigen Tag. „Emma sollte zunächst und bis auf weiteres ausschließlich mit mir kommen", konstatierte Dr. Lange. „Sie ist noch unerfahren, deshalb muss sie erst eingewiesen und ihre Geschicklichkeit überprüft werden."

Wie nicht anders zu erwarten, erhob sich ein deutliches Raunen und Tuscheln, das alle Nuancen von „Na, das war ja wohl zu erwarten!" und „Immer er!", bis hin zu „Das kann ja wohl nicht wahr sein!" oder „Weshalb denn das nun?" zu umfassen schien.

„Auch wenn Ihr es nicht glaubt: Hat mir Oberarzt Müller verordnet!", versuchte sich Dr. Lange zu rechtfertigen.

Die Mienen der Umsitzenden ließen offen, ob sie ihm diese Version glaubten.

Emma und Kaissa hatten vorsichtige Blicke gewechselt. „Für eine persönliche Anleitung, direkt vom erfahrensten Stationsarzt, habe ich natürlich keine Chance", schien Kaissas trauriger Blick zu sagen. Emma fiel auf, dass sie deren Gedanken sehr sicher einordnen konnte. Vorsichtig wagte sie eine mentale Antwort, unterstützt durch den Ausdruck ihres Blickes und bewusste Körpersprache: „Sei nicht traurig."

Kaissas Reaktion war auffällig. Sie errötete sanft und schlug die Augen nieder.

Emma überlegte: Hatte dieses schüchterne, in sich gekehrte Mädchen, das schon deutlich vom Leben enttäuscht erschien, etwa auch besondere mentale Gaben?

„He, Emma, ich habe Dich etwas gefragt", drang die Stimme von Dr. Lange in ihr Bewusstsein.

Sie schreckte auf und fragte: „Wie bitte, ich habe Sie – Dich – nicht richtig verstanden ..."

„Also, auch für schöne Frauen gilt folgende Regel: Wenn der Vorgesetzte etwas sagt – und das bin ich nun mal für Dich – dann hört man sehr aufmerksam hin. Ist das klar?"

Emma lächelte zuckersüß, vollführte einen angedeuteten Hofknicks und blickte ihn dabei lange und intensiv mit ihren ausdrucksstarken, großen und wunderschönen Augen an.

Jeder im Raum erriet ohne Zweifel, was sie ausdrücken wollte: „Ja, kapiert, Herr Doktor. Und wenn Du mir noch mal so blöd kommst, kannst Du einen extrem störrischen Untergebenen erleben, ok?"

Dr. Lange bekam rote Ohren und schwieg betreten. „Na, ja, Entschuldigung, ist doch wahr, Ihr müsst mich aber auch verstehen! Ich habe schließlich die Verantwortung!"

Die Schwestern im Hintergrund fanden hinter vorgehaltener Hand, dass dieser Punkt unzweifelhaft an Emma ging.

Die Oberschwester hatte einen halbwegs passend erscheinenden Kittel herausgesucht, reichte ihn Emma und schickte sie ins Schwesternzimmer zum Umkleiden. Ihre Rückkehr rief bei den männlichen Kollegen entzücktes Staunen hervor, während die Schwestern erschrocken die Hände vor den Mund pressten. Der Kittel saß extrem gut, betonte unbeabsichtigt sehr stark ihre herrliche Figur und schien für eine Krankenstation verwunderlich kurz.

„Wenn das heute kein Glückstag ist ...", betonte Dr. Mühlhagen.

Seinem Kollegen und dem Arzt im Praktikum schienen die passenden Worte zu fehlen, aber ihre Blicke sprachen Bände.

„Wir sollten endlich anlegen – äh – anfangen", riss sich Dr. Lange von ihrem Anblick los.

Die Oberschwester schwenkte den Telefonhörer.

„Der Chef will heute Mittag hier große Visite machen – ausgerechnet – sonst hat er doch immer am Freitagvormittag ..."

Dr. Lange und Dr. Mühlhagen sahen sich gestresst an. Das konnte ja noch heiter werden ...

„Mitkommen!", hörte Emma nur und Dr. Lange war schon fast samt der Aufnahmeakte in einem Krankenzimmer verschwunden.

Dort setzte er sich neben die Patientin, befragte sie eingehend und mit eingestreuten Seitenbemerkungen zu Emma, dann untersuchte er sie gründlich und kommentierte seine Befunde genau. „Diagnose?", wollte er schließlich von Emma wissen.

„Verdacht auf ikterischen Gallengangsverschluss durch Konkrement."

„Welche anderen Möglichkeiten als Ursache?"

„Chronisch-entzündliche Striktur der ableitenden Wege, Neoplasie ..."

„Sehr gut", unterbrach Dr. Lange, „was werden wir tun?"

„Laborwerte wie Blutbild, Senkung, Bilirubin, alkalische Phosphatase, Leberfunktionsproben, natürlich Ultraschall oder Nativ-Röntgen, später vielleicht i.v.-Gallenblasendarstellung, gegebenenfalls Tomo oder MRT ..."

Der Assistenzarzt stand auf und raunte „Komm mal mit nach draußen ..."

„Emma – willst Du wirklich erst studieren oder bist Du direkt vor dem Staatsexamen? Und Du hast noch nie auf einer Station ...?" Entgeistert hielt er inne.

Er nahm die zweite Patientenakte. „Diesen Herrn hier wirst Du in meinem Beisein untersuchen und natürlich auch den Befund schreiben!"

Der alte, kurzluftige Patient freute sich erkennbar, dass die junge Studentin ihn untersuchen sollte, wenn auch leider im Beisein des Assistenzarztes.

„So ein Glück hat man ja nicht alle Tage", bemerkte er trocken.

Emma hielt sich an das Befragungs- und Untersuchungs-Schema des Assistenzarztes und kam zu ihrer Diagnose „chronische Herzinsuffizienz mit beginnender Dekompensation nach Stenocardien bei Lungenemphysem und Hypertonus".

Auf dem Flur wirkte Dr. Lange sehr nachdenklich und gab sich wortkarg.

Bis zur gemeinsamen Visite der beiden Stationsärzte sah sich Emma – überschlägig, wie es schien – alle Patientenakten an.

Dann begleitete sie die beiden Ärzte auf ihrem täglichen Rundgang durch die Krankenzimmer. Beide stellten zunächst verwundert, dann immer erschrockener fest, dass Emma alle Patientenbefunde komplett im Gedächtnis hatte.

„Das kann doch gar nicht mit rechten Dingen zugehen. Du hast die Akten doch nur ganz flüchtig angesehen!"

„Ich habe ein fotografisches Gedächtnis", erläuterte Emma korrekt.

„Das ist unheimlich", stöhnte Dr. Mühlhagen.

Emma fühlte sich nicht wohl in ihrer Haut.

„Nimm uns das nicht übel", meldete sich Dr. Lange, „aber Deine Patienten-Befragung, -Untersuchung und Deine anschließende medizinische Einschätzung machen den Eindruck als wärest Du schon Jahrzehnte dabei! Du brauchtest keinerlei Hilfe oder Rat!"

Emma lächelte gequält. „Ja, nein – aber ...“

Glücklicherweise nahte der Chefarzt und versetzte die Station planmäßig in Aufregung. Die Chef-Visite begann zunächst unspektakulär. Die beiden Ärzte trugen an den Betten die Krankheitsverläufe vor und beantworteten gezielte Fragen ohne Mühe. Alle Akten, Berichte und Röntgenaufnahmen lagen komplett und in richtiger Reihenfolge vor. Dann verweilte der Chefarzt bei dem alten Herrn, den Emma zusammen mit Dr. Lange untersucht hatte.

„Vielen, vielen Dank für die schöne Studier-Ärztin, Herr Chef. Ich fühle mir auch beinahe schon fast geheilt!", dienerte der.

Der Chefarzt blickte fragend zu Dr. Lange.

„Äh, Emma – also unsere neue Praktikantin – hat ihn zunächst untersucht ...", berichtete der dienstbeflissen.

„Ja ... Habe sie beim Rapport gesehen.

Sagen Sie mal, Praktikantin und dieser Kittel – ist das nicht etwas zu, wie soll ich sagen ...?"

„Die Oberschwester hat ihn herausgesucht ...", versuchte sich Dr. Lange zu retten. Diese stand direkt hinter ihm und blickte zwar unbeteiligt, doch gleichzeitig spürte jener, wie sich etwas spitz und heftig in seinen Rücken bohrte.

„Wir hatten leider nichts anderes", erklärte sie gelangweilt.

Der Chefarzt runzelte die Stirn und stöhnte leise.

„Nee, lassen Se man, is prima so in Ordnung, die junge Frau", verkündete der alte Patient.

„Wer kann mir denn nun Vorgeschichte und Befunde berichten?"

Der Chefarzt sah seine Assistenzärzte und den Arzt im Praktikum der Reihe nach an und sparte dabei Emma geflissentlich aus.

„Ich." Emma hatte leise in die verlegene Stille hinein gesprochen, aber die Wirkung glich einem Donnerschlag. Die Köpfe fuhren zu ihr herum. Den Assistenzärzten trat ob derartig vorlauter Äußerung der Schweiß auf die Stirn. Eine Studentin wagte, dem Chef anzubieten, den Fall zu referieren oder gar zu beurteilen! Gleich würde es eine Katastrophe geben!

Doch zum Erstaunen aller nickte der Chefarzt.

„Ich war natürlich bei der Untersuchung die ganze Zeit anwesend und ..." Eine abwehrende Armbewegung des Chefarztes ließ Dr. Lange verstummen.

Jener lauschte von Anfang bis Ende ohne Emma zu unterbrechen und stellte am Ende auch keinerlei Fragen. Als die Therapievorschläge an die Reihe kamen, zögerte sie.

„Das werden die Herren Assistenten regeln ...", sprach der Chefarzt und ging zum nächsten Bett weiter.

Emma fing von ihm einen sehr klaren Gedankenimpuls auf: „Sehr gut. Ich bin stolz auf Dich."

„Danke ...", antwortete sie auf gleichem Wege.

Sein flüchtiger Blick zeigte, dass er verstanden hatte.

An der Stationstür blieb der Chefarzt noch einmal stehen, winkte Dr. Lange, der fast schon gehofft hatte, alles sei noch einmal gut gegangen, zu sich heran: „Ich möchte Sie in einer viertel Stunde in meinem Zimmer sehen ..."

Der wurde blass und brachte kein Wort heraus. Jetzt hatte es ihn erwischt. Diese berüchtigten „Privataudienzen" beim Chef bedeuteten eigentlich immer nur eines: Die Hinrichtung. Das Ende seiner Karriere an dieser Klinik.

„Verdammt ...", war das einzige, was er anschließend, als er das Stationszimmer mit zitternden Knien betrat, hervorbrachte. Alle blickten ehrlich mitfühlend und wirklich ratlos.

„Ich war aber auch so was von blöd und hätte natürlich wissen müssen: Man darf eine Studentin nicht gleich an ihrem ersten Arbeitstag mit einer kompletten Patienten-Befragung und Untersuchung betrauen! Irgendetwas muss ihm sofort – und äußerst nachteilig – aufgefallen sein. Wenn ich nur wüsste, was!" Er war auf einem Stuhl zusammengesunken und hatte die Hände vor das Gesicht genommen.

Dr. Mühlhagen trat zu ihm und legte kameradschaftlich eine Hand auf seine Schulter. „Komm schon, muss ja nicht gleich das Schlimmste passieren, obwohl ..." Mehr traute er nicht auszuführen.

Dr. Lange warf einen verzweifelten Blick auf Emma. „Erst dachte ich, heute wäre ein besonders schöner Tag, als Du hier erschienen bist. Später war ich begeistert von Deinem Wissen und Können. Nun siehst Du mich quasi am Boden zerstört. Alles innerhalb weniger Stunden ..."

Emma hatte sich neben ihn an den Tisch gesetzt und blickte ihn aufmerksam an. „Weshalb meinst Du, alles zerstört, warum bist Du so bestürzt? Es ist doch nichts passiert ..."

„Du ahnungsloser Engel", flüsterte Dr. Mühlhagen, nur für sie hörbar, „solche Donnerwetter enden komischerweise manchmal mit einer Entlassung ..."

Emma starrte ihn an. „Der Chef war sehr zufrieden mit meinem Bericht. Er hat doch niemanden in irgendeiner Weise kritisiert!"

Dr. Lange erhob sich ächzend: „Es ist Zeit. Ich muss jetzt in die Höhle des Löwen ..."

Emma trat ihm in den Weg.

„Bitte, glaube mir: der Chef wird Dich in keiner Weise kritisieren. Im Gegenteil: Er wird Dich loben, Du hast wirklich nichts zu befürchten ..."

Dr. Lange schob sie ohne einen weiteren Blick einfach sanft beiseite und schritt mit eiligen Schritten davon.

Die anderen blickten Emma verwundert an, als sei sie nicht ganz bei Trost.

„Bin gespannt, wer sein Nachfolger wird", argwöhnte die Ober-schwester mit bedauerndem Blick und fügte leise, aber für alle ver-nehmbar hinzu: „Und alles nur wegen dieser Praktikantin ..."

Emma war bestürzt, senkte den Blick und biss sich auf die Un-terlippe.

Die anderen gingen wieder ihrer Arbeit nach.

Kaissa war vorsichtig heran getreten. „Natürlich sind immer die Schwächsten schuld, also wir ..." Emma sah auf und lächelte nach-denklich. „Wir könnten schon mal Mittagessen gehen. Wer weiß, was der Nachmittag noch bringt", schlug Kaissa sanft vor.

Kaum hatten sie das Kasino betreten und ihr Essen in Empfang genommen, winkte Oberarzt Dr. Müller gestenreich. „Ich muss mit Emma sprechen – allein."

Kaissa senkte den Blick, errötete leicht, entgegnete aber nichts, sondern erhob sich fast schuldbewusst, um an einen entfernteren Tisch zu gehen. „Wir treffen uns nachher auf der Station", rief Emma, war aber nicht ganz sicher, ob Kaissa es vernehmen wollte. Bedauernd sah Emma ihr nach.

„Also, wie läuft es?", wollte der Oberarzt wissen.

„Turbulent", entgegnete Emma und berichtete von den Ereig-nissen bei der Chefvisite.

„Au weia, das sieht aber böse aus", meinte der Oberarzt zum Falle des Ersten Assistenten. „Hoffentlich will mich der Chef nicht auch gleich sprechen und wissen, wer als Nachfolger in Frage kommt ..."

Und als habe sein Personenruf, im Klinik-Jargon ‚Pieper' ge-nannt, nur auf dieses Stichwort gewartet, gab er schon das Signal, sich zu melden.

Er ging ans Telefon und kurz darauf eilte er vorbei und zuckte mit den Schultern. „Der Chef will mich sehen ..."

Emma blickte unsicher auf ihr Essen und dachte nach.

Hatte ihr Erscheinen hier denn alles durcheinander gebracht? Weshalb reagierten einige Menschen so merkwürdig aufgeregt?

Doch schon wurden ihre Überlegungen von Dr. Mühlhagen un-terbrochen, der sich mit seinem Tablett direkt neben sie setzte.

„Na, heute Abend schon etwas vor?", fiel er mit der Tür ins Haus.

Emma überlegte, ob die Frage tatsächlich ernst gemeint war, oder nur ein Scherz sein sollte. Sie entschied sich für Letzteres und lächelte derart, dass er sich verschluckte und zu husten begann.

Nebenbei bemerkte sie, dass Kaissa ihr Essen beendet hatte und dem Ausgang zu strebte.

Ehe Dr. Mühlhagen wieder richtig sprechen konnte, erklärte Emma, dass sie wieder auf die Station wolle.

Wenig später hatte sie Kaissa eingeholt. „Bitte entschuldige", begann Emma, wurde jedoch sogleich von ihr unterbrochen: „Ach, ist doch egal ..."

Emma blickte sie forschend an. Sie fühlte einen Strom Emotionen und beklommene Gedanken. Wenn sie jetzt einen gezielten Gedankenkanal öffnen würde, läge Kaissas Seele ausgebreitet vor ihr, da war sie sich ganz sicher.

Aber das wollte sie auf keinen Fall ohne deren Wissen.

„Kaissa, ich würde gerne gleich nach Dienstschluss noch mit Dir einen Kaffee trinken gehen."

„Du wirst doch bestimmt von Deinem Freund abgeholt."

„Nein."

Kaissa blickte unsicher und willigte schließlich lächelnd ein: „Also versuchen wir es nachher noch einmal ..."

Auf der Station rief ihnen gleich eine Schwester entgegen: „Schon gehört? Dr. Lange bleibt! Er ist vom Chef nur belobigt worden. Ist das nicht toll?"

Schon eilte Dr. Lange aus dem Stationszimmer: „Emma, Du hattest völlig Recht! Überhaupt keine Kritik, keine Rede von Rausschmiss oder dergleichen!

Ein derartiges Lob hat es meines Wissens hier noch nie gegeben! Selbst der Oberarzt bestätigte mir das!"

Er war nun bei ihr, umarmte sie, hob sie federleicht in die Höhe und wirbelte mit ihr ein paar Schritte über den Flur.

Als werde ihm erst jetzt ihre überwältigende Weiblichkeit und der zarte Duft ihres betörenden Parfums bewusst, hielt er verlegen inne und ließ Emma herab.

Sie holte tief Luft und musterte ihn aufmerksam.

„Der Chef lobte, wie gut ich Dich angeleitet hätte und überhaupt war er auch mit Deiner Leistung sehr zufrieden. Ich legte ihm dar, dass Dr. Mühlhausen und ich ein derartiges Fachwissen noch nie erlebt hätten! Aber da wiegelte der Chef merkwürdig ab. – Er wirkte heute überhaupt ganz verwandelt, viel zugänglicher! Der Grund weshalb er mich zu sich zitiert hatte, war ein ganz anderer: Ich sollte mir ein neu erschienenes Fachbuch abholen und ihm in zwei Wochen berichten, ob es für unsere Klinikbibliothek geeignet wäre … Emma, wir haben Grund zu feiern! Ich lade Dich und alle anderen Mitarbeiterinnen und Mitarbeiter der Station heute nach Dienstschluss zu einem Umtrunk ein!"

Emma bemerkte ein enttäuschtes Aufblitzen in Kaissas Augen, die sich dann abwandte.

„Weshalb warst Du Dir so unglaublich sicher, dass mir nichts Schlimmes widerfahren würde", wollte Dr. Lange jetzt wissen.

Emma blickte ihn fröhlich an, beschloss aber zu schweigen und schüttelte nur langsam den Kopf.

Wenig später begann für Dr. Lange ein vierstündiger Ambulanzdienst in der Aufnahme. Natürlich beorderte er Emma mit sich. Hier trafen sie auch Oberarzt Dr. Müller wieder. Der zog Dr. Lange am Ärmel beiseite und sie unterhielten sich leise ein paar Minuten lang, während sie von Zeit zu Zeit verstohlene Blicke auf Emma warfen. Anschließend machten sie sich kommentarlos fleißig an die Arbeit. Beide Ärzte zeigten sich Emma gegenüber zunehmend aufgeschlossen und freundlicher.

Diese bemühte sich, ihr Wissen und Können nur wenn gefragt, zu äußern. Lange Weile kam nicht auf, da ständig neue Patienten eintrafen. Die Zeit bis zum Abend verging wie im Fluge. Um achtzehn Uhr kehrten sie auf die Station zurück.

Dr. Mühlhagen und der Arzt im Praktikum hatten schon für den Umtrunk im Arztzimmer Vorbereitungen getroffen. Dr. Lange entkorkte Sekt, außerdem standen alkoholfreie Getränke und Chips bereit.

Emma hielt vergeblich nach Kaissa Ausschau und fragte schließlich eine ältere Schwester. „Die ist schon vor einer halben Stunde gegangen."

Sie wurde dann zunehmend von den anderen Mitarbeitern angesprochen, die sich deutlich interessierter und zugewandter zeigten, als am Morgen. Nur die Oberschwester blieb bei ihrer Überzeugung: „Macht mal um Eure schöne Praktikantin nicht so ein Gewese …"

12

Am Abend desselben Tages saßen Frank, seine Familie und Emma im Wohnzimmer beisammen.

„Na, Emma, erzähl doch mal, wie es war!", bat der Vater.

Sie lächelte ein wenig befangen, entschloss sich dann aber zu einer präzisen Schilderung. „Ich mache ganz neue Erfahrungen, es ist sehr spannend!" Alle hörten interessiert zu, vernahmen auch ihre vorsichtige Kritik, überlegten Abhilfe und gaben Ratschläge.

„Und Du hattest den ganzen Tag über einen Gedankenkanal zu meinem Fachwissen offen?", wollte der Vater wissen.

„Ja, das ging ohne Mühe. Hast Du etwas gespürt, oder gar Unangenehmes empfunden?"

„Es war überhaupt nichts zu merken", bestätigte er, „und schon gar nichts Unangenehmes. Eher das Gegenteil!"

Franks Mutter blickte ihren Gatten versonnen an. Emma schaute nachdenklich und mit großen Augen. Sie hatte sich an Frank gelehnt, der sie eng mit beiden Armen umfangen hielt.

„Ich habe heute Mittag einen Fachartikel gelesen", meinte der Vater, „über verzögerte Knochenheilung bei Leistungssportlern."

„Die hatten sehr merkwürdige Ausgangswerte", wunderte sich Emma. „Im Allgemeinen sollten die Vorgaben viel ..."

Der Vater lachte. „Ich sehe schon, Du weißt auch davon ... Es ist einfach faszinierend, wenn ich mir überlege, Du nimmst ständig komplett an meinem Fachwissen teil ..."

Die Mutter wurde aber noch unruhiger. „Heinz, wirklich nur am Fachwissen?" Der Vater stand lächelnd auf und nahm seine Frau in den Arm.

„Selbstverständlich", antwortete Emma schnell. Später erzählte sie Frank von ihren Beobachtungen bezüglich Kaissa. „Ich habe den Eindruck, mit ihr ist gedanklicher Kontakt möglich und möchte das morgen vorsichtig klären!"

Frank nickte: „Dem Vengalyx-Modul nach sind ja Gedankenkontakte viel breitgefächerter möglich, als wir schlechthin gedacht haben. Nur muss die ‚Antenne' zunächst einmal eingerichtet sein.

Deshalb wirst Du jetzt möglicherweise öfter solche Beobachtungen machen."

Sie merkte sehr wohl, dass er in seinem letzten Satz nur ‚Du' gebraucht hatte und nicht ‚wir'. Nachfragen mochte sie nicht, um ihn nicht zu kränken. Aber in letzter Zeit schien seine Entwicklung der Gedankenkontakte keine Fortschritte mehr zu machen. Insbesondere nicht in Richtung Öffnung von Gedankenkanälen oder mentale Verbindungen mit Ungeschulten. Emma umfing ihn zärtlich. „Und was hast Du den ganzen Tag lang mit Karl getrieben?"

„Ich habe da überraschend ein paar sehr wichtige Gedankengänge zu meiner Theorie entwickeln können, wie das Vengalyx-Modul Dimensionssprünge vollführen mag. Das ist ziemlich kompliziert und die Überlegungen sind noch fragmentarisch. Aber Karl meint schon, das wäre wohl eine ganz bedeutsame Spur auf die ich da gestoßen wäre. Es fällt mir übrigens in letzter Zeit immer leichter, zu mathematisch-physikalischen Problemen die richtigen Lösungsansätze zu finden. Karl sagte etwas beleidigt, das könne nur durch den Einfluss des Vengalyx-Moduls zu erklären sein. Ein ‚normaler' Mensch komme gar nicht auf solche Ideen."

Emma blickte ihn nachdenklich an. Verlief seine Entwicklung der besonderen Fähigkeiten mehr in die wissenschaftliche Richtung?

Sie lächelte: „Ach, Frank, wie wird das noch weiter gehen? Irgendwann sollte doch ein Endpunkt in unseren Möglichkeiten erreicht sein ..."

„Rex hat mir heute übrigens offenbart, dass er jetzt ständig drei Gedankenkanäle gleichzeitig offen halte: je einen zu uns und einen für seine Freundin Sandra ..."

Emma versuchte sofort begeistert einen Kontakt mit Rex, stellte aber fest, dass er in der Küche selig schlief und ließ es dabei bewenden.

Am nächsten Morgen holte Emma im Krankenhaus zunächst ihre Berufskleidung von der Wäscheausgabe und wollte sich dann im Schwesternzimmer der Station umziehen.

Mitten auf dem Tisch stand dort ein etwas zu groß geratener Blumenstrauß mit einer auffälligen Karte daran: „Für Emma". Nach einem Absender suchte sie vergeblich.

Sie schaute irritiert zur Tür – bestimmt hatte dieser Dr. Lange – aber weshalb traute er sich dann nicht, ihn selbst zu überreichen – so schüchtern wirkte der gar nicht. Sie zog sich um, nahm die Karte und ging damit ins Stationszimmer.

Die Oberschwester saß am Schreibtisch und musterte sie kritisch. „Die Kleidung für Ärztinnen – also dieser Hosenanzug – ist auch nicht gerade weniger aufreizend als der Kittel gestern."

Emma blickte an sich nieder. So verführerisch fand sie diese Bekleidung nun wirklich nicht.

„Aber man sieht ja schon die Folgen", erklärte die Oberschwester anzüglich.

„Wie das?"

„Na, am zweiten Tag gleich Blumen! Jemand kann es wohl nicht abwarten ..."

„Von wem ist der Strauß, wessen Handschrift ist das?" Emma hielt der Oberschwester die Karte entgegen.

Jene würdigte die aber keines Blickes, zog nur die Stirn in Falten und murmelte: „Schon die Übersicht verloren?"

Emma befand, dass diese Unterhaltung keinen sinnvollen Verlauf nahm. Zum Glück nahte Dr. Lange, noch in Straßenkleidung. Sein Mantel war regendurchnässt. Er war nicht besonders fröhlich, sondern schimpfte wie ein Rohrspatz über das Wetter. Erst bei Emmas Anblick begann er vorsichtig zu lächeln. Auch Dr. Mühlhagen traf jetzt ein, etwas atemlos und mit einem Regenschirm in der Hand, welcher immer noch beachtlich tropfte. Sehr unwahrscheinlich, dass einer von den beiden unbemerkt den Blumenstrauß ins Schwesternzimmer gestellt haben konnte. „Aber wer dann?", rätselte Emma erstaunt.

„Heute üben wir mal Blutabnehmen", offenbarte Dr. Lange später zu Emma gewandt, „oder kannst Du das auch schon?"

„Noch nie probiert", antwortete sie.

„Um zehn Uhr Tagesrapport, ab vierzehn Uhr wieder Ambulanz", erklärte er weiter. „Auf geht's!"

Emma bewies bei allen Blutabnahmen außergewöhnliche Ruhe und Geschicklichkeit, sie traf nie daneben.

Dr. Lange schüttelte den Kopf. „Wenn es mal schwierig ist und ich es nicht schaffe, dann rufe ich Dich! – Eine andere Sache: Wir müssen den Untersuchungsbefund von Deinem gestrigen Patienten auch schriftlich niederlegen!"

Emma nickte: „Ja, klar. Ich habe ihn schon gestern in den Stations-Computer eingetippt!"

Dr. Lange vergewisserte sich: „Alles bestens und keinerlei Rechtschreibefehler; erstaunlich! Wie lange hast Du dafür gebraucht?"

„Etwa drei Minuten."

„Das glaube ich nicht! Wenn ich sehr schnell bin, schaffe ich das in zwanzig Minuten! Mach mir das einmal vor!"

„Lass mich einen der neuen Patienten untersuchen, dann zeige ich es Dir anschließend!"

Kaissa trat gerade ein und grüßte schüchtern, würdigte Emma kaum eines Blickes. Sie hatte den letzten Wortwechsel mitgehört.

An Dr. Lange gewandt beklagte sie sich: „Ich würde auch einmal gerne unter Deiner Anleitung Blutentnahmen und Patientenuntersuchungen erlernen! Seit Emma hier ist, darf sie immer nur ..."

Emma verkrampfte sich unwillkürlich für den winzigen Bruchteil einer Sekunde, als sie die völlig transparente, grünschimmernde, fast das ganze Stationszimmer einschließende Sphäre wahrnahm.

Auf den über hundert ihr zur Verfügung stehenden Gedankenkanälen alarmierte sie blitzschnell das Vengalyx-Modul, Frank, Rex, den Chefarzt und Sandra. Gleichzeitig übermittelte sie Lageeinschätzungen, Abwehrstrategien, sowie Sicherheitsmaßnahmen und sandte eine sehr genaue Protokollierung des gesamten Ablaufes.

Entsetzt musste sie feststellen, dass die Sphäre ihre darin gefangenen Menschen, nämlich die Oberschwester, Dr. Lange, Kaissa und sie unentrinnbar und in kaum fassbarem Tempo mit sich fortnahm. Schon schwebte die Sphäre über der Stadt, wurde weiter schneller und strebte nach Durchdringen der Wolkendecke in das blaue Firmament.

Emma war erleichtert, dass sie offenbar ihre Gedankenkanäle aufrechthalten konnte. Die Geschwindigkeit der sie umschließenden Sphäre nahm weiterhin atemberaubend zu und sie erkannte deutlich, dass die Erdkugel schnell kleiner wurde.

„Kannst Du die Hülle der Sphäre mental sprengen?", wollte das Modul wissen. „Dann könnte eine Notfall-Sicherheitsschaltung des Vengalyx-Moduls Euch ohne jede Verzögerung oder Gesundheitsgefährdung sofort zurückbringen!"

Nach einigen Versuchen stöhnte Emma: „Meine geistigen Kräfte reichen dazu nicht aus! – Und Deine Signale werden schon schwächer ...“

Rex sprang Emma so heftig an, dass sie aufschrie. Doch als sie verstand, was da gerade geschehen war, jubelte sie. Rex hatte den persönlichen Ortswechsel zu ihr herauf geschafft! „Das war großartig Rex, sehr gut gemacht.“

Niemand von den anderen war in der Lage etwas zu äußern. Ihre übermäßig erstaunten Gesichter wirkten wie leblose Masken.

„Rex, los, versuchen wir gemeinsam, diese Sphäre mental zu kompensieren, damit uns das Vengalyx-Modul zurückholen kann!“

Doch schnell mussten sie feststellen: Auch zusammen konnten sie diese nicht ausreichend beeinflussen oder gar zerstören; sie war viel zu stabil.

Rex sah sich um: „Keine Bedienungs- oder Steuerungs-Strukturen erkennbar. Wahrscheinlich ein vollautomatisches System. Wir können überhaupt nicht eingreifen ...!“

„Versucht die Flugbahn der Sphäre mental in irgendein vor Euch liegendes Sonnensystem zu zwingen!“, war das Vengalyx-Modul gerade noch zu verstehen. „Sucht nach erdähnlichen Planeten, auf denen Ihr notlanden ...!“ Dann brach der Kontakt zum Vengalyx-Modul ab.

Bald näherten sie sich einem hellen Zentralgestirn, bei dem Emma mehrere Planeten erkannte. Wohl durch die extrem hohe Masse jenes Sternes bedingt, flogen sie einen leichten Bogen. Emma überlegte: „Wenn wir hier eine Kurskorrektur bewirken könnten, wäre das besonders effektiv!“

Sie und Rex unternahmen gemeinsam verzweifelte mentale Anstrengungen den Kurs der Sphäre in irgendeiner Weise zu beeinflussen. Wenig später stellten sie einen Erfolg fest. Sogar ein Planet war jetzt ganz in ihrer Nähe.

„Er scheint größtenteils wolkenbedeckt; das könnte auf Wasser hindeuten!“, beobachtete Emma.

Inzwischen bemerkte sie, dass die Sphäre, vermutlich durch die massiven Einflüsse der ihr aufgezwungenen Kursänderungen, an physikalischer Stabilität verlor. Sie drohte zu zerbrechen. „Rex, wir müssen mit unseren mentalen Kräften eine innere Schutzhülle aufbauen!“

Der verstand sofort.

Kaum dass sie dieses geschafft hatten, zerbarst die ursprüngliche Sphäre in einem gleißenden Funkenregen. Nur noch von ihrem selbst errichteten Feld umgeben und geschützt begannen sie einen extrem kurzen, sehr schnellen Abstieg zur Planetenoberfläche. Rechtzeitig, bevor ihre Kräfte völlig versagten, modifizierte Emma die Schutzhülle noch derart, dass die Aufprallenergie völlig absorbiert wurde.

13

Die Schutzhülle hatte tatsächlich eine verzweifelte Notlandung ermöglicht und nun fanden sie sich benommen, aber unverletzt, auf einem weichen, kleinblättrig-niedrigen Pflanzenteppich wieder.

Emmas Hoffnung, die Atmosphäre dieses Planeten wäre atembar, erwies sich zum Glück als zutreffend. Allenfalls der Geruch dieser Luft war fremdartig würzig.

Nicht auszudenken, wenn sie hier lebensfeindliche Umstände angetroffen hätten! Dieser Gedanke verursachte bei Emma nachträglich noch Herzklopfen und Beklemmungsgefühle.

Die Oberschwester starrte stumm auf ihren zerrissenen Rock. Kaissa hielt mit angstvoll geweiteten Augen den Blick ständig auf Rex gerichtet. Dr. Lange blickte wie ein Betrunkener, der jeden Augenblick einzuschlafen droht.

„Hast Du Verbindung zu irgendjemandem? Oder zum Vengalyx-Modul?", fragte Emma vorsichtig über ihre Gedanken bei Rex nach.

„Derzeit nein; aber unsere Chancen stehen gut, dass wir bei einer anderen Planetenkonstellation, sprich Tageszeit, mehr Erfolg haben könnten!"

Kaissa begann unmotiviert zu kreischen und versuchte hektisch aufzuspringen. „Der Hund ist bestimmt an allem schuld! Außerdem bin ich allergisch auf Hundehaare! Ich will zurück ...", schluchzte sie laut.

Emma umfing sie energisch, drückte sie an sich und wiegte sie sanft.

„Die Blumen waren von Kaissa", sagte die Oberschwester unmotiviert.

Emma sah erst sie, dann jene verständnislos an. Kaissa errötete, umarmte Emma heftig und begann erneut zu schluchzen.

„Oh, oh ...", dachte Emma, „noch ein Problem ..."

„Hört jetzt alle sofort mit diesem Wahnwitz auf, es ist genug!" Dr. Lange richtete sich auf und blickte respektheischend um sich. „Was ist das für ein Hund?"

Emma erhob sich ebenfalls. „Das ist Rex, er gehört dem Sohn des Chefarztes!"

Dr. Lange, die Oberschwester und Kaissa blickten sie an, als hörten sie ihre Stimme das erste Mal. Dann begannen sie wirr durcheinander zu reden.

„Es stimmt, der Sohn vom Chef hat so einen Hund; ich habe die beiden ein paar Mal gesehen ...", fasste die Oberschwester zusammen. „Aber was hast *Du* ausgerechnet mit Rex zu schaffen ...?"

„Bitte, hört mir zu!" Emma blickte jeden einzelnen ernst an. „Leider seid Ihr unfreiwillig in eine Entführung verwickelt worden ..., genauer gesagt, in meine ... Durch das Eingreifen von Rex und mir konnte unsere Verschleppung durch die Notlandung auf diesem Planeten hier unterbrochen werden ..."

„Was redest Du da für einen unsäglichen Blödsinn ...?" Dr. Lange fuchtelte wild mit den Armen. Dann wurde er schlagartig ruhig. „Was also soll der Hund hier – und wieso eine Entführung?"

Emma erkannte, dass sie ihren Leidensgenossen jetzt keine weiteren, ungewöhnlichen Informationen zumuten durfte und schwieg bedrückt.

„Gib ihnen etwas Zeit", tröstete Rex.

Zum Glück drang Dr. Lange nicht mit weiteren Fragen in sie, da die Oberschwester ihm umständlich darzulegen begann, dass ihrer Meinung nach alle Hunde schmutzig, bösartig und hinterhältig seien.

Emma setzte sich nieder, umarmte Rex und legte demonstrativ ihren Kopf an seine Schulter und übermittelte ihm gedanklich: „Ich bin unglaublich froh, dass Du hier bei mir bist! Du hast mutig den Transfer in die Sphäre gewagt und mich bei der Kursänderung und überstürzten Landung ausgezeichnet unterstützt ..."

„Der Ortswechsel in die Sphäre hinein war für mich nicht so schwer", gab er Auskunft, „Frank hat es natürlich auch sofort versucht, aber für ihn war die Entfernung schon viel zu groß! Dann hat das Vengalyx-Modul, vereint mit Franks verzweifelter, mentaler Kraft, noch meinen Ortswechsel in die Sphäre hinein zustande gebracht! Und den Hauptanteil der Kursänderung hast Du selbst bewirkt – aber ich habe Dir gerne geholfen!"

„Weshalb konnte das Vengalyx-Modul uns nicht einfach folgen?", überlegte Emma.

„Selbst für einen Alarmstart beträgt die Vorbereitungszeit seiner Systeme fast zehn Minuten ... In dieser Zeit waren wir mit der Sphäre schon unerreichbar weit entfernt ... Ich befürchte, es hat die

Spur gar nicht mehr aufnehmen können, sondern muss sie erst mühsam und zeitaufwändig interpolieren."

Emma drückte sich noch enger an Rex. „Frank, Frank … Ich brauchte wieder einmal ganz dringend Deine Hilfe", sinnierte sie und Panik wollte sie ergreifen.

„Sag mal – Entführung – wieso denn? Das ist ja ausgesprochen ärgerlich", hörten sie Dr. Lange erneut, aber diesmal waren seine Gesichtszüge nicht mehr verzerrt, offenbar war er wieder Herr über sich.

Kaissa hielt immer noch ängstlich Abstand zu Emma und Rex. Die Oberschwester gähnte nachhaltig, blickte aber wachsam.

Emma berichtete in groben Zügen von den früheren Versuchen, sie gewaltsam zu verschleppen.

„Aus welchen Gründen das Ganze?", wollte Kaissa erfahren.

„Letztlich geht es um einige besondere Fähigkeiten, die ich habe."

Dr. Lange betrachtete sie mit zusammengekniffenen Augen. „Ich verstehe allmählich! Deine extrem guten medizinischen Kenntnisse, Dein perfektes praktisches Können, obwohl Du das alles noch nie gemacht hattest! Dein fotografisches Gedächtnis und das Hochgeschwindigkeits-Schreiben am Computer … Du bist sicher eines dieser superbegabten Wesen – so eine Art Wunderkind!"

„Dass mit ihr irgendetwas anders sein musste, habe ich gleich gemerkt …" Die Oberschwester lächelte verächtlich. „Außerdem hatte ich mehrfach den Eindruck, als unterhielte sich Emma mit diesem Hund hier!"

„Moment – " Dr. Lange fixierte Emma. „Mir kam das auch so vor!"

Kaissa pflichtete ihm bei.

„Eine meiner besonderen Fähigkeiten besteht darin, dass ich mentale Kontakte aufbauen kann – auch zu Rex."

„Ach Du liebe Zeit – Das heißt? Du kannst – Gedanken lesen, oder so?" Dr. Lange lauerte auf eine Bestätigung.

Emma nickte und alle Umstehenden stießen verblüffte Laute aus und begannen, sie noch furchtsamer zu betrachten.

„Eigentlich müsste ich schon sehr allergisch auf diesen Hund reagieren, erstaunlicherweise merke ich noch gar nichts", wunderte sich Kaissa inzwischen. „Ist das medizinisch erklärlich?", sprach sie Dr. Lange an.

„Frag lieber sie!", ließ der hören und reckte das Kinn in Emmas Richtung, „sie weiß mehr als wir alle zusammen!"

Doch Kaissa wiederholte ihre Frage nicht und Emma mochte nicht darauf eingehen.

„Ich hasse Hunde", hörten sie die Oberschwester.

„Ich mag auch nicht alle Menschen", brummte Rex und Emma musste lächeln.

Kaissa schrie bei dessen Worten laut auf.

„Ich konnte seine Stimme hören", erklärte sie zitternd, „ganz klar und deutlich …"

Dr. Lange trat einen Schritt vor und packte Emmas Arm. „Was soll das? Willst Du uns mit Bauchredner-Kunststückchen noch weiter aus der Fassung bringen?"

„Geh von Emma weg, sonst bekommst Du massiven Ärger", drohte nun die unmissverständliche Haltung von Rex.

Die Oberschwester hatte die zitternde Kaissa in den Arm genommen und streichelte ihr tröstend über die Haare.

„ – Was können wir denn nun aus eigener Kraft tun?", beschwichtigte Dr. Lange.

„Ich schlage vor, dass wir uns alle miteinander vertragen!", sagte Emma und befreite ihren Arm aus der Umklammerung. „Rex ist – ebenso wie ich – mit besonderen Fähigkeiten ausgestattet. Wir sind zu weitreichenden mentalen Kontakten fähig und werden alles versuchen, Euch hier vor Gefahren zu schützen und den Aufenthalt so unproblematisch und vor allem so kurz wie nur irgend möglich zu machen …"

„Da bin ich aber sehr gespannt, wie Ihr das anstellen wollt …", murmelte die Oberschwester und schüttelte zweifelnd den Kopf.

„Rex ist doch erst unterwegs zu uns gestoßen! Habe ich recht?", bohrte Dr. Lange nach. „Kann er etwa durch Geisteskräfte seinen Aufenthaltsort verändern?"

Emma blickte zu Rex. „Ja – unter bestimmten Umständen."

Ungläubiges Raunen erklang.

„Kann er nicht zurück zur Erde und Hilfe holen?" Auf Kaissas Gesicht trat ein Hoffnungsschimmer.

„Wir sind jetzt schon viel zu weit entfernt", antwortete Emma sanft und Kaissa flüchtete wieder zitternd in die Arme der Oberschwester, als sie die Tragweite dieser Äußerung begriffen hatte.

Sie standen immer noch mitten auf der schwach hügeligen Wiese. Nicht weit entfernt schien so etwas wie ein Wald zu beginnen. Über ihnen wölbte sich ein violett-blauer, teils bewölkter Himmel. Die übergroße Sonne dieser soweit erdähnlichen Welt stieg langsam höher und begann eine für die Menschen unangenehme Wärme zu verbreiten.

„Wir sollten den Wald aufsuchen", empfahl Rex. Emma stimmte zu und schlug den anderen vor, so zu verfahren.

„Du und Rex – Ihr habt uns gar nichts zu befehlen", grummelte die Oberschwester und verschränkte die Hände vor der Brust.

Die Übrigen schauten missvergnügt.

Dr. Lange blickte in die Runde. „Unter diesen Umständen wäre es dennoch töricht, wenn wir nicht auf Emma hörten, sondern nur mit ihr herumzankten. Ihre außergewöhnlichen Fähigkeiten könnten in diesem Schlamassel eine große Hilfe für uns sein!"

„Richtig!", flüsterte Kaissa.

Die Oberschwester warf Emma einen giftigen Blick zu. „Dann beuge ich mich der Mehrheit; aber nur, weil ich keine andere Möglichkeit sehe!"

„Brechen wir zum Wald auf. Bitte folgt Rex, er ist unser bester Führer dorthin. – Kaissa, komm einmal zu mir, wir müssen etwas bereden."

Die anderen folgten Rex, betont bemüht und vorsichtig.

„Emma, das alles kann doch nicht wahr sein ..., wer bist Du wirklich? Kommst Du von einer anderen Welt – oder ..."

Emma nahm sie beim Arm und sah sie durchdringend an.

„Kaissa; später kann ich Dir vieles genauer erklären. Jetzt brauche ich Gewissheit über etwas, das mir bereits gestern bei Dir aufgefallen ist ..."

„Bitte entschuldige, ich bin so unbeholfen im Umgang mit Frauen; jede merkt gleich, dass ich anders fühle ..."

„Nein, Kaissa, ich meine etwas ganz anderes. Du hast vorhin schon gehört, dass ich mentale Kontakte aufbauen kann."

„Ja, hast Du erzählt. Ist ja toll. Aber was hat das mit mir zu tun?"

„Ich könnte ohne Zweifel ganz leicht eine mentale Verbindung zu Dir schaffen."

Kaissa blickte sie entgeistert an. „Oh, nein, das darfst Du bitte nicht. Du wüsstest sofort ..." Sie senkte errötend den Blick.

„Für mich wäre es möglicherweise sehr wichtig, mit Dir Gedankenkontakt aufnehmen zu können", fuhr Emma fort, „Du kannst natürlich Dein Einverständnis ausschließlich auf gedankliche Unterhaltungen beschränken, gibst also auf keinen Fall Wissen oder Gefühle preis."

„Bist Du wirklich ganz sicher?"

„Absolut."

„Dann bin ich einverstanden. Was muss ich genau tun?"

„Eigentlich nichts weiter!"

Kaissa zuckte zusammen, als sie Emmas Gedanken plötzlich wie gesprochene Worte in ihrem Kopf vernahm.

„Nein, das ist unmöglich", schrie Kaissa jetzt förmlich heraus. Die Gruppe vor ihnen hielt inne und wandte sich um.

„Wenn sie Dich zu sehr bedrängt, sag Bescheid", argwöhnte die Oberschwester lautstark.

„Überhaupt nicht", rief Kaissa ihnen zu, „Emma hat mir eben nur etwas schier Unglaubliches berichtet. – Es ist alles in Ordnung."

Dann folgten Emma und Kaissa der Gruppe um Rex.

„Mach Dich darauf gefasst, auch Rex weiterhin mental zu vernehmen", erzählte Emma und rief wieder heftiges Erstaunen bei jener hervor.

„Aber Emma, sag mir: Wie kommen wir jemals wieder von hier weg? Du meintest, die Erde sei sehr weit entfernt ..."

„Das ist zwar richtig, aber trotzdem ist eine Rückkehr möglich!"

„Oh, toll, herrlich", jubelte Kaissa so laut, dass die Gruppe erneut stehen blieb. „Emma sagt, wir könnten auf die Erde zurück! Wir müssen nicht hier bleiben und verhungern oder sterben ..."

Die Oberschwester schüttelte heftig den Kopf. „Ich weiß zwar nicht, was sie erzählt hat, aber man sollte nicht alles glauben ... Ob sie wirklich besondere Fähigkeiten hat, ist letztlich noch gar nicht erwiesen."

Inzwischen hatten sie die Randzone dessen erreicht, was aus der Ferne wie ein Wald ausgesehen hatte.

Es handelte sich um bis zu fünf Meter hohe, schmalstämmige Schösslinge, die kaum verzweigt waren und aus deren Haupttrieb lange, dünne, haarähnliche, grüne Ausläufer in großer Zahl hervorwuchsen. Immerhin spendeten sie angenehm kühlen Schatten. Der Boden dieses Waldes war über und über mit trockenen, bei jedem Schritt vernehmlich knirschenden, moosartigen Gebilden bedeckt.

„Ich habe allmählich Durst", klagte Dr. Lange. „Wir bräuchten Wasser..."

„Zwanzig Meter weiter links ist ein kleiner Bach", meldete Rex. Kurz darauf trafen sie auf den schmalen Wasserlauf.

Dr. Lange kniete sich nieder, um mit der Hand Wasser zu schöpfen.

„Halt!", rief Emma. „Erst sollten wir herausfinden, ob Ihr das Wasser auch vertragen könnt ..."

„Ist eine Deiner besonderen Fähigkeiten, Wasser zu testen?", fragte Dr. Lange ironisch. „Und selbst wenn wir es nicht vertragen würden: Was hätte das für Konsequenzen? Ohne Wasser können wir kaum überleben!"

Ungeachtet seiner Worte hatten Emma und Rex das Wasser probiert. „Es ist unbedenklich, klar und kühl", stellten beide übereinstimmend fest. Daraufhin begannen alle, bis auf die Oberschwester, zu trinken.

Rex setzte sich. Die anderen folgten seinem Beispiel.

„Das tut gut." Kaissa blickte ungläubig auf Emma und Rex.

„Du kannst uns wirklich vertrauen", empfing Kaissa einen Gedankenimpuls von Rex.

Zunächst erschrak diese, doch dann glitt ein verstehendes Lächeln über ihr Gesicht. „Und ich habe immer noch keine Anzeichen von Hundehaar-Allergie." Zögerlich ging sie auf Rex zu und begann sogar, diesen zu streicheln. Der machte es sich daraufhin zu ihren Füßen bequem.

„Armbanduhr, ein paar Mundspatel, dazu ein Kugelschreiber, Mini-Taschenlampe, Stethoskop, Reflexhammer, Notizbuch ... Damit ist in einer Wildnis wie dieser nicht sehr viel anzufangen, aber immerhin ..." Dr. Lange sortierte seinen vor ihm auf dem Boden ausgebreiteten Kittelinhalt.

Dann sah er auf die Oberschwester: „Wollen Sie eigentlich gar nichts trinken?"

„Einer muss ja bei Gesundheit und Verstand bleiben – um nachher die Kranken zu pflegen!"

Dr. Lange zog die Stirn in Falten. „Wir wissen nichts über hier vielleicht herrschende Gefahren. Aber ich vertraue dem Urteil von Emma und auf den Instinkt des Hundes. Wir haben gar keine andere Wahl! – Wo bleiben wir übrigens heute Nacht? Und sollten wir nicht nach etwas Essbarem suchen?"

„Er denkt wieder zunehmend klar und logisch", stellte Emma erleichtert fest. „Wer würde denn freiwillig mit mir auf Nahrungssuche gehen?"

Rex blickte unternehmungslustig um sich. „Ich bin dabei …"

Zum allgemeinen Erstaunen erklärte sich auch die Oberschwester sofort bereit. „Ich war früher bei den Pfadfindern, da haben wir so etwas gelernt. Ich kenne mich gut aus … Zumindest war das auf unserer guten, alten Erde so …"

Emma, Rex und die Oberschwester brachen auf. „Dr. Lange und Kaissa sollten unbedingt hier beisammenbleiben. Den Gedankenkanal zu Kaissa halte ich ständig aufrecht … Wir bleiben in der Nähe und sind spätestens in einer halben Stunde zurück."

Trotz des Schattens der baumähnlichen Schösslinge wurde es immer heißer und zunehmend schwüler. Kaum ein Lüftchen regte sich. Wenigstens gab es keine lästigen oder stechenden Insekten. Unter dem Anschein, nach etwas auf dem Waldboden zu suchen, entfernte sich Emma ein paar Meter von Rex und der Oberschwester und probierte einen ganz kurzen, mental eingeleiteten Ortswechsel. Zu ihrem Entsetzen gelang das nicht.

Selbstverständlich informierte sie sofort Rex, der sich ebenfalls erstaunt äußerte. „Leider kann ich das jetzt nicht nachvollziehen, ohne die Oberschwester in heillose Verwirrung zu stürzen. Sie scheint übrigens wirklich etwas von der Suche nach Essbarem zu verstehen … Außerdem betrachtet sie mich zunehmend freundlicher."

Schließlich fanden sie eine ganze Menge wohlschmeckender Beeren und große, apfelartiger Baumfrüchte, die innerlich brombeerfarben waren und orangenartig schmeckten. Die Oberschwester und Emma sammelten einen möglichst großen Vorrat.

Rex meldete sich: „Jetzt konnte ich es auch testen: Mein persönlicher Ortswechsel funktioniert hier auch nicht. Ziemlich blöd."

Bald kehrten sie zur Gruppe zurück.

Kaissa trat sofort erregt auf Emma zu. „Ich habe vorhin etwas Komisches gespürt. Es war zunächst, als ob sich unsere Gedankenverbindung aufbauen wollte. Doch dann spürte ich für kurze Zeit etwas völlig Unbekanntes! Wie wenn eine wahnwitzige Energie ausbrechen wollte! Ein paar Minuten später geschah noch einmal so etwas ähnliches, aber nicht so stark. Ich war sehr erschrocken."

Emma blickte sie überrascht an.

„Was war das? Irgendetwas Gefährliches?"

„Kaissa, es könnte sein, dass Du die Energien gespürt hast, die Rex und ich für einen Ortswechsel-Versuch aufgebaut hatten. Bisher konnte noch niemand derartiges wahrnehmen."

Kaissa schien noch mehr in Verwirrung zu geraten. „Bitte, sag mir; wer bist Du, Emma ...? Du hast so außergewöhnliche Fähigkeiten ..., Ich verstehe nichts ...! Wahrscheinlich bist Du doch eine Außerirdische ..."

„Nein, nicht! Aber Du hast offenbar besondere mentale Fähigkeiten, von denen Du selbst noch nichts ahntest! Wir scheinen geistige Schwestern zu sein!"

Kaissas Blick war erfüllt von freudigem Erstaunen und liebevoller Zuwendung. Sie errötete tief und atmete heftig. „Emma ich mag Dich unbegreiflich seit der ersten Sekunde, in der ich Dich sah ..., ich bin völlig verzweifelt ..." Sie sank nieder, schlug die Hände vor das Gesicht und begann heftig zu schluchzen.

Emma setzte sich neben sie und strich ihr sanft über die Haare. „Weißt Du, es ist gar nicht ganz selten, dass sich auch Frauen zu mir hingezogen fühlen ..., nicht nur Männer ..."

Kaissa blickte Emma mit großen Augen an und trocknete ihre Tränen. „Darf ich Dir also weiterhin meine Zuneigung zeigen?"

„Ja, natürlich, ohne Bedenken."

„Hast Du einen Freund?", fragte Kaissa leise.

„Ja, er heißt Frank. Wir sind verlobt. Du wirst ihn sicher bald kennen lernen." Kurzzeitig verdüsterte sich Emmas Miene und sie dachte für sich: „Sobald das hier erst überstanden ist ..."

Kaissa schniefte in ihr Taschentuch. „Alle Männer sagen, ich sei nicht besonders hübsch."

Emma schüttelte sacht den Kopf. „Richtige Schönheit kommt von innen. Wenn Du Dich erst selbst richtig erkannt hast, wirst Du eine wunderschöne Frau sein!"

Hier wurde ihr Gespräch unterbrochen, da Rex zu ihnen kam.

„Ihr habt ja vielleicht tiefsinnige Gespräche ...", bemerkte der mental. „Die Oberschwester hat in unmittelbarer Nähe weitere Früchte gefunden. Die sahen aus wie riesige Himbeeren."

Jene schwenkte ein großes Bündel davon.

„Ich habe die Früchte geprüft. Sie sind unbedenklich", erklärte Rex.

„Mein weiterer Beitrag in dieser verfahrenen Situation", bemerkte die Oberschwester barsch, aber nicht unfreundlich.

Kaissa hatte die letzten Bemerkungen von Rex ebenfalls mitbekommen und begann unvermittelt, panisch zu rufen: „Ich muss meinen Verstand verloren haben! So etwas kann doch überhaupt nicht sein! Es gibt keine Hunde, die sprechen und denken können! Und vernünftige Gedankenverbindungen unter Menschen sind genauso unmöglich! ..."

Die Oberschwester kam hinzu und scheuchte Emma und Rex mit energischen Handbewegungen von Kaissa fort. „Ihr sollt das arme Ding nicht so verwirren! Erzählt ihr nicht so viel dummes Zeug! Seht doch, was Ihr damit anrichtet!"

Emma und Rex zogen sich etwas zurück.

„Die Oberschwester hat Recht. Wir müssen Kaissa langsamer und schonender mit ihren und unseren Fähigkeiten vertraut machen. – Hunde sind da deutlich weniger empfindlich", konstatierte Rex.

Inzwischen hatten sich mächtige Wolkenberge am Himmel aufgetürmt. „Bestimmt erleben wir gleich ein kräftiges Gewitter ...", orakelte Dr. Lange. „Wir werden unter diesen komischen ‚Bäumen' vermutlich nass bis auf die Haut. Aber eine Abkühlung wäre bei dieser Hitze eine Wohltat ..."

Nachdem Kaissa sich etwas beruhigt hatte, verteilte die Oberschwester große Stücke von den gesammelten Riesenhimbeeren und den anderen Früchten. Diese sättigten hinreichend.

Kurz darauf begann ein heftiger Wolkenbruch, der ihre Bekleidung in Sekunden völlig durchnässte und diese ebenso schnell nahe-

126

zu durchsichtig werden ließ. Dr. Lange fand das äußerst interessant und konnte kaum seinen Blick von Emma wenden.

Die auf der Erde bei solchen Ereignissen üblichen Blitz- und Donnerschläge fehlten jedoch und die Luft kühlte auch kaum ab. Die Nässe führte sogleich zu einer lebhaften Nebelbildung. Innerhalb weniger Minuten konnten die Oberschwester, Kaissa und Dr. Lange kaum noch etwas von der Umgebung erkennen. Nur die besonderen Fähigkeiten von Rex ließen ihn weiterhin alles klar wahrnehmen.

Die Menschen und der Hund hatten sich zu Beginn des Regengusses niedergekauert. Obwohl er schon bald wieder aufhörte, blieben sie unentschlossen beieinander sitzen.

„Da sind wir nun, ganz auf uns gestellt!", übermittelte Emma an Rex. – „Müssen wir uns jetzt geschlagen geben und die Entführung und alles was noch folgt, schicksalsergeben hinnehmen?"

„Ich glaube nicht!", hielt Rex dagegen. „Wir haben die Pläne der Entführer massiv durchkreuzen können und verhindert, dass sie uns an ihr beabsichtigtes Ziel brachten. Unsere Lage hier ist keinesfalls schlecht! Und das Vengalyx-Modul und Frank sind ganz bestimmt nicht untätig!"

„Sie sind meine große Hoffnung! – Ob aber auch die Entführer nach uns suchen?"

„Die wissen vermutlich nicht, wo genau wir gestrandet sind und werden deshalb eine ganze Zeit brauchen, um das herauszufinden! Emma – was ist eigentlich mit Deinem Superring? Ich sehe ihn gar nicht an Deiner Hand!"

Traurig betrachtete sie ihre ringlosen Finger. „Ja, so ist es. – Ich habe ihn zu Hause gelassen, denn im Krankenhaus sollen die Mitarbeiter aus hygienischen Gründen auf derartigen Schmuck verzichten! Seine Hilfe wäre sicher von unschätzbarem Wert gewesen … Manchmal fühlte es sich heute so an, als ob er doch an meiner Hand gewesen wäre; als ob ich ihn nur nicht sehen könnte … Sich jetzt darüber Vorwürfe zu machen, bringt natürlich nichts mehr."

Kaissa kam heran und schaute unglücklich: „Ich müsste jetzt dringend mal irgendwo hin; vielleicht kann man sich auch an dem kleinen Flüsschen etwas waschen …"

Die anderen nickten konspirativ.

Rex stimmte mental zu: „Im Umkreis von fünf Kilometern ist alles ruhig und unbedenklich, kein auch nur etwas größeres Tier wahrnehmbar. Wir scheinen hier ganz allein zu sein."

„Gute Idee", erklärte Emma der Gruppe. „Geht nur nacheinander und entfernt Euch nicht zu weit."

Die große Sonne stand inzwischen nur noch knapp über dem Horizont und der Nebel begann sich überall niederzuschlagen. Wenigstens blieb die Temperatur so angenehm, dass sie nicht froren.

Eine Stunde später, wie Dr. Lange nach einem Blick auf seine Armbanduhr feststellte, war die Sonne bereits untergegangen.

„Ich bin furchtbar müde", klagte Kaissa, „vielleicht kann ich ein wenig die Augen schließen!"

„Mir geht es ebenso!", stimmte Dr. Lange zu und auch die Oberschwester begann wieder zu gähnen.

„Rex wird ein guter Wächter für uns sein!", erklärte Emma. „Versuchen wir, etwas zu schlafen".

„Wenn ich Kontakt mit der Erde oder dem Vengalyx-Modul bekomme, melde ich mich sofort", teilte Rex mental mit und Emma bemerkte, dass auch Kaissa diese Mitteilung verstanden hatte und lächelte.

Man rückte schutzsuchend auf dem gar nicht so unbequemen Boden dieses seltsamen Waldes zusammen, dennoch darauf bedacht, niemandem ungebührlich nahe zu kommen. Schnell wurde es dunkler. Der schwache Wind hatte sich gelegt. Am Himmel strahlten viele Sterne, aber ein heimisches Sternbild war nicht zu erkennen. Auch ein mondähnlicher Himmelskörper war – wenigstens derzeit – nicht zu sehen.

Befürchtungsgemäß begannen die unbekannten Nachtgeräusche dieser fremden Welt auf ihre angespannten Sinne einzuwirken.

Als Emma sich nach einiger Zeit zu den anderen herumwandte, konnte sie im schwachen Sternenlicht erkennen, dass sowohl der Doktor, wie auch die Oberschwester mit geöffneten Augen in den Himmel starrten.

Immer wieder versuchte Emma sehnsüchtig, mentalen Kontakt mit ihren Lieben auf der Erde und dem Vengalyx-Modul aufzunehmen. Doch stets erhielt sie auch nicht den geringsten Hinweis, dass sie Erfolg hatte. Was Frank jetzt gerade tat? Wie ihm zumute sein musste? Wann sie ihn endlich wieder in die Arme schließen durfte?

Irgendwann musste sie erschöpft eingeschlafen sein.

Sie erwachte erschrocken, als Rex, der dicht neben ihr gelegen hatte, aufsprang und sich schüttelte.

Er lauschte mit aufgerichteten Ohren und witterte angespannt in die Richtung, in welcher die Sonne untergegangen war. Doch nach ein paar Sekunden legte er sich wieder nieder, rollte sich zusammen und brummte. „War wohl nichts."

Auch die anderen waren wachgeworden und musterten Emma und Rex misstrauisch. „Irgendetwas Besonderes oder wichtige Neuigkeiten?", fragte Dr. Lange verschlafen.

„Nein! Nichts!", antwortete Emma und versuchte, ihrer Stimme dabei keinen allzu negativen Beiklang zu geben.

Sie spürte, dass Rex abermals Versuche aufnahm, eine mentale Verbindung mit ihrer Heimatwelt zu erreichen. Als er ein paar Minuten später zu schnarchen begann, wusste sie um das Ergebnis.

Etwas später schrie Kaissa im Schlaf auf und begann zu schluchzen. Sie setzte sich halb auf und blickte ängstlich in die Runde.

Die Oberschwester fragte ungehalten: „Heh, was ist los ...?"

Kaissa entschuldigte sich: „Ich habe schlecht geträumt ..."

Dr. Lange stöhnte unterdrückt.

Rex erhob sich und gesellte sich zu Kaissa. Die war offenbar froh darüber. Beide legten sich dicht beieinander nieder. Eine Hand von Kaissa ruhte auf Rex.

14

Es war kurz nach 11 Uhr, als Frank Emmas mentalen Hilferuf von der Entführung aus dem Krankenhaus wahrnahm. Schnell überdachte er die Lage, dann begann er sofort einen persönlichen Ortswechsel zu ihr hin einzuleiten – aber der funktionierte nicht mehr! Frank stöhnte entsetzt auf.

Das sicher ebenfalls alarmierte Vengalyx-Modul musste demnach schon mit seinen energieaufwendigen Vorbereitungen für den Alarmstart begonnen haben. Dieser würde zwar erst in etwa zehn Minuten erfolgen können, aber solange benötigte das Vengalyx-Modul vorrangig extrem viel Energie! Dabei würde es keine Kompromisse eingehen. Denn jede Verzögerung des Starts durch nachrangige Maßnahmen, wie seinen persönlichen Ortswechsel, würde drastisch die Chancen schmälern, den Entführten noch rechtzeitig folgen zu können.

Immerhin konnte Frank – wenn auch erst nach einigen vergeblichen Versuchen – mit einer Anfrage zum Modul durchdringen.

„Können wir denn gar nichts unternehmen?"

„Das Vengalyx-Modul hat Rex, der deutlich kleiner und leichter ist als Du, gerade noch rechtzeitig direkt zu Emma transferieren können."

„Rex ist jetzt bei Emma?" Frank empfand ein wenig Erleichterung. „Er kann ihr Schutz und Hilfe gewähren – und ein wenig Trost ..."

Frank versank in Überlegungen. „Kann Emma nicht ... Oder mit Rex ... Haben sie denn keine Chancen etwas gegen die Entführung zu bewirken ...?"

„Beide sind in dieser Situation mental überfordert. Sie können die Gefahr nicht abwehren oder beherrschen", erklärte das Modul knapp. „Das Geschehen basiert auf einer gänzlich fremdartigen Technologie. Hier wird ein sphärisches, ferngelenktes Energiefeld mit Ultralichtgeschwindigkeit eingesetzt, das in den Datenspeichern des Vengalyx-Moduls völlig unbekannt ist. Dementsprechend gibt es bisher keine Abwehrstrategie und noch keinen Plan, wie weiter vorzugehen ist. Falls die Sphäre schon zu weit entfernt ist, bleibt nur eine sehr zeitaufwendige, systematisch-analytische Spurensuche ...“

„Das klingt nicht gerade beruhigend! Wie lange brauchst Du denn noch ...?“, wollte Frank voller Ungeduld und Sorge wissen.

„Das Vengalyx-Modul startet jetzt. Es wird keine laufenden Berichte abgeben, sondern sich nur bei wesentlichen Ereignissen melden, aber spätestens um 18 Uhr Eurer Zeit.“

Übergangslos gelang Frank kein mentaler Kontakt mehr zum Modul. Demnach war es auf seinem Weg.

Natürlich forderten auch Sandra und die Eltern sehr beunruhigt ausführliche Informationen.

In den nächsten Stunden bemühte sich Frank weiterhin verzweifelt, Emma oder Rex mental zu erreichen, doch leider erfolglos. Ohne ihre mentalen Kontakte kam er sich merkwürdig unvollkommen und einsam vor.

„Frank – “, zog leise und sanft ein Gedanke von Sandra durch seinen Geist, „Frank, ich möchte mich nicht aufdrängen oder stören – aber wäre es eine Hilfe für Dich, wenn ich zu Dir käme und Dich ein wenig trösten – also ich meine, aufmuntern würde ...?“

Frank schwieg überrascht eine kurze Zeit und antwortete dann gelassen: „Danke für Dein Mitgefühl, aber derzeit möchte ich lieber für mich sein ... Außerdem existiert, nachdem das Vengalyx-Modul die Suche nach Emma aufgenommen hat, kein persönlicher Ortstransfer mehr ... Weder ich noch Rex könnten Dich herholen ...“

„Ich kann auch ein Öffentliches Verkehrsmittel benutzen! Aber ich verstehe Deinen Wunsch, jetzt alleine zu sein. Falls Du mich brauchst, wenn Du Unterstützung für irgendwelche Dinge benötigst, sag mir gerne Bescheid!“

Schon wollte Frank den Gedankenaustausch mit Sandra abbrechen, als er sehr leise und auch nicht verständlich, auf mentaler Ebene etwas vernahm.

„Frank, was war das eben? Hast Du das auch mitbekommen? Es klang wie eine kurze mentale Übermittlung einer Position ...“

„Ja! Ich habe das ebenfalls erfasst! Es war aber irgendwie unvollständig ...“

Frank überlegte fieberhaft: „Sandra, Deine und meine mentale Energie hatten sich eben in Sorge um die Entführten zusammengefunden. Vielleicht sind wir derart in der Lage, unsere Reichweite für Gedankenübermittlungen entscheidend zu verbessern! – Also, wenn meine Eltern, Du und ich einen mentalen Verbund schaffen könnten… Dann müssten wir mehr erreichen!" Weitere Überlegungen wirbelten durch seinen Kopf: Vielleicht könnten auch Sandras Eltern in diesem Sinne mithelfen – aber die waren völlig ungeschult!

„Ich mache mich schnellstens auf den Weg …", vernahm er inzwischen von Sandra.

Frank zögerte jetzt nicht mehr, ihr Angebot anzunehmen. „Teile mir mit, wo und wann Du ankommst; ich hole Dich von der Bahn oder vom Flughafen ab!"

„Wenn Du Neuigkeiten erfährst, bitte sofort Bescheid geben!", beendete Sandra den Kontakt.

In Franks trostloser Seelenlage keimte Hoffnung auf. Er nahm telefonische Verbindung zu seinen Eltern auf, kündigte Sandras Mithilfe an und fragte nach, ob sie dann zusammen mit dieser zu einem mentalen Verbindungsversuch zum Vengalyx-Modul bereit wären. Die Eltern versprachen, das selbstverständlich zu ermöglichen.

Der Intercity aus Karlsruhe fuhr pünktlich um 17 Uhr in Hamburg-Hauptbahnhof ein.

Unbekümmert und temperamentvoll umarmte Sandra Frank zur Begrüßung, ohne zu bedenken, dass sie in ihm einen abgrundtiefen Seelenschmerz auslöste, weil sie in Ähnlichkeit der Gesichtszüge und weiblicher Gestalt gnadenlos an Emma erinnerte und so deren Fehlen umso bewusster werden ließ.

Als sie seine Miene sah, blickte sie betroffen zu Boden: „Entschuldige, ich glaube, für Deine Gefühlslage war das nicht ganz die passende Begrüßung …"

Er nickte stumm.

„Ich versichere Dir aber, Frank, dass ich Emma nicht kompromittiere …!" Etwas zögernd gab sie ihm einen sanften Wangenkuss.

„Sandra …" Frank wusste nicht, wie er reagieren sollte. Er fühlte sich heute durch ihre Nähe unbegreiflich irritiert. Doch die angestrebte mentale Zusammenarbeit mit ihr war ungeheuer wichtig!

„Sag' nichts!", flüsterte Sandra mit rauer Stimme, „Ich weiß schon … Und – auch ich liebe schließlich meine kleine Schwester!"

Im Hause von Franks Eltern wurde Sandra herzlich begrüßt, doch auch hier sorgte sie durch ihre Erscheinung für sehr wehmütige Stimmung.

Nach einer knappen Stunde – es war schon gleich 18 Uhr, drangen Franks Eltern und Sandra ungeduldig darauf, mit dem Versuch einer Kontaktaufnahme mit dem Modul oder den Entführten zu beginnen.

Frank erklärte: „Ich strebe an, unsere mentalen Kräfte zu vereinigen und somit in hoffentlich ausreichendem Maße zu verstärken. Ich verspreche mir, auf diese Weise Nachrichten vom Vengalyx-Modul sicherer aufnehmen zu können. Aber vielleicht gelingt es auch nicht auf Anhieb und wir müssen das Zusammenwirken erst üben."

Papier und Stift lagen bereit. Frank bat: „Stimmt Euch mental ganz auf mich ein, lasst Euch durch nichts ablenken. Wenn ihr etwas vernehmt, versucht den Wortlaut zu behalten! – Fertig?"

Alle nickten mit ernster Miene.

„HIER AUTOMATISCHER NACHRICHTEN-TRANSMITTER DES VENGALYX-MODULS./ZEIT: SECHS STUNDEN NACH ALARMSTART./ENTFERNUNG VON PLANET ERDE: 100 LICHTJAHRE./RICHTUNG: ENTSPRECHEND ENERGIE-SIGNATUR DER ENTFÜHRER-SPHÄRE./BEMERKUNGEN: DIE SPUR WIRD IMMER SCHWÄCHER. SPHÄRE MUSS SEHR SCHNELL SEIN./NÄCHSTE NACHRICHT: IN SECHS STUNDEN."

Frank war aufgesprungen. Die anderen sahen ihn gespannt an.

„Wir hatten Erfolg!", freute sich Sandra. Die Eltern blickten optimistisch.

„Unsere Verbindung hat also gut funktioniert!", freute sich die Mutter.

„Na, ja …", meinte Frank. „Für den Anfang war das schon ganz gut … Aber wenn die Entfernung zum Modul weiter zunimmt – und alles sieht danach aus – dann ist es vielleicht doch nicht genug!"

„Wo genau ist denn das Modul zurzeit?", wollte der Vater wissen. „In welche Richtung bewegt es sich?"

Frank bedauerte: „Dazu gibt es noch keine Informationen. Das Modul verwendet offenbar immer noch die maximal verfügbare Energie für Suche und Fortbewegung. Informationen für uns sind dem Modul erst an letzter Stelle wichtig. Wir haben zwar wenigstens mentalen Kontakt zu einem ‚Automatischen Nachrichten-Transmitter des Vengalyx-Moduls'. Aber überlegt einmal die Konsequenzen aus den übermittelten Daten! Das Modul kommt den Entführern nicht näher – im Gegenteil! Obwohl es überlichtschnell sein kann, muss es unweigerlich in regelmäßigen, kürzeren Zeitabständen in die Unterlichtgeschwindigkeit zurückkehren, damit es sich orientieren und nachmessen kann, wo die Entführten sind!"

Alle sahen betroffen drein.

An Schlaf mochte niemand denken, also diskutierte man in der Runde die übermittelten Nachrichten und wagte Prognosen über den weiteren Verlauf.

Um Mitternacht vereinten sie ihre mentalen Kräfte erneut.

„HIER AUTOMATISCHER NACHRICHTEN-TRANSMITTER DES VENGALYX-MODULS./ZEIT: 12 STUNDEN NACH ALARM-START./ENTFERNUNG VON PLANET ERDE: 250 LICHTJAHRE./RICHTUNG: STANDORT FÜR SECHS STUNDEN FIXIERT. ENERGIE-SIGNATUR DER SPHÄRE NICHT MEHR MESS-BAR./BEMERKUNGEN: KEINE./NÄCHSTE NACHRICHT: IN 12 STUNDEN."

Alle standen enttäuscht um Frank. Der blickte sie der Reihe nach an: „Wir müssen uns auf eine längere Suche gefasst machen!"

Sandra suchte seinen Arm und hielt ihn mitfühlend. „Darf ich mal mit Eurem Telefon meine Eltern anrufen? Sie denken natürlich auch pausenlos an Emma …!"

Der Vater nickte und wies stumm auf das Schnurlose Telefon. Sandra entschwand damit in die Küche.

Als sie zurückkehrte standen Tränen in ihren Augen. „Als ich dort den Korb von Rex sah …", entschuldigte sie sich verschämt. „Meine Eltern lassen grüßen und fragen, ob sie eventuell auch etwas zu unserem mentalen Verbund beisteuern können. Sie stehen bereit, jederzeit hierher zu kommen und mitzuhelfen."

Frank überlegte: „Darin könnte eine Möglichkeit zur Verbesserung unserer Reichweite bestehen! Ich fürchte, wir benötigen jede, auch noch so kleine Unterstützung. Lasst uns aber vielleicht erst noch den morgigen Tag abwarten."

Franks Mutter bestätigte: „Natürlich sind Sandras Eltern sehr willkommen und sie können selbstverständlich auch hier schlafen!

Unvermittelt sagte Sandra: „Emma trägt doch diesen tollen Verlobungsring – soll er nicht besondere Kräfte haben? Was ist damit? Warum benutzt sie ihn nicht – wie auch immer?"

Frank schaute sie hoffnungsvoll an.

„Da muss ich Euch wohl herb enttäuschen!", meldete sich der Vater. „Ich hatte heute Morgen Emma noch zu Hause gebeten, in der Klinik aus hygienischen Gründen bitte keinen Schmuck an den Händen zu tragen. Und als sie dann das Haus verließ, hat sie mir lächelnd beide Hände vorgezeigt. Sie trug keinen Ring mehr!"

Die Mutter begann leise zu weinen und konnte von ihrem sie tröstend umarmenden Ehemann kaum beruhigt werden.

Schließlich beschloss man, sich zur Nachtruhe niederzulegen, wenn auch an Schlaf wohl kaum zu denken war.

Frank überließ sein Zimmer im ersten Stockwerk Sandra. Die dankte mit einer vorsichtigen Umarmung.

Frank bezog als Nachtlager die bequeme, große Couch im Wohnzimmer.

Wider Erwarten schlief er bald ein – aber heftige Träume plagten ihn: Sie alle wurden von wilden Gestalten entführt und das Vengalyx-Modul explodierte beim Start. Schließlich versuchte Sandra ihn hämisch zu überzeugen, dass Emma nicht mehr lebte.

15

Emma erwachte mit klopfendem Herzen, weil sie meinte, Frank läge neben ihr. Schnell erkannte sie die enttäuschende Wahrheit. Die Morgendämmerung hatte gerade begonnen. Wie lange sie geschlafen hatte, oder wie lang die Nacht auf diesem Planeten überhaupt währte, konnte sie nicht feststellen. Ihr Zeitgefühl ließ aber vermuten, dass die Verhältnisse erdähnlich waren.

Auch die anderen waren offenbar wach geworden und setzten sich auf. „Ich habe nicht gerade komfortabel und ruhig geschlafen, aber es ging …", befand die Oberschwester. „Zum Glück ist die Nacht relativ warm geblieben und hat uns mit weiterem Regen verschont …"

„Wie ist denn nun die Lage?", erkundigte sich Dr. Lange bei Emma. „Du und Rex - Ihr wolltet doch nachts angeblich die Erde mit Euren mentalen Kräften erreichen können! – War wohl nichts?"

Emma blickte nieder und schwieg.

Missmutig begannen sie ein Frühstück von den gestern gesammelten Früchten. „Ich gäbe viel für einen vernünftigen Kaffee", brachte Kaissa vor. Dr. Lange verdrehte entsagungsvoll die Augen.

Die Oberschwester blickte Emma unruhig an: „Sag mal, dieser Ring an Deiner Hand leuchtet ja ganz ungewöhnlich hell. Ich beobachte ihn schon ein paar Minuten; scheinbar wird das Leuchten immer intensiver!"

Emma blickte sichtlich erschrocken auf den Diamantring an ihrer Hand – auf ihren Verlobungsring! Sein strahlendes Licht begann zu pulsieren und die Farbe in kurzen Wechseln zu verändern.

„Du und ich haben genau gesehen, dass dieser Ring gestern Abend auf gar keinen Fall schon an Deiner Hand war!", bestätigte Rex mental, sehr erstaunt.

Emma presste den Ring an ihre Lippen und schloss die Augen. Als sie den Ring anschließend wieder betrachtete, war das Leuchten verschwunden.

„Erst strahlt Dein Ring und nun strahlen Deine Augen …!" Die Oberschwester blickte unstet. „Du scheinst ja wohl vielleicht doch besondere Kräfte zu haben …"

Emma atmete tief und wandte sich ab, damit die anderen nicht die Glückseligkeit in ihrem Antlitz bemerkten. „Rex!", übermittelte sie an ihn, „der Ring ist mir aus eigener Kraft hierher gefolgt! Er hat unsere Entführung bemerkt und ist uns zur Hilfe geeilt! Er teilte mir mit, er werde seine Trägerin niemals im Stich lassen!"

Rex bemerkte, dass Emma offenbar vom Ring weitere mentale Informationen erhielt. Nach einer Minute wandte sie sich strahlend an die Gruppe: „Endlich gibt es gute Neuigkeiten! Ich habe ganz unerwartet eine sehr vielversprechende Möglichkeit gefunden, wie wir mit der Erde Kontakt aufnehmen könnten. Allerdings muss ich noch einige Vorarbeiten erledigen und ich kann auch noch nicht sagen, wie schnell das ganze gelingt. Bitte gebt mir jetzt ein paar Minuten Zeit und sprecht mich nicht an!"

Emma setzte sich nieder, umschlang mit beiden Armen ihre Beine und senkte die Stirn auf die Knie. Ausschließlich für Rex fügte sie mental hinzu: „Der Ring konnte unserer Entführungsspur genau folgen! Nur war er nicht so schnell wie die Sphäre. Ich habe ihn natürlich gleich gefragt, ob er dem Vengalyx-Modul seine Absicht und Kenntnis der Dinge mitgeteilt hat, oder ob er wisse, was das Modul plane oder bereits in die Wege geleitet habe. Aber leider war die Antwort, dass der Ring und das Modul zwar voneinander wissen, aber beide nicht direkt kommunizieren können. Der Ring will mir jetzt gleich Details mitteilen, wie weit wir eigentlich von der Erde entfernt sind und wie er meine mentalen Kräfte durch eine Energieverstärkung befähigen kann, das Vengalyx-Modul zu erreichen."

Zehn Minuten vergingen und Emma kauerte immer noch reglos am Boden. Die anderen Mitglieder der Gruppe wurden schon unruhig. Endlich sah sie auf; ihre Augen blickten wie aus tiefem Traum erwacht.

„Und?", fragte Dr. Lange gespannt.

„Ja – ", antwortete Emma gedehnt, offenbar immer noch in Gedanken vertieft.

„Was – ja?", krittelte Dr. Lange.

Emma holte tief Luft: „Also: Wir sind etwa 3 Millionen Lichtjahre von der Erde entfernt, das heißt, eine reale oder mentale Verbindungsaufnahme von uns dorthin erscheint völlig unmöglich …"

„Du hattest vorhin eigentlich von guten Nachrichten gesprochen", warf die Oberschwester ironisch ein. „Ist das nun alles, was Du in den vergangenen zehn Minuten herausgefunden hast ...?"

„Natürlich nicht. Weiterhin ist eine energiereiche Struktur im All auszumachen, nach deren Signatur es sich um etwas handeln könnte, das uns wieder nach Hause zurückzubringen vermag; doch diese Erscheinung ist stationär; sie bewegt sich nicht."

„Na toll – und nun?", Dr. Lange warf zornig den Rest einer Frucht von ihrem Frühstück in den Wald hinter sich.

„Diese besagte Energiestruktur befindet sich derzeit hinter einer großen Sonne und ist daher von hieraus sehr schlecht ansprechbar. Ich denke, dass die Chancen in etwa sechs Stunden viel besser sind. Solange müssen wir Geduld haben."

Rex schaltete sich mental ein: „Du meinst, Deine mentale Energie, verstärkt durch den Ring, müsste den Kontakt möglich machen?"

„Der Ring war sehr überzeugt, dass es gelänge. Nur leider ist nicht sicher, dass diese Energiestruktur auch wirklich das Vengalyx-Modul ist."

Nachdem Rex mit seinen empfindlichen Sinnen die Umgebung abgesichert hatte, konnte auch die Morgentoilette am nahen Bächlein erfolgen.

Wie am Vortag wurde es bei der schnell höhersteigenden Sonne deutlich wärmer und schwüler.

Die Gruppe lagerte in nervöser Anspannung am selben Ort und diskutierte immer wieder ihre Aussichten, nach Hause zu gelangen.

Schließlich stellte Emma fest, dass jene Energiestruktur im All, welche dem Vengalyx-Modul entsprechen konnte, aus dem Schatten der vorgelagerten, großen Sonne herausgetreten war.

Sie konzentrierte sich. Der Ring sandte eine strahlende Kaskade hellen Lichtes in schnell wechselnden Farben aus.

Emma bemerkte die abermals erschrockenen Gesichter der anderen Menschen und beruhigte: „Keine Sorge, Euch geschieht nichts. Der Ring hilft mir nur bei der Kontaktaufnahme ..."

Minutenlang blickte sie in den Himmel, in die Richtung, in der sie die Energiestruktur wahrgenommen hatte.

Dann senkte sie den Kopf.

„Keine Antwort?", fragte Rex mental.

„Du sagst es!"

Noch einmal konzentrierte sie sich und der Ring sandte eine wesentlich heftigere Kaskade aus. Die anderen wichen furchtsam aufstöhnend einige Meter von ihr zurück.

Emma informierte Rex: „Dieser Suchimpuls war ungleich stärker als der erste, welcher meine Kennungen trug. Der zweite wurde vom Diamantring mit dessen Signatur abgestrahlt. Das große Problem ist, das Vengalyx-Modul sucht nach meiner Kennung und wird nicht nach der vom Diamantring fahnden! Ich weiß nicht einmal, ob dem Modul die Kennungen des Diamantringes bekannt sind …"

Wie befürchtet, erhielt sie auch in der nächsten Viertelstunde keine Antwort.

Nun wandte sich Emma an die Gruppe: „Ich weiß jetzt, dass jene Energiestruktur meine mentale Anfrage nicht empfangen haben kann… Sie ist offenbar viel zu weit entfernt. Sowohl beim ersten wie beim zweiten Versuch sandte sie keine Bestätigung …"

„Dann sind wir also genau so schlau wie zuvor!", triumphierte die Oberschwester. „Viel Aufwand um nichts! Nur noch mehr Verwirrung und enttäuschte Hoffnungen!" Sie wandte sich demonstrativ ab.

„Na, sicher. Natürlich seid Ihr alle enttäuscht …"

Kaissa begann wieder leise zu weinen: „Also doch keine Rettung oder Hoffnung darauf …"

Emma umfing tröstend ihre Schultern. „Hab bitte Geduld …"

„ – Was ich nicht verstehe", fuhr Emma mental, nur an Rex gewandt, fort: „Diese Energiestruktur ist dem Vengalyx-Modul sehr ähnlich. Aber sie ändert ihren Standort überhaupt nicht …"

„Oder will es nicht!", ergänzte Rex. „Möglich, dass es gar nicht unser Vengalyx-Modul von der Erde ist, sondern etwas ganz anderes … Vielleicht ein fremdes Modul, welches nur routinemäßig diesen Raumsektor hier beobachtet …"

Emma setzte sich nieder – nun doch selbst enttäuscht.

Rex blickte sie bestimmt an: „Ohne das Vengalyx-Modul kommen wir hier jedenfalls nicht weg!"

„Ich lasse dieser besagten Energiestruktur dort oben vom Diamantring mit seiner viel stärkeren Sendeenergie ein paar logisch-mathematische Formeln übermitteln, damit sie erkennt, dass wir intelligente Wesen sind und Hilfe brauchen!"

Rex legte sich hechelnd vor ihr nieder.

Im Geiste entwarf Emma nun grafisch und in Formeldarstellung den mathematischen Lehrsatz des Pythagoras und sandte diese mit Hilfe des Ringes verstärkt, an die Energiestruktur. Dann stellte sie die vier Grundrechenarten in binären Zahlen dar und ließ diese ebenso übermitteln. Schließlich reihte sie dreimal das Wort „Hilfe" aneinander. Gespannt wartete sie auf eine Reaktion. Doch weiterhin vernahmen weder sie noch der Ring etwas.

Der Himmel begann sich – wie gestern Nachmittag – wieder mit dunklen Wolken zu beziehen.

„Wahrscheinlich werden wir erneut kräftig durchnässt", lächelte Dr. Lange. Emma schien, als freue er sich auf den Anblick ihrer dann durchsichtigen Bekleidung.

Wenig später begann ein sehr heftiger, aber nur relativ kurzer Regenschauer. Emma kauerte sich schutzsuchend auf dem Boden zusammen. Dr. Lange schaute enttäuscht.

Da es anschließend kaum kühler wurde, trockneten Haare und Kleider schnell.

„Wieso sitzt Deine Frisur immer noch wie am ersten Tag?", wunderte sich die Oberschwester. „Ich sehe inzwischen aus, wie ein Besen."

Emma blickte unsicher zu Boden.

Kaissa versuchte ebenfalls Ordnung in die eigenen Haare zu bringen.

Etwas später erklärte Emma der Runde, dass sie mit Rex einen kurzen Erkundungsspaziergang unternehmen werde.

„Schöne Frau, darf ich Euch begleiten?", scharwenzelte Dr. Lange um Emma herum.

„Wir wollen aber dann auch nicht allein hierbleiben!", riefen die Oberschwester und Kaissa wie aus einem Munde.

Emma beobachtete argwöhnisch, dass Dr. Lange ihre Kleidung intensiv musterte. Doch die war schon wieder undurchsichtig.

„Dann lasst uns gemeinsam losziehen!", lud Emma ein und sogleich brachen sie auf.

Rex öffnete einen engen mentalen Kanal, nur zu Emma: „Es gibt hier weit und breit keinen besseren Schutz gegen diesen Regen. Keine Höhle, kein dichtes Blätterdach! Unser jetziger Lagerplatz bietet uns wenigstens Sichtschutz von allen Seiten und ein Bächlein in der Nähe. Von den Früchten können wir unseren Hunger stillen. Feindliche Lebensformen sind uns bisher nicht begegnet, nach Art des Planeten sollten wir aber darauf gefasst sein!"

„Ich stimme Dir in allem voll zu!"

Kaissa schienen ähnliche Gedanken zu bewegen. „Seht Ihr nach einem besseren Lagerplatz?", fragte sie.

„Eigentlich nicht …", antwortete Emma ausweichend.

„Und wenn es hier gefährliche Tiere gibt? – Sollte sich nicht jeder mit einem der hier herumliegenden, holzähnlichen Knüppel versorgen?"

Emma bückte sich nieder und nahm einen solchen auf. „Der scheint ganz stabil und ist nicht all zu schwer."

Ohne Aufforderung folgten die anderen ihrem Beispiel.

„Ist eine angenehme Stütze", befand die Oberschwester.

Dr. Lange begann eine Fechtattacke gegen einen der baumähnlichen Schösslinge.

„Wir sollten uns sicherheitshalber zu unserem Lagerplatz begeben", teilte Rex mental, nur für Emma mit. „In etwa fünf Kilometer Entfernung bewegen sich einige größere Lebensformen und sie halten auf uns zu!"

Nach einer viertel Stunde waren sie zurück an ihrem Lagerplatz, jeder hatte gleich noch einen großen Vorrat von den reichlich vorhandenen, essbaren Früchten mitgebracht.

Schon setzte die Dämmerung ein.

„Die großen Wesen – es sind fünf – sind nur noch zwei Kilometer entfernt und halten weiterhin zielstrebig auf uns zu!", meldete Rex. „Was können wir tun?"

Emma zuckte mit den Schultern und wandte sich dann an die anderen: „Rex teilt mir gerade Neuigkeiten mit, nämlich dass wir wohl in Kürze Besuch von ein paar größeren Lebewesen dieses Planeten bekommen!"

Die Besorgnis in allen Gesichtern war offensichtlich. „Wir wissen leider nicht, ob sie freundlich oder bösartig sind", erklärte Emma. „Wir sollten aber ganz dicht beisammen bleiben, keine hastigen Bewegungen oder lauten Äußerungen machen! Greift sie auf keinen Fall als Erste an!"

„Du hast gut reden!", fand Dr. Lange. „Ich lasse mir doch nicht erst einen Arm oder ein Bein abbeißen, bevor ich mich verteidige!"

„Wenn die Absicht so unverkennbar ist, musst Du Dich natürlich wehren! Aber Du sollst nicht, bevor unmittelbare Gefahr für Dich besteht, vorstürmen und etwas Unbedachtes machen!"

„Sie sind jetzt ganz nahe, vielleicht noch zwanzig Meter", gab Emma nach einem Hinweis von Rex bekannt.

Die Menschen und Rex standen dicht beisammen, nun doch in ängstlicher Erwartung des Kommenden.

Minutenlang geschah nichts.

„Warum kommen sie nicht näher?", wandte sich Emma an Rex.

„Keine Ahnung. Sie sind nur noch knapp zehn Meter von uns entfernt und mustern uns verunsichert. Sie sind übrigens ungefähr so groß wie Erden-Gorillas, ebenso behaart, haben aber keinen abgesetzten Kopf, sondern der Rumpf bleibt bis zum oberen Ende gleich breit. Sie haben scheinbar keine Augen oder Ohren. Sie laufen auf vier Beinen und in dieser plumpen Kopfregion sind noch zwei gut bewegliche, starke Greifarme angebracht, die ständig in Bewegung sind."

Nun vernahmen die Menschen dezente Knackgeräusche vom moosähnlich bewachsenen Boden dieses Waldes. Sodann erblickten sie die Wesen, die abermals verhielten und sie erneut musterten.

„Bis jetzt scheinen sie friedfertig …", ließ Rex vernehmen.

„Verhaltet Euch weiterhin, wie besprochen", bat Emma.

Für Kaissa war die Aufregung zu groß: Sie sank ohnmächtig nieder.

„Ich kümmere mich um sie! – Natürlich vorsichtig!" Dr. Lange beugte sich nieder und drehte Kaissa auf die Seite. Schon kam diese wieder zu sich und setzte sich hektisch auf.

Offenbar durch die Bewegungen in der Menschengruppe angelockt, kamen die Wesen jetzt noch zwei Meter näher heran und beobachteten weiter.

Verstört blickte Kaissa zu Emma auf: „Ich habe eben eine mentale Äußerung von den Wesen verspürt! – Die war sehr fremdartig und für mich unverständlich, aber eindeutig wahrzunehmen!"

Emma blickte ungläubig, versuchte aber sofort einen Kontakt zu den Besuchern herzustellen. Doch sie hatte keinen Erfolg.

Inzwischen waren die Wesen noch einen Meter näher gerückt und Emma und Rex wurden unruhig. Wie sollten sie sich verhalten, wenn diese ihnen noch näher kamen? Würden sie angegriffen?

Mussten sie sich notgedrungen verteidigen? Und welchen Erfolg würde das haben?

Doch plötzlich ging ein Ruck durch die Gruppe der Wesen; alle richteten ihren Körper genau zu Kaissa aus. Dann machten sie gemeinsam eine Kehrtwendung und bewegten sich um fünf Meter zurück.

Kaissa brach in Tränen aus und begann hysterisch zu lachen. „Es hat geklappt! Sie haben mich verstanden! Sie sind zurückgewichen! Ich bin ja so glücklich!" Sie schluchzte noch einmal auf und trocknete dann ihre Tränen mit den Handrücken.

Emma blickte ungläubig. „Kaissa, wirklich? Du hattest wieder mentalen Kontakt hergestellt und konntest sie beeinflussen, zurückzuweichen ...?"

Die nickte heftig.

„Ich habe die mentalen Äußerungen zum sehr geringen Teil mitbekommen", bestätigte Rex, „wir dürfen das als gegeben annehmen!"

Emma umarmte Kaissa demonstrativ. In der Gruppe der Wesen entstand eine gewisse Unruhe. Doch dann zogen jene in die Richtung ab, aus der sie gekommen waren.

„Äußerten sie etwas?", wollte Emma von Kaissa wissen. „Haben sie irgendwelche Fragen gestellt? Auskünfte gegeben? Erschienen sie freundlich?"

„Nichts! – Ich konnte nichts dergleichen feststellen!", teilte Kaissa mit, jetzt selbst etwas enttäuscht.

„Ich wusste doch, dass Du ein begabtes Mädchen bist", stellte die Oberschwester fest.

Dr. Lange nickte: „Alle Achtung! Dann haben wir jetzt wohl gleich zwei Wunderkinder!"

Kaissa errötete und lachte verschämt.

„Sie entfernen sich weiterhin geradlinig und schnell", stellte Rex fest. „Aber ich werde heute Nacht laufend überprüfen, ob die Umgebung in Ordnung ist!"

Kaissa war wie ausgewechselt und diskutierte zugewandt mit ihnen, bis sich alle müde schlafen legten.

Zu ihrer großen Beruhigung konnte Rex jetzt im Umkreis von zehn Kilometern keine größere Lebensform feststellen.

16

„Frank, wach auf! Hörst Du? – Ich muss Dir etwas Wichtiges erzählen!"

Er spürte eine ungeduldige Hand auf seiner Schulter und öffnete mühsam die Augen. Morgensonne schien in das Zimmer. Er setzte sich schnell auf.

Die Mutter stand an seiner Schlafstatt im Wohnzimmer und schaute belustigt. „Du hast ja noch richtig tief geschlafen ..."

„Was ist denn los? – Gibt es etwa Neuigkeiten von Emma und Rex? – Ich habe Fürchterliches geträumt ..."

„Sandra hat etwas Wichtiges herausgefunden ...! Sie schlief doch in Deinem Zimmer, also in dem Raum, in welchem auch Emma zuletzt geschlafen hat ..."

„Ja – und?" unterbrach Frank ungeduldig.

„ – Heute Morgen sah sie auf dem Nachttisch zufällig das Etui von dem Diamantring ... Sandra wollte noch einmal in Ruhe einen Blick auf den Ring werfen ..."

„Klar. Emma sollte ihn ja in der Klinik nicht tragen! Und?", fragte er verständnislos.

„Sandra öffnete vorsichtig das Etui – es war leer! Sie blickte um sich und hat auch nirgends sonst den Ring entdecken können. Daraus folgerte sie messerscharf, dass der Ring dann wohl bei Emma sein müsse und hat mir das gleich erzählt! – Ich kann mir vorstellen, dass Emma ihn an einem Kettchen um den Hals trägt! Denn in eine Tasche der Bekleidung steckt man so etwas bestimmt nicht ...! Emma müsste also auf die besonderen Kräfte des Ringes zugreifen können ..."

„Das ist wirklich eine positive Nachricht und könnte vieles ändern! Wir müssen das dem Vengalyx-Modul mitteilen!"

Wenig später ließen sich die Eltern, Frank und Sandra im Esszimmer zum Frühstück nieder.

Nachher stellte der Vater fest: „Bis zur nächsten Mitteilung sind es noch drei Stunden! Können wir denn dem Modul wirklich gar nichts übermitteln oder Fragen stellen?"

Frank wiegte den Kopf: „Das Modul hat zwar offensichtlich vorausgesehen, dass wir diesen mentalen Verbund schaffen würden und deshalb in entsprechenden Abständen Nachrichten für den Abruf hinterlassen. Ob wir aber mit unseren vereinten mentalen Kräften auch das Modul direkt ansprechen und zeitnahe Antworten erhalten können ... Es müsste dann in der Lage sein, einen ultralichtschnellen Kommunikationskanal aufzubauen, der in beide Richtungen funktioniert ... Der benötigt aber enorm viel Energie, welche derzeit möglicherweise nicht zur Verfügung steht ...“

Sandra stellte das Geschirr zusammen. „Es wäre doch unbedingt einen Versuch wert!“

Sie nahmen aufgeregt wieder Platz. Frank sah in die Runde: „Wir sollten genau wie gestern vorgehen! Konzentriert Eure Gedanken bitte wieder nur auf mich!“

Alle nickten mit ernsten Mienen.

„Dann legt los!“

Frank lauschte zunächst auf mentaler Ebene, vernahm aber kein Signal. Sorgfältig bündelte er alle Geisteskräfte und formulierte an das Vengalyx-Modul: „Emmas Verlobungs-Diamantring muss bei ihr sein! Kennst Du dessen Signatur? Diese muss sehr energiereich sein. Suche vorrangig danach!“

Dann blickte er auf. Die Eltern und Sandra entspannten sich.

„Das war es. Wenn das Modul unsere Nachricht bekommen hat, wird es in seiner nächsten Mitteilung darauf eingehen!“

Alle nickten, aber der Zweifel stand deutlich in ihre Gesichter geschrieben.

Als es endlich 12 Uhr wurde und Zeit für die angekündigte neue Automatik-Nachricht vom Vengalyx-Modul, waren alle sehr gespannt.

„Wir wissen, was wir tun müssen“, sagte Franks Mutter sanft, als dieser gerade mit den Hinweisen ansetzen wollte, wie zu verfahren sei.

Frank lächelte mühsam. „Also los!“

Aber sie verspürten schnell, dass dieses Mal keine Übermittlung vom Modul zustande kam. Nach zwei Minuten lösten sie enttäuscht den mentalen Verbund.

„Irgendetwas ist schief gelaufen ...“, resignierte Frank.

146

Nachdem sie noch drei weitere Versuche angestrengt hatten, die 12-Uhr-Nachricht des Moduls zu empfangen, gaben sie auf und berieten sich.

„Die Entfernung muss zu groß geworden sein", grübelte Frank.

„Ich werde meine Eltern jetzt bitten, uns mental zu unterstützen", bot Sandra an. „Sie haben ihr Einverständnis schon gestern erklärt und warten auf Abruf!"

Am späten Nachmittag erreichten die Eltern der Schwestern Hamburg. Sie waren mit ihrem Auto gekommen, um keine Zeit zu verlieren.

Bei einer Tasse Kaffee erklärte Frank den Ankömmlingen das Vorhaben, sowie die Strategie und Chancen ihres mentalen Verbundes. Und welche Hoffnungen in einer Ergänzung durch die Eltern der Schwestern bestanden.

„Wir sind weder vom Vengalyx-Modul geschult worden, noch haben wir mentale Kräfte bisher auch nur andeutungsweise einzusetzen versucht!", entschuldigten sich die Eltern der Mädchen schon im Voraus für einen eventuellen Misserfolg.

Nach dem Abendessen wollten alle unbedingt einen erneuten Kommunikations-Versuch mit ihrer verstärkten mentalen Kräftebündelung unternehmen.

Der Verbund erwies sich erstaunlicherweise und zum Glück als stabil und energiereicher als mittags. Frank konnte relativ lange und genau in das All hineinlauschen. Dann merkte er auf; ganz schwach und in Bruchstücken empfing er: „ … NACHRICHTEN … ZEIT … RICHTUNG … WEITERHIN … DER RING … IHR AN MICH GESENDET HABT … MORGEN 18.00 UHR …"

„Das ist so etwas wie eine Bestätigung!", jubelte Frank. „Unsere vormittags gemeinsam übermittelte Nachricht muss beim Modul angekommen sein! – Und nach der Verstärkung unseres Verbundes durch die mentalen Ströme von den Eltern der Schwestern ist der Empfang dieser Automatik-Nachricht möglich geworden! Obwohl die Fragmente wirklich nur schwach ankamen und sonst nichts über das Schicksal der Entführten oder Erkenntnisse zu deren Aufenthaltsort übermitteln. Die nächste Nachricht dürfte morgen um 18 Uhr zu erwarten sein. – Bis dahin sollte es mittels einer oder mehrerer Trainingseinheiten möglich sein, uns noch genauer zu synchronisieren und Übertragung und Empfang noch maßgeblich zu verbessern."

Alle waren einverstanden, dass sie dazu am nächsten Tag ab Mittag alle zwei Stunden zusammenkommen wollten.

Frank zog sich zurück und entwarf hierfür einen genauen Trainingsplan.

17

Frank, Sandra und die beiden Elternpaare begannen am nächsten Tag pünktlich um 12 Uhr die erste Übungsrunde. Frank legte dabei besonderen Wert auf die Vorbereitung eines präzisen gemeinsamen Starts ihres mentalen Verbundes und die anschließende, gleichmäßige Einhaltung der Konzentrationsphase. Nach einer halben Stunde baten Sandras Eltern um eine Pause.

„Das strengt doch ungewöhnlich an", bekannte der Vater der Schwestern und auch Franks Mutter stimmte dem lebhaft zu.

„Gut! – " Frank erhob sich. „Ich fand, das hat schon einiges gebracht! Ruhen wir uns bis 14 Uhr aus!"

Die zweite Sitzung war eher noch anstrengender, aber niemand wollte aufgeben. „Ihr seid mentale Verbindungen einfach nicht gewöhnt", fasste Sandra abschließend zusammen. „Aber ich finde, dass wir schon deutlich harmonischer agieren und ein hohes Potential erreichen."

„Sandra, ich verstehe nur ‚Bahnhof'! – *Was* meintest Du?" Ihre Mutter schaute irritiert.

Sandra lachte. „Mit wenigen Worten: Es geht schon viel besser!"

Die 16 Uhr-Sitzung verlief ähnlich.

Als sie sich dann um 18 Uhr wieder um den Tisch versammelten, um nun einen Kontakt mit dem Vengalyx-Modul zu starten, fasste Frank zunächst noch einmal das im Laufe des Tages Erarbeitete zusammen und beruhigte die etwas aufgeregten Eltern. Planmäßig errichteten sie ihren mentalen Verbund. Frank lauschte dann intensiv. Nach fünf Minuten erfolglosen Bemühens brach er ihren Versuch ab.

„Nicht die geringste Wahrnehmung", wunderte er sich. „Dabei fand ich unser Zusammenspiel hervorragend und viel besser als gestern! Ich war der Meinung, wir hatten auch eine sehr gute Signalstärke. – Lasst uns trotzdem noch versuchen, eine eigene Mitteilung zu senden!"

Sie begannen erneut mit der Konzentrationsphase und als sie im optimalen Gleichklang schienen, schickte Frank eine bewusst kurze mentale Botschaft, um die Eltern nicht zu überlasten: „An das Vengalyx-Modul. Wir hören Deine automatischen Nachrichten nicht mehr!"

Gespannt lauschten sie auf eine mögliche Reaktion. Niemand von ihnen hatte wirkliche Hoffnungen auf einen Erfolg. Doch mit einem Male vernahm Frank sehr laut und deutlich: „Das Vengalyx-Modul ruft den mentalen Verbund Haller/Becker!"

„Ich habe Kontakt!", berichtete Frank schnell den Übrigen. Die Freude darüber war so überschäumend, dass sie aus der Konzentrationsphase gerieten und den Kontakt zum Modul verloren.

Aufgeregt produzierten sie eine neue Verbindung. Frank begann sofort mit der Übermittlung seiner Fragen: „Wie ist der aktuelle Stand der Dinge?"

Überraschenderweise traf kaum eine Sekunde später schon die Antwort ein: „Nachdem Euer mentaler Verbund eine so ausgezeichnete Stärke erreicht hat, kann das Vengalyx-Modul auf die mühsame Anwendung der Nachrichten-Transmitter verzichten und direkt über die verzögerungsfreie Ultra-Lichtgeschwindigkeits-Technologie mit Euch kommunizieren. Die Entfernung zur Erde beträgt jetzt eine Million Lichtjahre."

„Hast Du unsere Nachricht erhalten, dass der Verlobungs-Diamantring bei Emma sein muss?" fügte Frank schnell hinzu. „Der sollte ein ganz erheblich stärkeres Suchmerkmal darstellen als Emmas Person. Du könntest auf diese Weise mehr Erfolg haben!"

„Eure gestrige Nachricht kam hier stark verstümmelt an und war nicht auswertbar. Aber diese heutige Mitteilung ist von bedeutendem Wert und wird sofort in das Suchprogramm integriert! Empfehle für zukünftige Kontakte weiterhin 18 Uhr. Ende der Übertragung."

Die Stimmung der Eltern, von Sandra und Frank war optimistisch. „Es freut mich ungeheuer, dass wir nun wieder Kontakt mit dem Vengalyx-Modul erreichen können!", fasste Sandra zusammen. „Die Entführung begann erst vor drei Tagen – aber es kommt mir schon viel länger vor …"

„Wenn das Vengalyx-Modul die Erfassung von Emmas hochenergetischem Diamantring schafft, sind wir ein großes Stück weiter!", meinte Frank.

Sandra und deren Eltern nahmen gerne die Einladung von Familie Haller an, auch weiterhin ihre Gäste zu bleiben.

18

Offenbar war ein Wetterumschwung auf dieser fremden Welt eingetreten, denn als Emma erwachte, hüllte dichter, kühler Nebel den Lagerplatz der Gruppe ein. Rex stand ein wenig abseits und witterte in verschiedene Richtungen.

„Alles in Ordnung, genau wie heute Nacht!", beruhigte er Emma. Die begab sich an das nahe Bächlein, um sich zu erfrischen. Nacheinander wachten auch die anderen auf und folgten ihrem Beispiel. Schließlich ließ man sich zu einem lustlosen, gemeinsamen Frühstück mit den gestern eingesammelten Früchten nieder.

„Heute Morgen keine tollen Ideen?", stichelte die Oberschwester, zu Emma gewandt.

„Ich werde anschließend wieder versuchen, irgendein Signal zu empfangen und auch das gestern gesandte mathematische Grafik- und Formelpaket noch einmal losschicken."

„Wenn es denn helfen soll ..."

Emma setzte sich, ein wenig abseits, wieder auf den Boden, schlang die Arme um die Beine und senkte die Stirn auf die Knie. Rex beobachtete sie aufmerksam. Nach einer Weile sah sie wieder auf. „Weder der Ring noch ich haben irgendetwas Neues erfahren oder erreicht."

Rex legte seine Schnauze auf ihre Knie und blickte tröstend. Emma streichelte ihn sanft.

„Na, wieder nix ...? Habe ich mir doch irgendwie gedacht!", vernahmen sie die Oberschwester.

Der weiterhin dichte und feucht-kalte Nebel trug nicht gerade zu besserer Stimmung in der Gruppe bei.

„Wir bekommen wohl in Kürze wieder Besuch!", vermeldete Rex. „Es sind wohl um die zwanzig Wesen und sie nähern sich gradlinig und ziemlich schnell."

Emma informierte die anderen. Diese ergriffen ohne Aufforderung auch gleich ihre gestern gefundenen Stöcke und rückten dicht zusammen.

„Strategie wie gestern: keine unüberlegten Handlungen!", erinnerte Emma.

Zehn Minuten später kamen die Wesen in Sicht. Sie verharrten erst, als sie nur noch fünf Meter vor den Menschen und Rex waren.

„Kaissa, sprich sie bitte an", flüsterte Emma, keineswegs von der freundlichen Absicht dieser Wesen überzeugt.

Als Reaktion von Kaissas Bemühungen erhob sich eines der Wesen (– der Anführer?) auf die Hinterbeine und ließ ein lautes, kuhähnliches Blöken ertönen. In dieser Stellung blieb es. Nur seine kräftigen Greifarme am oberen Teil des Rumpfes, die wohl der Kopfregion entsprach, bewegten sich unablässig.

„Kannst Du wieder etwas wahrnehmen?", erkundigte sich Emma leise.

Kaissa nickte unmerklich. „Ja. Sie sind ungehalten, oder erregt."

„Versuche sie zu fragen, was sie wollen …!"

Das auf den Hinterbeinen verweilende Wesen blökte erneut.

„Ich vernehme jetzt auch eine mentale Nachricht! – Das eine Wesen sagt … Oh, ich kann den Sinn leider nicht verstehen!"

„Kannst Du erklären, dass wir hier nicht freiwillig, sondern nach einer Notlandung sind …?"

„Das Wesen kennt diese Begriffe offenbar nicht!"

„Sage ihm, dass wir keine feindlichen Absichten haben …"

Kurz darauf ließ sich der vermeintliche Anführer auf alle vier Beine nieder und die Wesen zogen sich zurück.

„Sie sind jetzt so weit entfernt, dass ich ihre Erkennungsmuster nicht mehr erfassen kann!", erklärte Rex zehn Minuten später.

Alle atmeten auf.

„Kaissa, hast Du auf Deine letzte Mitteilung noch eine Antwort bekommen?", fragte Emma besorgt.

„Leider nein. – Aber ich glaube noch vernommen zu haben, dass sie sich beraten wollen und bald zurückkommen werden." Sie schauderte.

Gegen Mittag brach die Sonne durch die Wolken und der Nebel lichtete sich schnell.

Schon kündigte Rex die Rückkehr der fremdartigen Wesen an. „Es sind jetzt eher noch mehr als heute Vormittag!"

Wiederum hielten sie erst dicht vor den Menschen und Rex an.

Kaissa zuckte sichtbar zusammen. Ihr Gesicht rötete sich. „Der Anführer will, dass ich mit ihnen gehe!"

„Nein! Ausgeschlossen!", rief Emma sofort.

„Er sagt weiter, ich wäre das beste – Futter! Oh, nein!" Kaissa klammerte sich weinend an die Oberschwester. Und mühsam formulierte sie unter Tränen und in Verzweiflung: „ Und das – und das kleine schwarze Fellwesen muss auch mit …"

Emma schüttelte energisch den Kopf. „Auch Rex bleibt hier! Wir müssen unbedingt beisammen bleiben! Kaissa, sag ihnen, dass niemand mitgehen wird!"

In der Gruppe der Fremdartigen machte sich eindeutig Unruhe bemerkbar.

Rex warnte: „Ein paar dieser Wesen nähern sich uns schnell von der Rückseite her! – Sie versuchen, uns zu umzingeln …!"

Emma fuhr herum und sah sich unmittelbar zwei dieser Wesen gegenüber. Ein drittes wich in den Hintergrund zurück. Reflexartig hob sie schützend den linken Arm vor die Brust. Im selben Moment löste sich eine blendende Lichtkaskade vom Diamantring und ein schriller Ton erfüllte die Luft. Schnell drehte sich Emma wieder zu den anderen Wesen herum, da sie befürchtete, dass auch diese angreifen würden. Keinen Augenblick zu früh sandte der Ring eine neue, diesmal breitgefächerte Lichtkaskade mit dem schrillen Begleitton zu jenen aus.

Der Erfolg war beachtlich. Die zuerst Getroffenen wankten überstürzt und mühselig humpelnd unter dumpfem Blöken zurück in den Wald. Die von der zweiten Kaskade Getroffenen waren zum Teil niedergestürzt und machten verzweifelte Anstrengungen sich wieder zu erheben, zum anderen Teil krochen sie so schnell wie möglich in die Richtung aus der sie hergekommen waren.

Als Emma einen erkundenden Schritt auf die am Boden liegenden zu tat – sie hatte gar nicht die Absicht ihnen nahezukommen – setzte ein panisches Blöken ein, das erst wieder nachließ, als Emma, selbst erschrocken, sich zurück zur Menschengruppe und Rex bewegte.

Die Oberschwester, Kaissa und Dr. Lange hatten stumm und unbeweglich die Vorgänge verfolgt und schienen unter Schock zu stehen.

Immer mehr der zunächst niedergestürzten Wesen kamen nun auf die Beine und folgten fliehend den Artgenossen, so schnell sie vermochten. Wenig später waren alle Fremdartigen verschwunden.

„Sie laufen immer weiter!", beobachtete Rex.

„Was für eine grandiose Waffe!" Dr. Lange hatte als erster die Sprache wiedergefunden. „Die sind ja nicht einzeln, sondern geradezu reihenweise umgekippt! Meine Hochachtung!"

„Die Lichtkaskade hat nicht getötet …", erklärte Emma benommen. „Das wollte ich auch auf gar keinen Fall!"

„Und Du hast sie nicht selbst ausgelöst – es war eine Reaktion des Ringes …!", bemerkte Rex mental.

Kaissa trat zu Emma. „Jeder dieser hellen Blitze von Dir war von infernalischen mentalen Impulsen begleitet. Und der schrille Begleitton ging weit in den Ultraschallbereich hinein! Ehe ich mich mental blockieren konnte, war das die Hölle. Ich wäre beinahe selbst umgekippt, wie diese Wesen."

„Du musst auf eine ganz besondere Weise mental reagieren", stellte Emma fest, „Du konntest den Wesen gestern schon den Rückzug nahelegen und heute Morgen hast Du ihre Forderungen vernommen. – Ich habe von deren mentalen Impulsen abermals gar nichts mitbekommen!"

Kaissa errötete sanft unter diesem Lob.

Die Oberschwester trat jetzt auf Emma zu und schüttelte ihr die Hand. „Ich muss sagen, das hast Du wirklich gut gemacht! Ohne Dich und Deine Fähigkeiten wären wir hier nun endgültig am Ende gewesen. Wir haben allen Grund, uns mächtig zu bedanken! – Ach, nun wird Emma doch tatsächlich rot! – Wie nett!"

Diese senkte den Blick und lächelte bemüht. „Ich freue mich, dass ich Euch helfen konnte – aber schließlich habe ich Schuld an dieser Entführung und Eurem Schicksal hier …"

Die Oberschwester umarmte sie sogar und tätschelte ihren Rücken. „Na, absichtlich hast Du das Ganze ja wohl auch nicht heraufbeschworen …"

„Nun lasst mich auch mal", hörte Emma von Dr. Lange. Der nahm sie sogleich fest in seine Arme und sie konnte gerade noch mit einer schnellen Drehung ihres Kopfes verhindern, dass jener sie küsste. Sie war kurzzeitig versucht, ihre übernormalen, körperlichen Kräfte zur Anwendung zu bringen, aber zum Glück entließ Dr. Lange sie gleich wieder freiwillig aus der Umarmung.

Emmas große Augen blitzten ihn an.

„Wir beiden könnten doch hier sehr vorteilhaft ein schönes Paar sein", erklärte er und zog sie an ihrem Arm näher.

„Untersteh Dich!", fauchte Emma und plötzlich stand Rex sehr dicht bei ihr und knurrte.

Nun schien sich Dr. Lange seiner aufdringlichen Handlungsweise bewusst zu werden. Er senkte den Blick, fuhr sich mit der Hand über die Augen und murmelte: „Entschuldigung, aber alle diese Ereignisse und die Hitze hier … Außerdem siehst Du so verdammt gut aus und so wahnsinnig verführerisch…" Er schüttelte verzweifelt den Kopf und setzte sich dann abgewandt ein paar Meter weiter nieder.

Kaissa blickte entgeistert immer wieder zwischen Dr. Lange und Emma hin und her.

„Allmählich liegen die Nerven blank", teilte Emma mental für Kaissa mit.

Die erschrak zunächst ein wenig, lächelte dann Emma zu und nickte verständnisvoll. „Müssen wir befürchten, dass die fremdartigen Wesen zurückkehren?"

„Es ist nicht ausgeschlossen. – Ich kann mir leider kein Bild davon machen, wie intelligent sie sind und damit weiß ich nicht, in welcher Weise sie unseren Argumenten folgen können."

„Wir sollten ab jetzt nachts richtige Wachen für jeweils zwei Stunden aufstellen", riet Rex.

Emma informierte die anderen über diesen Plan und fand volle Zustimmung.

„Ich kann jeweils die nachfolgende Wache wecken", informierte Rex.

Die Sonne dieses Planeten stand schon wieder am Horizont. Schnell wurde es dunkler und die zunächst lebhaften Gespräche wurden immer ruhiger und spärlicher. Schließlich wünschten sie sich eine Gute Nacht.

Emma konnte nach den Ereignissen des heutigen Tages lange nicht einschlafen. Die Versuche, von sich aus irgendwelche mentalen Kontakte zu erreichen, hatte sie vorläufig aufgegeben. Umso mehr wanderten die Gedanken in ihrer Vorstellung immer wieder zu Frank. Sie stellte sich bedrückt vor, dass auch er jetzt in seinem Bett liegen würde und sehnsuchtsvoll an sie dachte. Und dass seine und ihre Eltern und Geschwister sicher ebenfalls litten.

Ihr schien, sie sei gerade eben erst eingeschlafen, als Rex sie schon wieder mit seiner Nase anstieß. „Du bist dran", gähnte er.

155

„Es gab bisher nichts Besonderes, außer dass die Oberschwester fürchterlich schnarcht …"

Auch in Emmas Wache geschah nichts Auffälliges und als Rex nach zwei Stunden als Nächsten Dr. Lange weckte, war sie dankbar, nicht noch länger in die Dunkelheit starren zu müssen und ständig Gefahr zu laufen, einzunicken.

Die Zeit des darauffolgenden Wachwechsels war noch nicht gekommen, als Emma und die anderen durch lautes Bellen von Rex aus dem Schlaf gerissen wurden.

Im schwachen Sternenlicht erkannten sie eine große Anzahl der fremdartigen Wesen. Die kamen schnell näher, hatten sie regelrecht umzingelt. Die ersten waren nur noch wenige Meter entfernt.

Wie schon am Nachmittag sprang Emma schnell auf und hob reaktionsschnell den Arm vor die Brust. Sofort begann der Diamant des Ringes wieder breitgefächerte, grelle Lichtkaskaden zu verbreiten. Begleitet wurden diese wieder von einem schrillen Pfeifen. Geistesgegenwärtig blieben Dr. Lange, die Oberschwester und Kaissa am Boden liegen, damit Emmas Abwehrstrahlen freie Bahn hatten. So konnte diese mit einer einzigen Rundumwendung sämtliche Aggressoren niederstrecken. Erschrocken stellte sie fest, dass sich diesmal keiner mehr bewegte.

„Keine Sorge, sie schlafen alle nur tief", erfuhr Emma vom Ring.

„Es nähert sich eine zweite Welle von diesen Wesen; auch sie kommen aus allen Himmelsrichtungen!" Rex kauerte sich am Boden nieder.

Emma informierte die Gruppe. Im Sternenlicht erkannte sie, dass die Menschen mit schreckgeweiteten Augen das Geschehen verfolgten.

Jetzt waren die Wesen heran. Sie begutachteten anscheinend verwundert und ratlos die Niedergestreckten der ersten Angriffswelle. Obwohl sie sich zur Gruppe der Menschen ausrichteten, kamen sie nicht weiter näher.

Der Ring meldete sich mental bei Emma: „Weitere Angriffe sind nicht auszuschließen. Ich werde ein Schutzfeld um Euch errichten, Radius drei Meter. Darunter seid Ihr absolut sicher geschützt."

Emma teilte das sogleich überglücklich den anderen mit.

Sekunden später überspannte ihren Lagerplatz eine schwach hellblau leuchtende, durchsichtige Hülle.

Sie hockten dicht beisammen und diskutierten gespannt, was die Wesen weiter vorhatten.

„Hat Dr. Lange – er hatte doch Wache – die Wesen gar nicht bemerkt?", hinterfragte Kaissa.

„Oh, doch!", rechtfertigte der sich, „Aber sie kamen mit einem Male so schnell aus der Dunkelheit, dass ich nur noch laut rufen konnte. Rex ist sofort aufgesprungen und hat Euch wachgebellt!"

Die beruhigende Sicherheit durch das Schutzfeld und ihre ohnehin große Müdigkeit ließen sie dann doch irgendwann in einen unruhigen Schlaf finden.

19

Emma erwachte abermals, weil Rex sie mehrfach anstieß. Schnell richtete sie sich auf. Durch die einsetzende Unruhe erwachten auch die anderen.

„Es sind ja alle Wesen fort – alle!", stellte Kaissa als erste fest. „Auch die, welche gestern zunächst noch auf dem Boden lagen und sich nicht mehr bewegen konnten. Wie haben die das geschafft?"

„Die Bewegungsunfähigkeit durch die Abwehrstrahlen meines Ringes dauert nur ein paar Stunden an", erklärte Emma.

„Ich kann das Ganze nicht verstehen! Wie soll ein Ring jemals eine derartige Kraft entfalten? Und wie hat Emma es geschafft, diese schützende Kuppel über uns entstehen zu lassen? Diese Maßnahmen haben den Wesen dann wohl doch den nötigen Respekt eingeflößt", sinnierte die Oberschwester.

Nur für diese hörbar, entgegnete Kaissa: „Ich habe es gleich vermutet, aber jetzt bin ich ganz sicher: Sie kommt entweder von einem anderen Stern und verfügt deshalb über diese ungewöhnlichen Hilfsmittel und Kräfte, oder ..."

„Oder?", wollte die Oberschwester erfahren.

„Oder – und das kann ebenso gut sein: Sie ist eine wahrhaftige Göttin!"

Beide blickten sehr verunsichert auf Emma.

Dann stellten sie erstaunt fest, dass dieses nachts errichtete, halbkugelige Schutzfeld nicht mehr existierte.

Nach Emmas mentaler Anfrage beim Diamantring bekam sie die Auskunft: „Das Schutzfeld konnte um fünf Uhr deaktiviert werden, da die Wesen zwei Stunden zuvor vollzählig und zügig abgezogen waren."

Die Oberschwester, Kaissa und Dr. Lange schienen äußerst unentschlossen, wie sie sich Emma gegenüber weiter verhalten sollten.

Das nun schon eingespielte Morgenritual der Gruppe lief dann aber ohne Besonderheiten ab.

Nach dem Früchte-Frühstück veranlasste Emma abermals einen Suchimpuls ihres Ringes in Richtung der Energiesignatur im All. Ihre Haltung straffte sich unter der freudigen Feststellung, dass sie heute erstmals eine Antwort erhielt. Die war zwar nur kurz und bestand fast nur aus Kodezahlen, enthielt am Schluss jedoch die Worte „Emma" und „Vengalyx-Modul".

Schnell informierte sie Rex.

Der Diamantring begann mit einer intensiven Datenübermittlung und teilte ihr dann mit: „Kennung und Bild von Emma an Vengalyx-Modul übertragen. Laufende wechselseitige Standortermittlung installiert."

„Was nun?", wollte Rex erfahren und wedelte mit dem Schweif.

„Wir müssen wieder einmal Geduld haben und abwarten."

Emma informierte auch die Übrigen.

„Wir wollen das Beste hoffen und auf das Schlimmste gefasst sein", wiegelte die Oberschwester ironisch ab.

Am Nachmittag dieses Tages zogen wider Erwarten keine Wolken auf und dementsprechend gab es keinen lästigen Regenschauer.

„Diese dauernde Herumsitzerei hier geht mir ziemlich auf die Nerven", beklagte Dr. Lange. „Können wir denn nicht mal einen Spaziergang machen?" Auch die anderen sprachen sich dafür aus. So zog die Gruppe unter der ständig sichernden Beobachtung von Rex los.

„Kann denn Rex wirklich immer unsere nähere und dazu noch die fernere Umgebung ausreichend sicher nach den Wesen absuchen?", wunderte sich Dr. Lange etwas ängstlich.

Emma nickte überzeugend.

Kaissa flüsterte der Oberschwester zu: „Der Hund kam zu Emma, als wir mitten in dieser Entführung waren. Wahrscheinlich kommt er ebenfalls von dem anderen Stern ..."

„Oder er ist ein getarnter Gott?", witzelte die Oberschwester.

Kaissa errötete und ging demonstrativ neben Emma weiter.

Nach einem anderthalbstündigen Streifzug, den Rex sehr präzise zurück an ihr Lager führte, legten sich alle angenehm ermüdet auf den Waldboden nieder.

„Hier Vengalyx-Modul."

Emma und Rex fuhren zusammen, als sie diese mentale Botschaft vernahmen.

„Was ist los, kommen diese komischen Wesen wieder?" Kaissa war die Farbe aus dem Gesicht gewichen.

„Nein!", jubelte Emma und umarmte Kaissa tröstend.

160

„Endlich hat sich diese Energiestruktur dort oben im All mit einer klaren Botschaft gemeldet! Jetzt kann ich mit ihr kommunizieren!"

Und mental an das Vengalyx-Modul gewandt: „Hier ist Emma! Ich vernehme Dich laut und deutlich! Die Übermittlung läuft nicht über meine persönlichen mentalen Fähigkeiten, sondern per Energie-Transfer durch meinen Diamantring!"

„Verstanden! – Beibehalten!"

„Könnte das Vengalyx-Modul unsere Gruppe direkt an Bord nehmen?", überlegte Rex. „Das wäre die bequemste und sicherste Lösung." Sogleich begann Emma eine entsprechende Anfrage.

„Das Vengalyx-Modul bedauert. Die Entfernungen sind noch viel zu groß. Nach Berechnung des Kurses zu Eurem Aufenthaltsort wird schnellstmöglich Prognose zum Erscheinen des Vengalyx-Moduls bei Euch abgegeben."

Dr. Lange, die Oberschwester und Kaissa hatten sich etwas abseits von Emma und Rex niedergesetzt und beobachteten beide gespannt und in Sorge. Die drei machten in ihren Gesprächen untereinander keinen Hehl daraus, dass ihnen zunehmend unklarer wurde, was hier eigentlich geschah und immer unheimlicher, was die dargelegten Einzelheiten zu ihrer angeblichen Rettung betraf.

Mit langsam einsetzender Dunkelheit verstärkten sich die unbestimmten Befürchtungen über erneute Angriffe der fremdartigen Wesen. Ungewiss war schließlich, ob Emmas Fähigkeiten einem noch heftigeren Ansturm Stand halten konnten.

„Die fremdartigen Wesen sind bereits im Anzug!", übermittelte Rex besorgt. „Und diesmal sind es wesentlich mehr! Sie nähern sich schneller als sonst!"

Die anderen Menschen erlebten wieder das Entstehen eines drei Meter im Radius messenden, hellblau schimmernden Abwehrschirms und wussten, was sie erwartete. Nach einer viertel Stunde sahen sie die heranstürmenden Wesen. Diesmal mussten es viele hundert sein, die sich dicht gedrängt von allen Seiten näherten.

Bald zeugten kleine Blitze und ein unheimliches Knistern und Krachen von Energieentladungen, welche die anstürmenden Wesen schmerzhaft und warnend zurückwiesen.

Der Schutzschirm verformte sich unter dem Anprall der Wesen etwas und änderte ein wenig seine Farbe, hielt aber undurchdringlich stand.

Emma überlegte, wie lange die Energiereserven des Ringes ausreichen könnten. Doch dieser beruhigte: „Ewig!"

Die Attacken wurden heftiger und wütender, ebbten von Zeit zu Zeit an einer Seite ab, um an anderen Stellen vehement wieder aufgenommen zu werden.

„Wie sollen wir hier jemals fortkommen?", fragte Dr. Lange entsetzt. Kaissa zitterte am ganzen Körper und hatte sich mit abgewandtem Gesicht an die Oberschwester geschmiegt.

Die Gruppe saß im Zentrum des Schutzschirmes zusammen und wartete notgedrungen ab.

Zwei Stunden später prasselte heftiger Regen nieder.

„Sehr komfortabel, dass wir jetzt einen Schutzschirm haben", befand Dr. Lange, „wenngleich das Durchweichen auch entschieden seinen besonderen Reiz hatte ..."

Emma bemerkte, dass er sie wieder sehr intensiv musterte.

„Zum Glück ist es nicht mehr so entsetzlich schwül und heiß", ergänzte die Oberschwester.

Dr. Lange nickte und sein verklärter Blick verharrte auf Emma. „Es hat eben alles seine zwei Seiten", seufzte er.

Dann endete das Anstürmen der Wesen und diese begannen sich dicht um den Schutzschirm herum niederzulassen. Sie bildeten einen unüberwindlichen, breiten Wall von Leibern.

Emma bat Kaissa: „Kannst Du in Erfahrung bringen was sie beabsichtigen?"

„Ich frage sie ..." Ein zorniges Aufwallen von Bewegungen der starken Greifarme der fremdartigen Wesen war die Folge. „Sie wollen uns alle mitnehmen! Sie werden nicht eher von hier weichen!"

Dr. Lange stöhnte. „Hoffentlich werden wir nicht bald Durst und Hunger leiden müssen! Versuchen wir, zur Ruhe zu kommen. Vielleicht gelingt es ja sogar, noch ein wenig zu schlafen ..."

20

In Hamburg verging der Vormittag quälend langsam. Obwohl Frank, Sandra und auch ihre beiden Elternpaare sich angestrengt bemühten, nicht ständig an die Entführten und deren Schicksal zu denken, kreisten die Gedanken dennoch pausenlos um sie.

Der Nachmittag verlief, unter drei weiteren Trainingseinheiten zur Optimierung ihres mentalen Verbundes, etwas erträglicher.

Kurz vor 18 Uhr hatten sie, wie an den Vortagen, wieder am Esstisch Platz genommen.

Auf einem Blatt Papier hatte Frank neue Fragen zusammengestellt, welche sie heute übermitteln wollten. Er blickte noch einmal auf seine Armbanduhr und gab dann das Zeichen, den mentalen Verbund zu errichten.

Pünktlich erlangten sie Kontakt mit dem Vengalyx-Modul.

Ehe Frank mit seinen Fragen beginnen konnte, erhielten sie folgende Mitteilung: „Vor acht Stunden traten zutreffende Suchimpulse von einer sehr weit entfernten Quelle auf. Das Vengalyx-Modul hat eine essentielle Datensynchronisation eingeleitet und sich mit Maximalgeschwindigkeit dorthin auf den Weg gemacht. In dieser Situation steht keine Energie für die ultralichtschnelle Kommunikation mit Euch zur Verfügung. Daher nächster Bericht morgen 18 Uhr." Der Kontakt war zweifellos beendet.

Sandra sprang auf und umarmte Frank stürmisch. „Sie sind gefunden! Es ist geschafft – bald werden sie wieder hier sein ..."

Frank wurde zwar von Sandras überschäumender Freude angesteckt, gab jedoch zu bedenken: „Die Entfernungen zwischen unserem Modul und der vermutlichen Position der Entführten müssen noch gewaltig sein! Dafür sprechen auch die Energiespar-Maßnahmen und der abrupt beendete Kontakt. Möglicherweise ist die Signalquelle bis morgen Abend noch gar nicht erreicht!"

„Aber wir dürfen doch wieder Hoffnung haben ...", freuten sich die Eltern. „Es zehrt gewaltig an unseren Nerven, hier so untätig herumsitzen zu müssen ..."

Sandra schüttelte den Kopf: „Ihr seid hier und für Frank sehr wichtig, denn ohne Eure in den mentalen Verbund eingebrachte Energie könnte das Vengalyx-Modul überhaupt nicht erreicht werden. Wir wären völlig im Unklaren über das Schicksal der Entführten. Und außerdem hätten wir nicht mitteilen können, dass der Ring bei Emma ist und mit seiner kräftigeren Energie-Signatur viel besser angepeilt werden kann, als die sicher viel schwächeren Kennungen von Emma und Rex!"

„In der Klinik sind alle ziemlich ratlos, weshalb die Oberschwester, Dr. Lange, Kaissa und Emma so plötzlich verschwunden sind und wann sie voraussichtlich wiederkommen", meinte Franks Vater. „Ich habe mit sehr großer Mühe den anderen Mitarbeitern verständlich machen können, dass jene sehr überraschend und ganz vorrangig und schnell für eine äußerst dringliche Notfallsituation außerhalb des Hauses gebraucht wurden. Man möchte aber wissen, wie lange der kräftezehrende Vertretungsbetrieb auf der Station noch aufrechterhalten werden muss. Einige beginnen natürlich schon zu tuscheln, dass die abgezogenen Mitarbeiter wenigstens ihre Vertretungen über die notwendigsten Dinge hätten informieren können. Und vernünftigerweise hätten sie sich auch verabschieden sollen!"

Franks Mutter gab zu bedenken: „Also, ein paar Tage müssen wir bis zu einer hoffentlich glücklichen Rückkehr der Entführten bestimmt noch warten. Und ob sie dann auch gleich am nächsten Tag wieder arbeiten können, ist doch sehr fraglich. Eher benötigen sie noch ein paar Tage Urlaub!"

„Zum Glück ist bisher von körperlichen Verletzungen nicht die Rede!", stellte Sandra fest. „Bei Emma und Rex ja so wie so nicht!"

„Ich stelle es mir sehr schwierig vor, diese zusammengewürfelte Gruppe vor Gefahren zu schützen!", überlegte Sandras Vater. „Emma ist zwar die Einzige, welche mit ihren besonderen Fähigkeiten dort überhaupt etwas zur Rettung beitragen könnte, aber sie hat doch in solchen Dingen gar keine Erfahrung!"

„Emma hat ganz bestimmt alles perfekt im Griff!" sagte Frank. „Da bin ich mir absolut sicher. Außerdem hilft ihr der Diamantring und Du vergisst Rex!"

Sandras Vater schaute sogar eine Spur weniger pessimistisch.

21

Kurz nachdem die Morgendämmerung eingesetzt hatte, nahmen die fremdartigen Wesen des Planeten ihre Angriffe wieder auf.

Dass die Menschen und Rex unter dem Schutzfeld für jene nicht erreichbar waren, steigerte deren Angriffslust noch mehr. Sie bildeten jetzt sogar Formationen, indem sich jeweils drei bis vier von ihnen ganz dicht nebeneinander einfanden und ebenso viele hintereinander. So stürmten sie als mächtiger, lebendiger Rammbock gegen das Schutzfeld an. Das zeigte zwar an den Stellen des Aufpralls eine erkennbare Farbreaktion, hielt jedoch absolut sicher Stand.

„Vengalyx-Modul ruft Emma ...!"

Diese blieb wie angewurzelt stehen: „Ich vernehme Dich mental wunderbar klar und deutlich!"

„Warteposition des Vengalyx-Moduls über Eurem Planeten ist erreicht und stabil. Die besonderen Fähigkeiten von Dir und Rex sind wieder voll aktiv! Ebenso fast alle Service-Funktionen des Vengalyx-Moduls."

„Ich habe es auch mitbekommen!", vernahm Emma von Rex. Schon hatte der sich mit seinem persönlichen Ortstransfer direkt neben Emma befördert.

„Das Vengalyx-Modul muss dringend umfangreiche Wartungsarbeiten und Veränderungen an den Datenspeichern und der Steuerungs-Software vornehmen. Der Rückweg in die Heimat ist zwar gesichert, Eure Übernahme und der Start ist jedoch erst nach Abschluss der Umstrukturierungsarbeiten möglich. Ich kann in Kürze, mit Einverständnis von Dir und Deinem Ring, Euer Schutzfeld durch ein größeres ersetzen, das Euch mehr Bewegungsfreiheit ermöglicht."

Emma konnte ihre Freude kaum verbergen und erklärte den anderen zunächst die bevorstehende Änderung des Schutzschirmes.

Schon wechselte dessen hellblaue Farbe zu tief grün. Dann begann das Feld sich auszudehnen und die fremden Wesen einfach fortzudrängen, allerdings unterstützt durch offenbar schmerzhafte Energieentladungen.

„Jetzt können wir wieder das Bächlein und die meisten Früchte an den Bäumen und Sträuchern erreichen!", freute sich Kaissa.

„Wir müssen nicht mehr hungern und dursten!", fügte Dr. Lange erleichtert hinzu. „Das wurde schon langsam unangenehm!"

„Was gäbe ich jetzt für einen vernünftigen, duftenden, heißen, starken Kaffee …", stöhnte die Oberschwester. Und auch Kaissa stellte sich das offenbar lebhaft vor.

Emma trat einen Schritt zur Seite und wies freudig auf ein kleines Tablett mit vier großen Pappbechern mit Deckeln. „Bitte, bedient Euch!"

Dr. Lange hob schnuppernd die Nase. „Sollte ich jetzt völlig … – nein das kann doch nicht wahr sein! Er trat näher und ergriff einen der Becher. „Oh, sehr heiß! Vorsicht!" Dann reichte er ihn verwundert der Oberschwester weiter.

Die sog prüfend die Luft ein. „Das gibt es nicht!" Mit fahrigen Fingern öffnete sie achtsam den Becher. Sofort nahm sie einen prüfenden Schluck. „Es ist richtiger, echter, herrlicher Kaffee! Noch nie hat er so gut geschmeckt …!"

Dann blickten alle fragend auf Emma.

„Woher – was …? Wie in aller Welt hast Du das nun wieder fertig gebracht?", rätselte die Oberschwester.

Kaissa stieß sie leicht von der Seite an und flüsterte: „Anderer Stern … Oder Göttin …!"

Emma hatte inzwischen die übrigen Becher verteilt. „Ich kann Euch nun die schönste Mitteilung machen, die es für uns alle hier nur geben kann …!"

Kaissa sank auf die Knie und begann leise zu weinen: „Ist Rettung eingetroffen …?"

Emma bestätigte: „Unser Gefährt für die Rückreise ist vor kurzem hier eingetroffen! Diesen Kaffee habt Ihr von dort geschickt bekommen!"

Dr. Lange wollte ganz offensichtlich fragen, wie das möglich geworden sei. Doch zuckte er nur hilflos mit den Schultern und genoss stattdessen lieber glücklich den Kaffee. Wahrscheinlich hätte er auch doch nur eine Antwort erhalten, die er ohnehin nicht verstanden hätte.

„Und wirklich kein falscher Alarm?", fragte die Oberschwester skeptisch.

Emma schüttelte lächelnd den Kopf: „Ist der Kaffee nicht Beweis genug?"

„Wann kann es denn losgehen? Und wie kommen wir hier heraus, durch diese Belagerung der Wesen?"

„Der Zeitplan steht noch nicht fest, ich erfahre ihn aber bald! Der Wechsel zu unserem Gefährt läuft sehr einfach ab, nämlich ..."

Ein lauter Schrei von Kaissa unterbrach Emma.

„Eben stand Rex noch hier, nun ist er von einem Augenblick zum anderen plötzlich verschwunden!"

„Rex und ich können unter bestimmten Bedingungen mental unseren Standort wechseln", erinnerte Emma und tadelte Rex: „Du sorgst hier für Verwirrung! Musste das eben sein?"

„Ja!", erklärte der, „musste wirklich und dringend sein und ich wollte dabei auch mal ungestört sein ..."

Zum abermaligen Schrecken von Kaissa und nun auch der anderen, war Rex dann wieder neben Emma erschienen.

Kaissa blickte so ungläubig, wie ein Mensch nur schauen kann.

„Gäbe es vielleicht noch einen Kaffee?", bettelte die Oberschwester.

Emma hielt Rückfrage beim Vengalyx-Modul. Dieses sah keine Probleme und bot auch ein reichhaltiges Frühstück für jeden an. Alles zusammen erschien daraufhin sofort – zur allgemeinen, riesigen Verwunderung.

„Nun weiß ich, dass Du tatsächlich Zauberkräfte hast", versicherte Dr. Lange, erstmals wirklich ehrfürchtig.

Sie genossen das reichhaltige Frühstück, auch wenn scheinbar jede ihrer Bewegungen von den fremdartigen Wesen genau verfolgt wurde und ohne dass diese die Angriffe auf den Schutzschirm unterbrachen.

„Soll ich noch einmal versuchen, die Wesen fortzuschicken?", bot Kaissa später an.

Emma hob die Schultern. „Wenn Du magst – gerne! Aber wahrscheinlich wirst Du wenig Glück haben."

Während Kaissas mentaler Anfrage wurden die Angriffe für kurze Zeit unterbrochen.

„Sie sagen, sie werden nie mehr fortgehen, sondern immer weiter versuchen, hier hereinzukommen und uns als Gefangene mitzunehmen. Und sie würden ihr Ziel ganz sicher erreichen!" Kaissa schluckte erregt.

„Mach Dir keine Sorgen, Kaissa. Sie werden es nicht schaffen!" Die Stimmung im Lager der Menschen hatte sich spürbar gebessert, aber niemand wagte mehr, irgendeine Frage an Emma zu richten. Zu gewaltig war der Respekt vor ihr geworden.

Mittags konnte Emma den geduldig Ausharrenden endlich mitteilen, dass der Aufbruch zurück zur Erde für morgen früh, sieben Uhr geplant sei. Ein wohlschmeckendes Drei-Gänge-Mittagsmenü beruhigte die aufgeregten Gemüter.

Anschließend saß man in Grüppchen beisammen, vertrieb sich die Zeit mit angeregten Gesprächen und freute sich, nach der bekannten Zunahme der Bewölkung und dem unweigerlich folgenden Sturzregen, abermals gemütlich im Trockenen unter dem Abwehrschirm zu sitzen.

Die heimischen Wesen unterbrachen ihren Ansturm keine Minute. Die Menschen begannen, sich nicht mehr um diese zu kümmern, zumal ein duftender Nachmittags-Kaffee in Aussicht stand.

Doch mit einem Male brach der Schutzschirm, der sie bisher so sicher bewahrt hatte, mit einem lauten Knistern zusammen. Die Wesen schienen nur darauf gewartet zu haben und stürzten sich sofort von allen Seiten auf die beieinander sitzenden Menschen und Rex. Diese waren in Panik aufgesprungen und erwogen offenbar, in alle Richtungen zu fliehen.

„Bleibt unbedingt dicht bei mir!", rief Emma. Und sofort erstrahlte der Diamant ihres Ringes in extremer Helligkeit. Schon hatte sich ein hellblauer Schirm um sie herum aufgebaut, der jedoch insgesamt nur knapp drei Meter Durchmesser hatte und sich unter dem nun noch heftiger einsetzenden Ansturm der Wesen bedenklich zu verformen begann.

„Was ist denn nun wieder geschehen, das eigentlich gar nicht geschehen konnte?" Die Oberschwester blickte besorgt.

„Wo ist Kaissa?", rief Dr. Lange erschrocken. „Sie ist anscheinend außerhalb dieses Schirmes geblieben! Diese Untiere werden sie bestimmt …"

„Da ist sie!", rief die Oberschwester, „eines dieser Wesen hat sie auf sich geladen und hält sie mit beiden Greifarmen fest! – Ich werde ihr zur Hilfe …!"

Emma unterbrach nachdrücklich: „Nein! Nicht! Auf keinen Fall!
– Bleibt unbedingt dicht bei mir! Wir haben im direkten Angriff auf
diese Wesen keinerlei Chancen!"

Eine Abteilung der Wesen verließ mit Kaissa eilig den Schau-
platz.

Schnell zog Emma den Diamantring vom Finger und legte ihn
dicht vor Rex nieder.

Die übrigen Menschen schauten verständnislos. „Ich bewache
ihn!", bestätigte Rex.

Dann informierte Emma Kaissa mental, dass sie das Wesen, welches sie gerade entführte, gleich angreifen werde und sie dann wieder zurück ins Lager bringen würde.

Zehn Sekunden später stand Emma bereits wieder unter dem
Schutzschirm – mit Kaissa im Arm.

Die stand sichtbar unter Schock; die Oberschwester nahm sie
sanft in die Arme und setzte sich mit ihr nieder.

Emma nahm ihren Ring wieder auf und erklärte: „Der Ring
musste hierbleiben und Euer Schutzfeld aufrechterhalten. Durch
meinen mental eingeleiteten Ortswechsel bin ich direkt zu dem Wesen gelangt, das Kaissa mitnahm. Als es mich direkt vor sich auftauchen sah, war es dermaßen erschrocken, dass es Kaissa für einen
Moment losließ. Bevor es sich auf mich stürzen konnte, hatte ich
Kaissa schon gepackt und den mentalen Ortwechsel zurück veranlasst."

Niemand sagte ein Wort; alle starrten sie nur an. Kaissa selbst
hatte die Augen geschlossen und atmete stoßweise.

Emmas mentale Anfragen zum Vengalyx-Modul blieben unbe-
antwortet.

Rex vermeldete: „Das Modul ist in heftige Abwehrkämpfe mit
einem anderen Raumschiff verwickelt. Offenbar gehört das unseren
Entführern. Die haben wohl entdeckt, wo wir uns befinden und den
Abwehrschirm zerstört. – Warnung! Ihr werdet gleich wieder von
einer Sphäre erfasst, wie zu Beginn der Entführung! Achtung ich
komme zu Euch!"

Rex erschien direkt neben Emma, die ihn in die Arme schloss
und festhielt. Sie wurde automatisch auf allen verfügbaren Gedankenkanälen tätig.

Inzwischen hatte die von Rex angekündigte Sphäre sie samt dem schützenden Schirm von Emmas Ring erfasst und zog sie in rasender Geschwindigkeit mit sich in das Firmament.

Der Ring schaltete sein Schutzfeld automatisch ab. Die Oberschwester, Kaissa und Dr. Lange verharrten völlig entgeistert und sprachlos.

Jetzt erfuhr Emma vom Vengalyx-Modul, dass es zwar mit der Daten-Reorganisation beschäftigt gewesen war, aber sicherheitshalber seinen Notfallstatus beibehalten habe. So konnte es schlagkräftig auf das Erscheinen des Entführer-Raumschiffs reagieren und hatte dieses jetzt gerade zurückgeschlagen; es fliehe schnellstens.

Gleichzeitig verging nun die Sphäre um Emma und ihre Gefährten. Automatisch hatte das Vengalyx-Modul Vorsorge getroffen und sie alle sofort sicher in sein Inneres aufgenommen.

Nun saßen sie benommen auf dem Teppichboden, blickten auf eine gefällige Wohnzimmerlandschaft und große, umlaufende Panoramafenster, die allerdings nur nachtschwarzes All und ein paar Sterne zeigten.

Emma erhob sich, ging zu einem der bequemen Sessel und ließ sich dort aufstöhnend nieder. Die anderen folgten zögernd ihrem Beispiel. Rex verzog sich auf sein Polster.

„Willkommen im Vengalyx-Modul", vernahmen sie über die Bordlautsprecher.

Die Menschen sahen Emma verständnislos fragend an. Als sie sich zu denen umwandte, schimmerten Tränen in ihren Augen. „Das ist unser Gefährt für die Rückkehr zur Erde …"

Niemand sagte etwas, aber auch in Kaissas und der Oberschwester Augen schimmerte es verdächtig. Dr. Lange schnäuzte sich geräuschvoll.

„Wie geht es weiter?", fragte Emma mit normaler Stimme. „Müssen wir noch einmal auf diesen Planeten herunter, oder wie weit ist die Reorganisation des Vengalyx-Moduls fortgeschritten?"

Kaissa schluchzte: „Nein – bitte nicht! Nie mehr …!"

„Reorganisation wurde unterbrochen und muss teilweise noch einmal begonnen werden. Dadurch ergibt sich eine Verzögerung der Rückkehr um sechs Stunden. Ein Verbleib von Euch Menschen und Rex hier im Modul ist jedoch nunmehr möglich. Alle Service-Systeme sind voll funktionsfähig. Die Neugestaltung des bestehenden Wohnbereiches zu mehreren Gäste-Appartements ist jedoch derzeitig nicht möglich."

Emma wies der Oberschwester und Kaissa das bestehende, große, komfortable Schlafzimmer und Dr. Lange das Gästeappartement zu.

„Ihr dürft alle Einrichtungen, natürlich auch die Duschen, ausgiebig benutzen!", erklärte sie weiter. Sie selbst machte es ich auf einem der Liegesessel im Wohnbereich bequem.

Der Uhrzeit nach war es jetzt Abend. Emma vernahm aus dem Schlafzimmer-Bad Duschgeräusche der beiden Einquartierten und danach nur noch langanhaltende Stille. Offenbar waren jene sofort eingeschlafen. Ganz ähnlich war es im Gästeappartement.

„Können wir eigentlich Nachrichten mit der Erde tauschen?", interessierte Emma.

„Die ultralichtschnelle Verbindung war bisher – dank des mentalen Verbundes der Familien – zufriedenstellend, allerdings auf wenige, kurze Zeiteinheiten im 24 Stunden-Rhythmus beschränkt. Der für heute vorgesehene Termin konnte allerdings wegen des erneuten Angriffes der Entführer nicht eingehalten werden. Das Vengalyx-Modul schlägt daher einen neuen Verbindungsversuch für morgen vor, wenn die Datenreorganisation abgeschlossen ist!"

„Jetzt können wir die Erde nicht erreichen?", fragte Emma sehnsuchtsvoll.

„Unzweckmäßig, da Ultralichtschnelle Kommunikation sehr viel Energie benötigt, die derzeit dringend zur Regeneration gebraucht wird."

Emma stöhnte nur einmal leise, dann schlief auch sie erschöpft ein.

22

Endlich hatten die Elternpaare wieder eine Nacht durchschlafen können, ohne sich das Hirn über das Schicksal der Entführten zu zermartern. Zwar herrschte noch allgegenwärtige Sorge, aber die verzweifelte Trostlosigkeit war einer vorsichtigen Hoffnung gewichen.

Deshalb waren Franks Eltern in der Lage, am Vormittag den Gästen aus Karlsruhe mittels einer Autotour Hamburg und seine Umgebung ein wenig näher zu bringen.

Für den Nachmittag hatte Frank nochmals drei Trainingsrunden zur Verbesserung ihres mentalen Verbundes angesetzt.

„Ist doch eigentlich gar nicht mehr nötig!", meinte seine Mutter fröhlich.

Aber jener ließ sich nicht von seinem Plan abbringen.

Kurz vor 18 Uhr fanden sie sich wiederum im Esszimmer am großen Tisch ein.

Zur vorgesehenen Zeit errichteten sie, fast schon routinemäßig, den mentalen Verbund.

Doch schnell wandelte sich ihr Optimismus wieder in Bestürzung und Ratlosigkeit, als sie kein mentales Signal wahrnahmen.

Nach einer viertel Stunde gaben sie enttäuscht auf.

„Das Vengalyx-Modul war stets zuverlässig und pünktlich – Da muss irgendetwas Unvorhergesehenes geschehen sein …"

Franks Mutter nahm ihren Sohn tröstend in den Arm.

Sandra hatte eigentlich ähnliches beabsichtigt, kam aber ein wenig zu spät.

„Muss denn diese Ungewissheit wieder beginnen …!" Sandras Vater war sehr verdrossen.

Auf gemeinsamen Beschluss hin versuchten sie an diesem Abend noch zweimal das Modul mental zu erreichen, jedoch jeweils ohne Erfolg, wie zuvor.

Wie mochte es den Entführten gehen?

Was war geschehen, dass die schon erreichten Fortschritte offenbar zunichte gemacht waren?

Konnte es das Ende all ihrer Bemühungen bedeuten?

Gab es denn gar keine anderen Möglichkeiten?

Frank blickte in mitfühlende, trauererfüllte Gesichter, die alle ausweglose Hilflosigkeit widerspiegelten.

23

Die Oberschwester und Kaissa lugten verstohlen aus der Schlafzimmertür in den Wohnbereich, in dem Emma auf einem der Sessel schlief.

„Dr. Lange ist noch nicht zu sehen. Aber die Uhr im Bad sagte ganz eindeutig, dass es jetzt acht Uhr morgens ist!"

„Stimmt dann auch!", sagte Emma, die inzwischen die Augen geöffnet hatte.

„Hast Du alle Betten für uns frei gemacht und hattest selbst keines mehr?", erkundigte sich Kaissa mitfühlend.

„Was ist dieses hier eigentlich für ein Luxus-Gefährt mit Waschmaschine und Trockner in dem tollen Duschbad – wir haben gleich noch unser Zeug waschen und trocknen lassen, während wir schliefen!"

Emma lächelte vielsagend. „Ich habe jedenfalls auch gut geschlafen".

„Wie können wir vielleicht zu einem Kaffee kommen …?" Die Oberschwester gähnte verhalten.

Emma lachte, stand auf und holte aus der Küche zwei große Tassen Kaffee.

„Du nimmst gar nichts?" Kaissa blickte neugierig.

„Ich werde jetzt erst einmal duschen …". Emma winkte ihnen entspannt zu und verschwand im Schlafzimmer und dem angrenzenden Bad.

„Rieche ich Kaffee?" Dr. Lange öffnete fragend die Tür. Die Oberschwester hob demonstrativ ihre Tasse in die Höhe.

Dr. Lange trat heran. „Habt Ihr noch etwas für mich übrig gelassen?"

Kaissa trat in die Küche. „Nein – hier ist nichts mehr. – Gar nichts, nicht einmal eine Kaffeemaschine!"

„Wieder die Sache mit dem anderen Stern?", kam ihr die Oberschwester zuvor.

„Ich sehe auch nirgends Geschirr und nicht mal einen Wasserhahn …"

„Dann müssen wir warten bis unsere Gastgeberin geduscht hat!"

„So ruhig und komfortabel, wie hier, habe ich wohl noch nie geschlafen!", stellte Dr. Lange fest. „Und wo sind wir hier eigentlich? Ist das ein Raumschiff, eine Raumstation, oder was?"

„Als wir hier ankamen, war eine Ansage mit dem Namen. Aber den habe ich schon wieder vergessen", sagte Kaissa.

„Vengalyx-Modul" vernahm sie die Lautsprecherstimme des Moduls. „Soll Frühstück mit Kaffee bereitet werden?"

„Ja, bitte! Das gestrige war ganz toll: Wenn das also ginge …"

„In der Küche steht schon alles bereit!"

Inzwischen derartig an Unmöglichkeiten gewöhnt, wunderte man sich gar nicht mehr und folgte einfach. Wie versprochen, standen dort drei gut bestückte Frühstück-Tabletts und drei große Becher Kaffee.

Man dankte staunend und nahm am Esstisch Platz.

Nach einer Viertelstunde erschien auch Emma wieder.

„Das Vengalyx-Modul hat uns ein Frühstück und weiteren Kaffee verschafft", entschuldigte sich Kaissa. „Uns ist aber völlig unklar, wie es das bewirkt hat."

Emma lächelte: „Das zu erklären, wäre eine lange Geschichte. Nehmt es einfach als einen Service für Euch, weil Ihr durch meine Entführung in diese Schwierigkeiten geraten seid."

„Vielen, vielen Dank", sagte Kaissa, „obwohl das recht wenig Lob und Anerkennung für Dich und Rex sind, denn Ihr habt uns großartig beschützt und geholfen, wo immer es möglich war … Und ganz zu schweigen davon, dass Du mir gestern, als ich von diesen Wesen entführt wurde, eindeutig das Leben gerettet hast …! Wie kann ich Dir nur jemals danken?"

Emma lächelte bezaubernd und winkte ab.

„Wie geht es nun weiter?", erkundigte sich Dr. Lange.

„Das Vengalyx-Modul hat erklärt, um nunmehr 11 Uhr sei der Start zur Rückreise möglich."

„Wie lange benötigen wir denn zurück zur Erde?"

„Das ist noch nicht genau feststellbar, diese Informationen hängen von einigen komplizierten Bedingungen ab. Diese Berechnungen laufen gerade."

„Und wie lange überschlägig?", bohrte Dr. Lange nach. Drei bis fünf Tage oder länger?"

Emma sah ihn mit ernster Miene an. „Ich vermute, bis zu drei Sekunden."

Kaissa lachte auf: „Du meinst Wochen!"

„Nein. Wie ich sagte: Sekunden. Dieses Modul kennt jetzt ganz genau sein Ziel und muss keine aufwendigen Suchoperationen mit stark verminderter Geschwindigkeit mehr vornehmen. Seit Stunden läuft die sehr zeitintensive Regeneration der Datenbanken. Erst wenn diese überprüft und für in Ordnung befunden werden, starten wir."

Die Oberschwester trat an das umlaufende Panoramafenster. „Ist das dort unten der Planet, auf dem wir waren?"

Die anderen kamen hinzu.

Emma bestätigte: „Ja. Unser Lager war direkt unter uns. Jetzt schweben wir in etwa zehntausend Kilometern Höhe."

Abermals unsäglich beeindruckt nahmen sie in den bequemen Sesseln Platz.

„Die Regenerationsphase ist fast abgeschlossen. Wenn Du möchtest, kannst Du jetzt Verbindung mit Frank aufnehmen!", teilte das Modul mental für Emma mit.

Das ließ diese sich nicht zweimal sagen. „Frank – Frank, hier meldet sich Emma – "

Eine gewaltige mentale Woge von Freude und Erleichterung als mentale Antwort drohte ihr die Besinnung zu rauben und sie sank in einen Sessel.

„Frank, uns geht es allen sehr gut. Moment bitte, ich muss den anderen Bescheid sagen …"

Diesen war ihre Reaktion nicht entgangen, sie erhoben sich und fragten Emma, die sich aber schon wieder gefangen hatte, ob alles in Ordnung sei, oder wie man ihr helfen könne.

Emma lächelte glücklich und sagte zu denen gewandt: „Ich habe gerade Kontakt mit der Erde – ich berichte Euch gleich!" Schon waren ihre Gedanken wieder bei Frank. „Wir sind im Inneren des Vengalyx-Moduls und werden in etwa einer Stunde zur Erde starten können."

„Wunderbar! Ich liebe Dich!", vernahm sie gerade noch, dann brach die Verbindung zusammen.

„Frank alleine konnte den Kontakt nicht länger aufrechterhalten", erklärte das Modul. „Aber wir sind ja in Kürze dort. Übrigens eine gewaltige mentale Leistung, die er da eben vollbracht hat!"

Emma sah brennende Ungeduld auf den Gesichtern der anderen Menschen. „Ich habe die Erde mental erreicht und mitgeteilt, dass der Start zu unserer Rückreise unmittelbar bevorsteht!"

Atemlose Spannung baute sich auf.

„Start ist jetzt möglich. Bitte genaues Ziel auf der Erde!", wollte das Modul erfahren.

„Garten von Franks Eltern!", antwortete Emma ebenso.

Dann wandte sie sich an die Übrigen: „Wir werden in Kürze starten. Wie vorhin schon gesagt, wird unser Ortswechsel zurück auf die Erde sehr schnell vonstattengehen. Wahrscheinlich werdet Ihr gar nichts davon bemerken, außer, dass der Blick aus dem Fenster plötzlich nicht mehr das schwarze All und ein paar Sterne zeigen wird. Bleibt von jetzt an bitte auf Euren Plätzen, bis Ihr gesagt bekommt, dass Ihr Euch erheben könnt!"

„Müssen wir uns anschnallen?", fragte Dr. Lange.

Emma schüttelte lächelnd den Kopf. Habt Ihr noch Fragen?"

Kaissa war blass geworden. „Wer lenkt denn das Modul auf seiner extrem weiten und sicher gefährlichen Reise?"

„Es ist dessen großartige Vollautomatik, die auf meinen Befehl hin die Steuerung übernimmt."

„Du gibst den Startbefehl?", wunderte sich die Oberschwester und klammerte sich an die Armlehnen ihres Sessels. „Wie und womit denn? Da sind überhaupt keine Armaturen oder Schalter …"

„Seid unbesorgt!", hörten sie das Vengalyx-Modul.

Die Oberschwester und die anderen schlossen die Augen.

„Also dann!" Auch Emma nahm Platz.

24

Das Licht im Vengalyx-Modul erlosch. Tiefe Schwärze umfing Emma. Sie lehnte sich entspannt zurück und lauschte auf die Atemzüge ihrer Mitreisenden. Aber die verhielten sich musterhaft still; kein Laut war zu hören.

Die Rückreise würde nur ein paar Sekunden erfordern, hatte das Modul mitgeteilt. Sie konnte es kaum erwarten, Frank wieder in die Arme zu schließen! Sie vermisste ihn sehr.

Wie lange hatte diese Entführung nun gedauert? Sie wollte als kleine Gedächtnisstütze zum Abzählen der Tage die Finger ihrer rechten Hand zu Hilfe nehmen. Doch irgendetwas stimmte auf einmal mit ihrer Hand nicht mehr. Sie konnte mit dieser nur noch minimale Bewegungen ausführen, dann blockierte ein massiver Widerstand ihre Bemühungen.

Erschrocken wollte Emma mit der linken Hand der rechten zu Hilfe kommen und überprüfen, weshalb jene plötzlich den Dienst versagte. Doch auch diese Hand verhielt sich nicht anders. Dann stellte sie fest, dass nicht nur die Hände, sondern auch die gesamten Arme – und zu ihrem Entsetzen auch beide Beine von dieser rätselhaften Bewegungsblockierung befallen waren.

Sie versuchte sofort das Vengalyx-Modul und Rex mental zu erreichen, jedoch gelang ihr kein Kontakt. Nun rief sie laut nach Rex, Kaissa, der Oberschwester und Dr. Lange. Ihre Stimme klang dabei merkwürdig dumpf und schien kaum die gewohnte Lautstärke zu erreichen. Niemand antwortete.

Jetzt fiel ihr auf, dass ein rhythmisches, leises, aber alles durchdringendes Summen eingesetzt hatte, das sie im Vengalyx-Modul noch nie gehört hatte.

Inzwischen waren bestimmt mehrere Minuten vergangen und die vom Vengalyx-Modul vorgesehene Reisezeit zur Erde musste längst überschritten sein!

Allmählich gewann sie den entsetzlichen Eindruck, dass etwas völlig verkehrt gelaufen sei. Statt endlich wieder auf der Erde zu sein, schien sie in einem enganliegenden, jede Aktivität verhindernden Kokon in Dunkelheit gefangen!

Noch einmal versuchte sie, verbal oder mental irgendeinen Kontakt, doch abermals völlig vergeblich. „Frank!", pochte es enttäuscht in ihr, „warum geschieht das und weshalb darf ich nicht zu Dir?"

Die rätselhafte Dunkelheit, die Emma umgab, hielt weiter an. Wenigstens hatte sie keine Schmerzen.

Auch mehrere Versuche, sich mittels ihres persönlichen Ortstransfers ein paar Meter weiter zu bewegen und damit aus dieser Umgebung heraus zu gelangen, waren erfolglos.

Emma überlegte angestrengt, was sich wohl ereignet haben mochte. Auch wenn sie keinerlei Anhaltspunkte für das ‚wie' und ‚weshalb' hatte, war dennoch am wahrscheinlichsten, dass sie erneut mit einer seltsamen, gegen Gedankenkräfte und Schall abgeschirmten Hülle überwältigt worden war und verschleppt wurde. Ihren unbekannten Entführern musste das trotz des Schutzes vom Vengalyx-Modul gelungen sein!

Erstaunlich war, dass sie so klare Gedanken fassen konnte und nicht in Panik geriet. Als beruhigend empfand sie ihre Unversehrbarkeit, von der ihre Feinde hoffentlich nichts wussten. Sie legten offensichtlich mit dieser Hülle sogar Wert darauf, sie vorsichtig und sicher zu befördern, um ihr keinen Schaden zuzufügen.

Während sie weiter nachdachte, bemerkte sie in der Gegend ihrer rechten Hand ein pulsierendes, farbiges Leuchten. Gleichzeitig empfing sie jetzt mental eine Botschaft ihres Diamantringes, von dem diese Lichterscheinung auch auszugehen schien.

„Sei ohne Sorge. Dir wird nichts geschehen! Warte ruhig ab!"

„Was ist eigentlich passiert?", versuchte Emma vom Ring zu ergründen, erhielt jedoch auch von ihm keine Antwort.

Sie beschloss, mit einem Teil ihrer Aufmerksamkeit ständig zu überwachen, ob sie Gedanken ihrer Freunde oder Nachrichten vom Vengalyx-Modul wahrnehmen konnte, den anderen Teil ihrer Sinne wandte sie dem Ring zu.

Es konnten knapp zehn Minuten verstrichen sein, als sich der Kokon, der sie eng umgab, plötzlich öffnete. Fahles, gelbgrünes Licht fiel auf sie. Sobald sie die Möglichkeit sah, zwängte Emma sich unaufgefordert aus ihrer gefängnisähnlichen Hülle und sah sich vorsichtig um.

Sie befand sich in einem angenehm temperierten Raum, der außer einem sofaähnlichen Polster, allerdings ohne Rückenlehne, kein weiteres Mobiliar oder Gebrauchsgegenstände aufwies. Fenster oder Türen waren ebenfalls nicht vorhanden. Emma ging einige Schritte auf eine Wand zu und betastete deren Beschaffenheit. Sie fühlte sich metallisch glatt und kühl an. Die fahle Raumbeleuchtung schien von ihrer gesamten Fläche auszugehen. Auch der Fußboden bestand aus dem gleichen Material.

Schon wenige Augenblicke später wandelte sich ein Teil einer Wand in einen großen Bildschirm, auf dem Emma erstaunt ihr genaues Abbild erkannte. Sie sah aber nicht in einem Spiegel, denn während sie sich bewegte, blieb das Abbild unverändert und wenn dieses sich bewegte, dann ganz anders, als sie es gerade tat. Die Bekleidung entsprach absolut genau ihrer derzeitigen eigenen.

„Hallo, Emma", grüßte ihr Abbild mit Bewegungen und Stimme, welche den ihrigen genau entsprachen. „Du bist hier an Bord eines speziellen Raumfahrzeuges, das Dich zu unserer Heimatwelt bringen wird. Solange Du Dich nach unseren Anweisungen richtest, wirst du keinerlei Schaden nehmen und nichts zu befürchten haben. Falls Du Dich widersetzt oder Dich selbst gefährdest, musst Du wieder in die Körperformhülle zurück." Zur Bekräftigung wies ihr Abbild mit einer Hand unmissverständlich in Richtung des Gebildes, dem sie gerade entstiegen war.

„Ich verstehe", sagte Emma.

„Schön", antwortete ihr Abbild.

Emma nahm erleichtert wahr, dass offenbar ein Dialog mit ihren Entführern möglich war und ihr nicht nur Befehle übermittelt wurden.

„Darf ich erfahren, weshalb man mich gegen meinen Willen und mit Gewalt hierher gebracht hat?"

„Selbstverständlich wirst Du das erfahren, nur nicht jetzt und hier. Wenn wir in einem Zeitabschnitt, der zwei eurer Erdentage entspricht, unsere Heimatwelt erreichen, wird Dir dort alles Nötige mitgeteilt werden."

„Demnach bin ich also eine Gefangene?"

„Unser Volk der Ekabastor kennt den Begriff ‚Gefangene' nicht. Es besteht für uns aber ein äußerst wichtiger Umstand, der die Beschaffung Deines Wissens rechtfertigt."

„Warum spricht niemand deines Volkes direkt mit mir, weshalb bedient Ihr Euch meines Abbildes?"

„Für Deine Sinne sind wir Ekabastor unsichtbar und unsere Kommunikationsmittel wären für Dich nicht wahrnehmbar und unverständlich."

Emma schwieg und blickte ihr Abbild an, das sie ebenso unverwandt ansah.

Schließlich erlosch der Bildschirm einfach.

„He, he", protestierte Emma, „was ist, wenn ich Hunger oder Durst habe, oder ..."

Sofort erschien ihr Abbild wieder auf dem Bildschirm und sah sie fragend an.

Emma wiederholte ihre Wünsche und zu ihrem Erstaunen erschien kurz darauf an der einen Seite des Raumes eine abgeschlossene, komplette Sanitärzone. Auf der anderen entstand so etwas wie ein Vorratsschrank mit Speisen und Getränken, die zumindest wie irdische aussahen.

Emma fand zudem überraschend einen neuen Satz Bekleidung vor, der ihrem alten völlig entsprach, aber keinerlei Gebrauchsspuren zeigte. Auch die Beschaffenheit des Materials war mit der ursprünglichen identisch. Sie kleidete sich um und versuchte die Speisen und Getränke aus dem Vorratsschrank. Diese schmeckten zwar ein wenig anders als irdische, waren aber durchaus genießbar.

Anschließend legte sie sich auf das sofaähnliche Polster und dachte weiter nach.

Auch außerhalb ihrer Panzerhülle war ein Gedankenkontakt mit ihrer Heimatwelt oder ein persönlicher, mental gesteuerter Ortswechsel nicht gelungen. Und mit vermutlich schnell zunehmender Entfernung vom Vengalyx-Modul und der Erde wurde die Wahrscheinlichkeit einen Gedankenkontakt zu erreichen, immer geringer.

Weitere Fragen an ihr Abbild auf dem Monitor brachten keine neuen Erkenntnisse. Emma konnte nicht erfahren, ob das Raumschiff von Lebewesen gelenkt wurde oder völlig automatisch arbeitete, wie groß es war, oder wie schnell. Und auf Fragen nach ihrer Rückkehr zur Erde oder nach der Dauer ihres Zwangsaufenthaltes auf der Welt der Ekabastor wurde von ihrem Abbild nicht geantwortet.

So legte sich Emma eine Reihe von verschiedenen Plänen zurecht, wie sie sich, je nach anzutreffender Situation, bei den Ekabastorn verhalten wollte. Soweit das im Bereich ihrer Möglichkeiten

lag, war sie keinesfalls gewillt, etwas von ihrem Wissen preiszuge-
ben. Nach wie vor wäre es am Wichtigsten, Gedankenkontakt mit
dem Modul oder der Erde zu bekommen. Dann würde sie nicht
mehr so auf sich gestellt und ratlos vor allen Problemen stehen und
sich mit Frank und den anderen besprechen können. Ihre reale Befreiung aus der Gefangenschaft der Ekabastor und die Rückreise zur
Erde schienen ihr erst in zweiter Linie wichtig.

Schließlich war sie eingeschlafen und als sie acht Stunden später
erwachte, war nach ihrer Zeitrechnung der zweite Tag ihrer neuerlichen Entführung angebrochen.

Wie mochte es Frank und den Familien zu Mute sein? Sicher
machte man sich große Sorgen, wenn sie erfuhren, dass sie so kurz
vor der erhofften Rückkehr erneut verschwunden war ...

Hoffentlich war das Vengalyx-Modul auch ohne sie zur Erde ge-
startet und hatte Rex, die Oberschwester, Dr. Lange und Kaissa
zurück und in Sicherheit gebracht! Oder waren sie ebenfalls getrennt
von ihr überwältigt und entführt worden?

Den Tag über ereignete sich in ihrem Gefängnis nichts Bemer-
kenswertes. Das Abbild nahm nur Kontakt mit Emma auf, wenn
diese es wünschte. Andere Informationen als gestern waren auch
heute nicht zu erhalten.

So hatte Emma reichlich Zeit, ihre gestern entworfenen Verhal-
tenspläne zu überdenken und zu verfeinern.

Am späten Nachmittag fuhr sie hoch, als sie meinte, ein Gedankenbruchstück von Frank aufzufangen. Es schien ihr nur für den
Teil einer Sekunde aufzuflackern und dann wieder zu verlöschen
und sie konnte keinen Inhalt entziffern. Aber für einen Augenblick
empfand sie tiefe Dankbarkeit und Wärme, um sofort anschließend
in Beklommenheit zu versinken. Sie fragte sich, ob sie auch die
nächsten Tage ihre positive Lebenseinstellung bewahren könnte,
oder ob die erdferne, grausame Einsamkeit sie zu überwältigen
drohte. Sie würde aber weiter versuchen, ihre Sinne offen zu halten.

Natürlich befragte sie auch noch einmal den Ring über ihre Lage,
erhielt jedoch keine neuen Ratschläge oder Auskünfte.

Abends fühlte sie sich mangels körperlicher Betätigungen nicht
besonders müde.

Ihre quälenden Hoffnungen, nochmals irgendetwas Gedanken-
ähnliches von Frank wahrzunehmen, erfüllten sich leider nicht.

Kurz nach Mitternacht erwachte der Monitor zu neuem Leben. Ihr Abbild teilte mit, dass sie das Ziel erreicht hatten und die E-kabastor mit Rücksicht auf Emmas Lebensrhythmus von einer sofortigen Befragung absehen würden und erst morgen früh um acht Uhr Emma aus dem Raumschiff an ihren zukünftigen Aufenthaltsort bringen würden. Emma möge bis dahin schlafen.

Diese Mitteilung wirkte natürlich nicht gerade entspannend. Alle Fragen, die sie jetzt ihrem Abbild stellte, blieben ohne eine Antwort. Es war so, als ob die Ekabastor nach dem Ende der weiten Reise sich nicht mehr mühen wollten, Emmas Wissensdurst zu stillen.

Sie streckte sich also auf die Liege aus und versuchte, ihre Muskeln zu entspannen und alle Gedanken an ihre Zukunft abzuschalten.

Für einige Stunden fand sie unruhigen Schlaf.

Gegen sechs Uhr stand sie auf und suchte sich aus dem Nahrungsmittelschrank einige Dinge heraus, die sie ohne großen Appetit zu sich nahm.

Pünktlich um acht Uhr öffnete sich ein Teil der Wand und Emma wurde von einem leibhaftigen Abbild aufgefordert, zu folgen.

Zu ihrem großen Erstaunen trat sie aus einem relativ kleinen, kugelförmigen Gebilde in die unberührte Natur einer Welt, die sehr erdähnlich sein musste. Allerdings war neben einer niedrig stehenden, ziemlich roten, großen Sonne noch eine deutlich kleinere hoch am Himmel zu sehen. Der Sonnenschein war insgesamt nicht so hell wie auf der Erde und der wolkenlose Himmel war unwirklich tief blau, fast schon blauschwarz. Die hügelige, gefällige Landschaft mit ihrer braunroten Oberfläche war hier und da mit baum- oder buschähnlichen, dunkelgrünen Gewächsen bestanden. Größere oder kleinere Tiere oder Ansiedelungen konnte Emma nicht entdecken.

Als sie sich zu dem Raumschiff umdrehte, sah sie es gerade noch lautlos von der Oberfläche abheben und schnell entschweben.

„Wir können jetzt zum Eingang unserer Stadt aufbrechen", vernahm Emma. Sie wandte sich um und streifte dabei einen Arm des Abbildes. Wie zu erwarten, bot dieser keinerlei Widerstand, scheinbar war das Ganze eine Art Hologramm.

Emmas diesbezügliche Feststellung schien das Abbild nicht zu überraschen oder zu interessieren.

Nach einem Fußweg von knapp fünf Minuten Dauer, mitten durch eine gut passierbare Landschaft, erreichten sie ein großes, in ein Felsmassiv eingelassenes Metalltor, das sich bei ihrer Annäherung lautlos öffnete.

Emma zögerte einzutreten und blickte noch einmal auf die friedliche Landschaft dieser Welt zurück. Verbrachte man sie jetzt wieder in eine Zelle? Würde sie die Außenwelt jemals wiedersehen?

Das Abbild drängte zur Eile, indem es ein Gerät, das eindeutig waffenähnlich aussah, auf Emma richtete.

Kaum durch das Tor eingetreten, schloss es sich schnell hinter ihnen.

25

„Wir sind auf der Erde angekommen", meldete Das Vengalyx-Modul emotionslos über die Bordlautsprecher. „Ihr dürft Euch aus Euren Sitzen erheben!"

Kaissa fasste sich als erste, stieß einen kleinen Schrei aus und sprang aus ihrem Sessel an das große Panoramafenster. „Seht doch! Wir sind plötzlich in einem irdischen Garten, die Sonne scheint und da laufen auch ein paar Menschen – der eine ist ja unser Chefarzt!"

Ungläubig erhoben sich nacheinander die Oberschwester und Dr. Lange und eilten an ihre Seite, immer noch dem offenkundigen Blick auf die Heimatwelt misstrauend.

Schon öffnete sich der Schleusenlift und Rex machte durch freudiges Bellen darauf aufmerksam.

Die Oberschwester staunte: „Da ist ja nicht nur unser Chef, sondern auch sein Sohn, der junge Herr Haller – der ist bestimmt glücklich seinen Hund wiederzubekommen!"

Rex wartete ungeduldig im Schleusenlift, bis alle dort versammelt waren und veranlasste dann die Routine zum Verlassen des Moduls. Kaum hatte sich das Außenschott ausreichend geöffnet, lief er zu seinem Herrn und sprang so heftig an ihm hoch, dass dieser fast das Gleichgewicht verlor. Beide konnten offensichtlich ihr Glück, den anderen wiederzusehen, kaum fassen.

Franks Vater begrüßte inzwischen respektvoll jeden Einzelnen mit Handschlag, erkundigte sich nach dem persönlichen Ergehen und sagte ein paar freundliche Worte.

„Wo steckt denn eigentlich Emma …?", fiel nun der Oberschwester auf, aber im allgemeinen Freudentaumel fand sie kein Gehör.

„Für heute Abend möchte ich die glücklichen Heimkehrer zu einem Essen in mein Haus einladen. Das soll ein kleiner Ausgleich für die erlittene Mühsal sein. Ein unbeschwertes Treffen, um weitere Fragen zu stellen oder Antworten zu erhalten. Gleichzeitig bitte ich herzlich, über die ungewöhnlichen Erlebnisse der letzten Tage völliges Stillschweigen zu wahren!"

Alle nickten verständnisvoll.

„Ich sehe mal im Modul nach, wo Emma bleibt!", unterbrach Frank seinen Vater.

Der nickte und mühte sich weiter: „Bitte keine Presse- oder Medien-Interviews! Das liegt nicht nur im speziellen Interesse von Emma, Frank und Rex, die möglichst wenig Aufsehen erregen möchten, sondern berührt auch jeden einzelnen persönlich. Es würde andernfalls ein chaotischer Medienrummel in der Klinik und unserem Privatleben einsetzen, der bekanntlich kaum Rücksichtnahme kennt."

„Nachher drehen sie in unserer Klinik noch eine weitere Fernsehserie …", amüsierte sich Dr. Lange.

„Letztlich kann ich natürlich niemandem bindende Vorschriften machen, aber überlegen Sie sehr gut, ob Sie dem wohlgemeinten Rat nicht unbedingt Folge leisten sollten! – Wir lassen Sie jetzt alle per Taxi nach Hause bringen und sehen uns heute Abend!"

Dr. Lange, die Oberschwester und Kaissa versprachen dem Chefarzt sogleich mit Handschlag, nichts verlauten zu lassen und dass sie die Empfehlungen zur Verschwiegenheit sehr gut nachvollziehen könnten.

Rex und Frank verließen jetzt eilig das Vengalyx-Modul. „Emma ist nirgends zu finden! Hat irgendjemand eine Ahnung, wo sie ist? Wer hat sie zuletzt gesehen? – Ich habe doch noch ein paar Sekunden vor dem Start des Vengalyx-Moduls zurück zur Erde mit ihr mentalen Kontakt gehabt! Sie muss doch zu diesem Zeitpunkt mit an Bord gewesen sein … Rex hat selbst nichts bemerkt und kann mir auch nicht erklären, weshalb Emma nicht hier ist!"

Die unbändige Freude der Zurückgekehrten wandelte sich jäh in Ratlosigkeit und Verstörung. Und Franks Entsetzen stand ihm überdeutlich ins Gesicht geschrieben.

„Woher kennt denn Ihr Sohn Emma?", erkundigte sich die Oberschwester beim Chefarzt ziemlich erstaunt.

„Die beiden sind doch verlobt!"

„Ach! Also – jetzt wird mir einiges klarer …"

Abends hießen der Chefarzt und seine Frau die Gäste am Kamin des Wohnzimmers ihrer Villa mit einem Glas Sekt willkommen.

Aber eine frohe Stimmung wollte überhaupt nicht aufkommen; aller Überlegungen kreisten nur um Emmas Schicksal. Letzte Hoffnungen hatten Frank, seine Eltern und auch die Oberschwester, Dr. Lange und Kaissa auf eine überaus gründliche Durchsuchung des Vengalyx-Moduls gesetzt, an der sich natürlich auch Rex intensiv beteiligte. Sie alle waren jedoch bitter enttäuscht worden. Emma blieb unauffindbar – und es gab nicht einmal eine verdächtige Spur.

Inzwischen ging aus den Protokollen des Moduls hervor, dass Emma eine Millisekunde vor dem Start zurück zur Erde aus dem Modul entführt worden sein musste. Das war offenbar erneut durch jene unbekannte Macht geschehen, schnell und ohne eine Möglichkeit zum Eingreifen. Dass so eine Sicherheitslücke überhaupt bestand, war dem Vengalyx-Modul bis dato unbekannt gewesen und erst anschließend durch eine Software-Korrektur behoben worden.

Haushälterin Clara hatte für die Gäste des Abends ein tolles Vier-Gänge-Menü gezaubert, jedoch verspürte niemand wirklich Appetit. Immer wieder traten ihnen die Ereignisse und gemeinsam durchgestandenen Abenteuer auf dem Entführungs-Planeten lebhaft vor Augen.

Dr. Lange bat um Gehör: „Ich spreche im Namen aller Gäste, wenn ich für diese Einladung danke.

Wenn auch niemand von uns freiwillig an diesem Abenteuer teilgenommen hat, faszinierte es uns von Anfang an maßlos und nachhaltig.

Das waren nicht nur die unbekannte Art und Weise der Entführung mittels dieser Sphäre, der atemberaubende, notgedrungene Abstieg auf die Oberfläche des fremden Planeten und die dort herrschenden Umwelt- und Lebens-Bedingungen. Sondern noch viel mehr die unbeschreiblich umsichtigen und freundlich Sorge tragenden Bemühungen von Emma und Rex.

Beide haben sich mit ihren außergewöhnlichen Fähigkeiten um uns bemüht, uns beschützt und die widrige Lage so angenehm wie möglich gestaltet. Schließlich wurde die fast nicht vorstellbare, glückliche Rückkehr für die Oberschwester, Kaissa, Rex und mich ermöglicht.

Wir können die unglaublichen Erlebnisse mit unseren begrenzten Begabungen derzeit wohl noch nicht richtig fassen.

Aber ich bin mir sicher, dass wir jede Einzelheit im Gedächtnis behalten werden, als außergewöhnliche, nie wiederkehrende Episode unseres Lebens.

Ich gestehe ein, dass ich während der Entführung bis zur Rückkehr nicht nur einmal höllische Angst hatte und mit dem Schicksal gehadert habe.

Aber ich danke dem Schicksal, dass ich diese überaus schöne und kluge und mit so wunderbaren Begabungen und Fähigkeiten ausgestattete Emma erleben durfte.

Umso entsetzter sind wir alle, nun erfahren zu müssen, dass sie sich selbst offenbar nicht vor ihren Feinden in Sicherheit bringen konnte und einem sehr ungewissen Schicksal entgegen sehen muss."

Sekundenlang herrschte Schweigen.

„Ja. – Danke. Sie haben mir aus dem Herzen gesprochen", gestand die Oberschwester ein. Sie unterdrückte mühsam die Tränen.

„Danke für Ihre lieben Worte …", ließ sich Emmas Mutter leise hören.

Kaissa war zu ihr getreten und umarmte sie schluchzend.

„Ich bin Emma so dankbar für alles … Und nun ist sie …!"

Frank, der bisher ein wenig abseits gestanden hatte, trat zu beiden. Kaissa trocknete ihre Tränen und musterte ihn interessiert. „Beherrschst Du auch die Gedankenübermittlung, so wie Emma?", wollte Kaissa vorsichtig wissen. „Emma hat mich darauf hingewiesen, dass ich wohl dazu in der Lage wäre. Sie hat mich angeleitet, mit ihr und Rex mentale Verbindungen aufzunehmen …"

„Mit ihr und Rex kann ich mich gut auf diesem Wege verständigen. Wir haben ja eine besondere Ausbildung vom Vengalyx-Modul durchlaufen. Emma ist fortgeschrittener, sie kann auch schon mit einigen Menschen, die nicht speziell geschult wurden, Kontakt aufnehmen."

„Versuch es doch einmal mit mir", forderte Kaissa nachdenklich.

„Macht es Dir nichts aus, als Testobjekt zu dienen?"

Sie schüttelte freundlich den Kopf.

Ihre weiteren Bemühungen wurden unterbrochen, weil das Essen aufgetragen wurde.

Später wechselte man wieder in das geräumige Wohnzimmer und setzte sich in kleinen Gruppen zusammen.

„Kannst Du mich verstehen?", vernahm Frank mental, leise, aber deutlich, von Kaissa.

Er blickte sie überrascht an: „Das ist toll! Ja, ich empfange wirklich Deine Gedanken!"

Sie erhob sich, eilte zu Frank und umarmte ihn. Doch dann errötete sie heftig, blickte zu Boden und entschuldigte sich: „Bitte nicht böse sein, aber ich war so erstaunt über meinen Erfolg und habe gerade nicht an Deine und Emmas Verlobung und ihre entsetzliche, erneute Entführung gedacht ...."

Rex blickte zu ihnen herüber und staunte verwundert: „He, was wird denn das?"

„Kaissa und ich hatten gerade einen ersten Gedankenkontakt", teilte Frank mit.

„Das ist eine erfreuliche Überraschung", fand Rex.

Doch Kaissa wehrte ab: „Ich benehme mich unmöglich ...."

„Wir können gleich noch ein paar weitere Gedankenkontakte versuchen!", bot Frank an, bevor Kaissa sich davonstehlen konnte.

Franks Vater ging zur Oberschwester und Dr. Lange hinüber: „Ihre Erlebnisse der letzten Tage waren natürlich höchst ungewöhnlich, aber als meine Frau und ich Emma das erste Mal trafen, war der Schock gewissermaßen ähnlich. Wir vermuteten natürlich, sie wäre irgendein nettes, ziemlich auffälliges Mädchen, das Frank da im Urlaub in Schweden getroffen hatte, aber die Realität sah doch erheblich anders aus ...."

Tröstend legte seine Frau einen Arm um seine Schultern und schmiegte sich lächelnd an ihn.

„Ich bin furchtbar müde und habe letzte Nacht auch nicht gerade lange geschlafen", meldete sich die Oberschwester bald darauf. „Wenn Sie nichts dagegen haben, ziehe ich jetzt ab nach Hause."

Auch Dr. Lange und Kaissa wollten nicht länger bleiben.

„Ausschlafen, lange duschen und erst mal wieder richtig zu sich kommen", bestätigte Kaissa. Dr. Lange nickte versonnen.

Man verabschiedete sich und wenig später waren Frank, Rex und die Eltern im Wohnzimmer allein.

„Diese neuerliche Variante von Emmas Entführung ... Geht das denn immer weiter?" fragte Franks Mutter überaus besorgt.

„Ich habe schon festgelegt, gleich morgen früh eingehend mit dem Vengalyx-Modul darüber zu beraten", berichtete Frank.

„Und entschuldigt bitte, dass ich so viel Aufregung und Unannehmlichkeiten über die Klinik und Euch bringe!"

„Nein, stimmt nicht", entgegnete der Vater sofort. „Du bist einer der Hauptleidtragenden und kannst wirklich überhaupt nichts dafür ... Du hast ausschließlich mustergültig und uneigennützig gehandelt und wir unterstützen Dich in dieser Sache, wo immer das nur möglich ist!"

Vater und Mutter sahen sich bestätigend an und lächelten mitfühlend.

26

Das Abbild führte Emma durch einige verschieden breite, nichtssagende, schwach beleuchtete Gänge. Nirgends sah sie Hinweisschilder, Türen, Einrichtungs- oder Gebrauchsgegenstände.

„Wie im Raumschiff auch!", ging es Emma durch den Kopf.

Nach etwa einhundert Metern blieb das Abbild stehen. Eine türähnliche Öffnung bildete sich in der Wand des Ganges. Mit dem waffenverdächtigen Instrument wies Emmas Führerin darauf und sagte: „Für die nächste Zeit Deine Bleibe".

Nachdem Emma eingetreten war, schloss sich die Tür, ohne erkennbare Fugen in der Wand zu hinterlassen.

Emma blieb erstaunt stehen. Ihr neues Gefängnis hatte zwar keine Fenster, war aber wie eine Wohnung der Erde eingerichtet. Es gab einen fast gemütlichen Wohnbereich mit Sesseln, Tisch und Teppich, dazu wieder einen Schrank mit Nahrungsmitteln, wie sie ihn schon vom Raumschiff her kannte. Außerdem fand sich ein separates Schlafzimmer mit einem komfortablen Sanitärbereich.

Sie ließ sich Zeit mit der Erkundung ihrer Gefängnis-Wohnung, die sie wahrscheinlich einige Zeit nicht würde verlassen können.

Anschließend setzte sie sich in einen Sessel und versuchte, ihre wirbelnden Gedanken und die nicht unbeträchtliche Anspannung unter Kontrolle zu bringen.

„Wie das nur weitergeht ..." sagte sie halblaut zu sich selbst.

Als seien ihre Worte eine offizielle Anfrage gewesen, erschien auf einer Wand ein Bildschirm und ihr Abbild erkundigte sich nach ihren Wünschen.

„Ihr habt mir meine Freiheit geraubt und mich hier eingesperrt, ohne dass ich den Grund dafür kenne. Ich fordere endlich eine Erklärung!"

„In fünfzehn Minuten wird der verantwortliche Leiter dieser Unternehmung mit Dir sprechen, bis dahin habe Geduld."

Emma blickte auf ihre Armbanduhr.

„Fünfzehn Minuten!" Sie ging unruhig auf und ab und versuchte die Gedanken zu ordnen.

„Du bist unversehrbar ..., bleib ruhig ...", wiederholte sie sich immer wieder. Aber war sie wirklich noch unversehrbar? Wenn diese Eigenschaft ebenso verloren gegangen wäre, wie die Fähigkeit zum persönlichen Ortswechsel ...

Erschrocken blieb sie stehen.

Ihr Blick fiel auf ihren Gürtel, der am Verschluss einen ziemlich spitzen Metalldorn aufwies.

Schnell öffnete sie den Gürtel und versuchte, den Metalldorn in ihren Unterarm zu bohren.

Zu ihrer unsagbaren Erleichterung konnte sie sich jedoch nicht verletzen. Mit klopfenden Herzen setzte sie sich und schloss den Gürtel wieder.

„Frank, hilf mir bitte ..." flehte sie und fühlte Tränen aufsteigen. „Diese Einsamkeit hier und die Ungewissheit, ob Du überhaupt weißt, wo ich bin und wie es mir geht. Und wie Du Dich selbst fühlen musst ..."

Sie wurde aus ihren Gedanken gerissen, als die Tür sich öffnete und ihr Ebenbild in zehnfacher Ausfertigung und in einheitliche Uniformen gekleidet, hereinmarschierte. Emma konnte keinerlei Unterschiede zwischen den Abbildern feststellen.

Zwei Ebenbilder stellten sich neben den Sessel, auf dem sie gerade saß, die übrigen verteilten sich in regelmäßigen Abständen an den Wänden.

Schließlich trat noch ein elftes Abbild ein, welches deutlich anders gekleidet war.

Das Ganze war so grotesk, dass Emma trotz ihrer Sorgen und Anspannung lächeln musste.

Das zuletzt eingetretene Abbild trat bis auf einen Meter vor sie hin und blieb unbeweglich stehen. Nur die Augen erforschten Emma Zentimeter um Zentimeter. Endlich begann es zu reden, natürlich wieder mit Emmas Stimme.

„Ich spreche zu Dir als der ranghöchste Vertreter des Volkes der Ekabastor. Was ich hier verkünde, ist ein Beschluss aller unserer Wissenschaftler, den wir tausendfach geprüft haben.

Nach unseren Erkundungen besitzt Du – oder hast vorrangigen Einfluss – auf eine außergewöhnlich machtvolle Technologie, die Ihr in Eurer Sprache als ‚Vengalyx-Modul' bezeichnet. Außerdem besitzt Du einen besonderen Ring, der offensichtlich Verbindung zu dem ‚Vengalyx-Modul' aufnehmen kann, aber auch zu eigenständigen hochenergetischen Leistungen fähig ist.

Beide sind für mein Volk von immenser Bedeutung im Jahrtausende währenden Kampf gegen unseren Erzfeind von einem Nachbarplaneten.

Wir verlangen von dir die Preisgabe der Konstruktionspläne des ‚Vengalyx-Moduls' und eine ausführliche Erklärung der physikalischen Prinzipien seiner Funktionsweise. Natürlich verlangen wir ebenso die Herausgabe dieses Ringes."

Emma hatte den Worten des Anführers gebannt gelauscht. Er vertrat interessante Ansichten zum Modul und dem Ring, die allerdings zu großen Teilen unpräzise waren. Aber sie bekam jetzt endlich Hinweise für den Grund der Entführung und die Absichten der Ekabastor.

Sie seufzte. Ähnliches hatte sie befürchtet. Wie sollte sie aber ihren Entführern verdeutlichen, dass sie die gewünschten Informationen über das Vengalyx-Modul, mangels entsprechender Kenntnisse, gar nicht geben konnte? Jeder Versuch des Leugnens würde als absichtliches Verheimlichen fehlgedeutet werden und der Druck auf sie nur zunehmen. Und was den Ring betraf …

Sie wurde mental vom Ring unterbrochen: „Keine Macht, egal welcher Welt, kann den Ring von Deiner Hand entfernen …!"

Emma schöpfte Hoffnung und bat um eine Stunde Bedenkzeit.

Der Anführer lehnte jedoch unwirsch ab.

„Deine Überführung mit dem Raumschiff hierher war für unser Volk nur mit sehr erheblichen materiellen Aufwendungen und dem Verbrauch des überwiegenden Teiles unserer lebensnotwendigen Energiequellen verbunden. Gerechtfertigt wurde dieser hohe Einsatz für uns nur durch seine allergrößte Wichtigkeit und die greifbaren, fast hundertprozentigen Erfolgsaussichten.

Da Du mit größtmöglicher körperlicher Schonung transportiert wurdest, kannst du keine Ermüdung vortäuschen.

Wir brauchen umgehend Deine Kenntnisse. Verzögerungstaktiken werden wir nicht dulden. Bekommen wir die Technologie des ‚Vengalyx-Moduls' nicht, hat unser Volk keine …"

Das Abbild besann sich und hielt es scheinbar für sinnvoller, keine zu ausführlichen Details verlauten zu lassen.

„Gibst Du uns nicht freiwillig, was wir wünschen, nehmen wir es mit Gewalt, egal auf welche Art."

Emma wurde ruhiger: „Wenn Ihr meine Kenntnisse besitzt: werdet Ihr mich dann in meine Heimat zurückbringen?"

„Falls das Überlebensprogramm mit Hilfe des ‚Vengalyx-Moduls' Erfolg hat und wir über genügend Energien verfügen, wäre das wohl denkbar."

Es dauerte einige Sekunden, bis Emma den Sinngehalt voll erfasst hatte: ‚falls' und ‚wohl' bedeuteten hier eher, dass sie nicht mit einer Rückkehr rechnen durfte. Zumal sie überhaupt keine der gewünschten Kenntnisse zu bieten vermochte.

„Wir beginnen jetzt unverzüglich mit einem Abtastprogramm Deines fremdartigen Zentralnervensystems, um zunächst seine grundsätzliche Funktionsweise festzustellen. Die Auswertung durch unsere Wissenschaftler wird den Rest des Tages und die folgende Nacht beanspruchen. Morgen werden wir Dich sofort einer eingehenden Befragung unterziehen, die den ganzen Tag lang dauern dürfte. Dabei werden wir auch feststellen, wie weit du zur Mitarbeit bereit bist.

Übergib mir jetzt Deinen Ring!"

Emma schüttelte nur heftig den Kopf und nahm beide Arme hinter ihren Körper.

Das Abbild trat zu ihr, griff mühelos ihren rechten Arm und versuchte, mit zunehmender Kraftanstrengung den Ring von der Hand zu ziehen. Das gelang nicht. Emma bemerkte aber staunend, dass zumindest dieses Abbild offenbar aus fester Materie bestand.

Das Abbild erkannte schnell, dass es keinen Erfolg haben würde, den Ring an sich zu bringen und erklärte schließlich: „Dann entfernen wir ihn morgen – sicher weniger rücksichtsvoll – mit Werkzeugen.

Emma vernahm das gefasst.

„Darf ich denn irgendwann aus diesen Räumen heraus und an die Oberfläche Eures Planeten?"

Der Anführer hatte sich schon zum Gehen gewandt, blieb aber jetzt noch einmal stehen.

„Wenn Dir daran liegt? Außerhalb des umfangreichen Testprogramms: Jederzeit."

Damit verschwand er mit seiner Abbilder-Begleitung und die fugenlose Tür verschloss sich wieder.

Emma war sehr erstaunt, dass man ihr die Erlaubnis für Ausflüge in die Außenwelt nicht verwehrt hatte. Waren sich die Ekabastor ihrer Sache so sicher und glaubten, sie könne nicht entkommen?

Der Wandschirm leuchtete auf und ein Abbild befahl, sich auf einen bestimmten Sessel zu setzen.

Kaum war sie dem nachgekommen, schlossen sich automatisch Haltevorrichtungen um Arme, Beine und den Leib. Von der Decke her senkte sich eine, bis dato unsichtbare Haube über ihren Kopf.

Ein schwaches, gleichbleibendes Summen zeigte ihr an, dass irgendetwas geschähe. Unangenehme Empfindungen verspürte sie dabei nicht.

Nach fünf eintönigen Stunden brach das Summen endlich ab, die Haube zog sich zurück und die Haltevorrichtungen gaben sie frei.

Emma stand sofort auf und bewegte Arme und Beine. Auf dem Bildschirm erschien wieder ihr Abbild und fragte nach ihren Wünschen.

„Kann ich in die Außenwelt?", war Emmas größter Wunsch.

Sie wollte jede Gelegenheit dazu wahrnehmen, so lange es sich die Ekabastor nicht anders überlegt hatten. Unmittelbar darauf führte sie das Abbild aus ihren Gefängnisräumen zum großen Eingangstor.

„Du kannst Dich frei bewegen. Wir überwachen Dich ständig. So lange Du Dich nicht gefährdest, greifen wir nicht ein. Andernfalls darfst Du nicht mehr an die Oberfläche."

Ein wenig erleichtert atmete Emma tief die frische Luft außerhalb ihres Gefängnisses. Die rötliche Sonne stand, obwohl es Mittag sein musste, noch immer nicht hoch am Himmel. Die kleine Sonne war nicht mehr zu sehen. Der Himmel schien fast schwarz.

Nicht weit entfernt sah Emma eine Busch- oder Baumgruppe, die sie gestern auch schon nach ihrer Landung mit dem Raumschiff bemerkt hatte. Mit zügigen Schritten ging sie darauf zu. Weshalb sie dieses Ziel gewählt hatte, war ihr nicht bewusst. Es interessierte sie einfach.

Dort angekommen, konnte sie feststellen, dass es sich in der Tat um niedrige baumartige Gewächse mit glatten Stämmen handelte, die irdischen sehr ähnlich waren. Eine weitverzweigte Krone, mit unregelmäßigen Zweigen wuchs weit nach außen. Darunter war es schattig und etwas feuchter als auf der rötlich staubigen, steppenartigen Landschaft der Umgebung. Kein Laut war zu hören, kein Lufthauch zu fühlen.

Emma setzte sich am Fuße des größten Stammes nieder.

Ohne dass sie an etwas Bestimmtes dachte, kamen ihr wieder die Tränen. Offenbar entlud sich die Anspannung der letzten Tage. Schließlich stand Emma auf, umfasste den Stamm des Baumgewächses mit beiden Armen und seufzte verzweifelt.

Ein beruhigend melodischer, tröstender Ton entstand in ihren Gedanken und schien sich langsam und sanft über ihren Körper auszubreiten. Andere weiche Klänge folgten, bildeten mit den vorherigen harmonische Melodien, die fast körperlich liebkosten. Emma hielt gebannt still, ihre Tränen versiegten, sie lächelte und fühlte sich nicht mehr so einsam.

Als sie Minuten später endlich den Stamm losließ, verstummten die Melodien sogleich.

Sie umarmte ihn erneut und wieder begann der wunderbare Melodienreigen.

Sie probierte es auch bei den anderen Bäumen; jeder antwortete mit anderen Tonfolgen, hatte seine eigenen Ausdrucksformen, alle aber waren freundlich und aufmunternd.

Wieder kehrte sie zum ersten Baum zurück und nachdem sie ihn fast zärtlich umarmt hatte, formte sie mental ihren Dank und übermittelte auch ihren Namen. Sie schilderte knapp, dass sie von den Ekabastor entführt wurde und hier gefangen gehalten werde. Jetzt vernahm sie mental einen schrillen Sturm von Tönen, dem unverkennbar Entrüstung und Mitgefühl zu entnehmen war.

Als sich die Sonne immer stärker dem Horizont näherte, trat Emma schweren Herzens den Rückweg zu ihrem Gefängnis an. Sie verabschiedete sich von den trostspendenden Bäumen durch Umarmungen der Stämme und versprach, sie baldmöglichst wieder zu besuchen.

Schnell hatte sie das große Tor zu ihrer Unterbringung erreicht. Es öffnete sich von selbst und ihr Abbild geleitete sie bis zu ihrer Wohnung.

Emma legte sich erschöpft von den beeindruckenden Erlebnissen des heutigen Tages nieder und dachte nach.

Vielleicht hatte sie dort draußen auf dieser Welt, fernab der Erde, neue Freunde gefunden.

Seltsam, dass die Ekabastor ihr nicht verwehrten, die Oberfläche aufzusuchen und mit den Bäumen Kontakt aufzunehmen. Offenbar mussten derartige Erfahrungen für die Ekabastor ohne geistigen und emotionalen Wert sein. Vielleicht konnten sie auch die Bäume gar nicht wahrnehmen oder verstehen, oder wollten es nicht.

Der Hunger meldete sich. Ihr Nahrungsmittelschrank war aufgefüllt worden und sie bediente sich nach Belieben.

„Unversehrbarkeit und Gedankenkontakt mit den hiesigen Bäumen. Das ist immerhin schon viel mehr als gar nichts", dachte sie und fühlte sich fast zufrieden.

„Rex", fiel ihr dann plötzlich ein. Nur das eine Wort. „Warum denke ich jetzt gerade an Rex? Wo mag er sein, wie mag es ihm gehen. Wird er mich vermissen, wird er versuchen, mich zu finden?"

Sie schritt unschlüssig ein paar Mal in ihrem Gefangenen-Quartier auf und ab.

„Wenn ich nur meinen persönlichen Ortswechsel noch durchführen könnte, wäre ich in einer wesentlich günstigeren Lage. Ich fühlte mich dann nicht so eingesperrt!" Wie vor ihrer Entführung versuchte Emma noch einmal mit aller mentaler Kraft ihren Standort zu verändern.

Und völlig unerwartet tat es einen kleinen Ruck, so als ob sie mit ihren Füßen ein paar Zentimeter weitergekommen sei. Sie versuchte es sogleich konzentriert noch einmal und merkte sich ihre Ausgangsposition genau. Zu ihrer unbeschreiblichen Freude hatte sie sich tatsächlich um fünf Zentimeter bewegt!

„Nur wenige Zentimeter, aber doch ein vielversprechender Anfang!" Erschöpft setzte sich Emma in einen der Sessel.

Sie wusste aus den vorangegangenen Schulungen des Vengalyx-Moduls, dass einige der besonderen Fähigkeiten viel Zeit für die Entwicklung brauchten und natürlich einige Übung. So hoffte sie inständig, dass ihr die Möglichkeit gegeben war, diese Ortswechsel-Leistungen noch zu verbessern.

„Rex!", meldete sich wieder ein kurzer Gedanke.

„Was habe ich jetzt dauernd mit Rex im Sinn? Ich vermisse ihn natürlich sehr ...

Oder will mich irgendetwas aufmerksam machen …?" Sie lauschte noch einige Minuten weiter auf solche Impulse. Ganz bewusst vermied sie, häufiger an Frank und ihre Eltern und Schwestern zu denken. Sie fand dann kaum die Kraft, ihre aufsteigenden Gefühle zu bändigen.

Also begann sie sich auf die für morgen angekündigte Befragung durch die Ekabastor vorzubereiten, indem sie sich überlegte, was sie von ihrem Wissen preisgeben wollte und was auf gar keinen Fall.

Lange fand sie keinen Schlaf.

Als sie am frühen Morgen durch ihr Ebenbild geweckt wurde, schrak sie dennoch aus tiefen Träumen hoch.

Das Abbild – welches immer es von den bisher erlebten auch war – begann ohne Einleitung und unnachsichtig der Tatsache, dass sie gerade erwacht war, mit einer endlosen Befragung.

Diese dauerte fast zehn Stunden, ohne jede Äußerung des Abbildes, ob es mit der einzelnen Antwort zufrieden war, oder nicht. Manche Fragen waren für Emmas Empfinden töricht, andere so kompliziert, dass sie sich nicht in der Lage sah, irgendetwas darauf zu erwidern. Einige Fragen schienen auch mehrfach gestellt.

Das Abbild verschwand schließlich, auch ohne Kommentar und ließ Emma erschöpft und verwirrt zurück.

Hatte man ihr geglaubt, was sie über das Vengalyx-Modul erzählte? Dass sie wirklich nur über geringes Grundlagenwissen verfügte? Hatten die Ekabastor verstanden, dass sie vom Vengalyx-Modul nur speziell ausgesucht und geschult worden war? Konnte sie den Frager überzeugen, dass sie von hieraus keinerlei Einfluss mehr auf das Vengalyx-Modul hatte?

Und weshalb versuchte man heute erst gar nicht – entgegen der gestrigen Drohung – ihr den Diamantring zu nehmen oder nähere Einzelheiten über ihn zu erfahren?

Insgesamt betrachtete Emma die Situation als höchst seltsam und unbefriedigend.

Wenigstens hatte sie keine Mühe gehabt, Dinge die sie nicht mitteilen wollte, zu verschweigen.

Und dann fiel ihr noch ein, dass sie mitten in den Befragungen wieder intensiv an Rex hatte denken müssen.

Emma sprang auf. Sollte es tatsächlich möglich sein, dass es gar kein Zufall war, sondern ein ganz schwacher Ruf der Gedanken von Rex an sie? Der Versuch einer Kontaktaufnahme? Wenn so etwas trotz der riesigen Entfernung zur Erde überhaupt möglich wäre, käme der Gedanke hier sicher sehr schwach an und könnte leicht unbemerkt bleiben.

„Wenn ich das nächste Mal wieder diesen Gedanken spüre, muss ich blitzschnell antworten, denn bestimmt ist nur eine sehr kurze Verbindung möglich."

Sie versuchte zu rekonstruieren, wie lang die Zeitabstände zwischen den verschiedenen Rex-Rufen gewesen waren, kam aber zu keinem regelmäßigen Muster.

Dennoch schöpfte sie neuen Mut.

27

Emma schreckte in der Nacht immer wieder aus wirren Träumen auf, weil sie fürchtete, gerade einen Gedankenanruf von der Erde verpasst zu haben.

Eigentlich hatte sie erwartet, gleich früh morgens erneut von ihren Abbildern geweckt zu werden, um sie mit Frage- oder Untersuchungs-Programmen zu traktieren.

Zu ihrem Erstaunen geschah heute nichts dergleichen.

Als Emma ihren Bildschirm ansprach, ob sie an die Oberfläche dürfe, hatte man wider Erwarten auch nichts dagegen.

Dieser Leerlauf passte nicht zu der anfänglichen Eile. Oder doch? Sollten ihre gestrigen Erklärungen für die Ekabastor befriedigend gewesen sein? Eigentlich war sie der Meinung, dass es wohl nicht so wäre und das Zögern andere Gründe haben müsste.

Ohne es sich bewusst vorzunehmen, war sie sofort zu der nahen Baumgruppe gegangen, die sie vorgestern so einfühlsam getröstet hatte.

Kaum umarmte sie den größten Baum, flutete ihr eine Welle von Tönen entgegen, die herzliche Zuneigung empfinden ließ.

„Emma", vernahm sie zuerst einfach, dann in gleichsam mehrstimmigem Kanon, in den auch die Gefühle der anderen Baumwesen mit einzustimmen schienen.

Emma war von dieser Welle der Zuneigung überwältigt. Lange stand sie dort und lauschte den sich immer wieder ändernden und sich nie wiederholenden Harmonien.

„Ich bin so froh, dass ich mit Euch Baumwesen meine Gefühle austauschen kann, dass ich Eure Melodien vernehme, die mir sagen, dass ich nicht allein bin und die mich trösten."

Ihr Herz begann zu jubilieren, als sie in ihren Gedanken eine klare Antwort vernahm: „Auch wir ‚Baumwesen', wie Du uns nennst, sind überrascht und erfreut, dass wir hier erstmals ein Lebewesen treffen, das unsere Art, sich mitzuteilen, versteht. Die Dich hier gefangen halten, sind ganz anders beschaffene Lebensformen als wir. Sie existieren als reine Energie, ohne Körper. Sie können uns nicht wahrnehmen und unsere Gedanken nicht erkennen. Ihr

Hauptwohnsitz ist der Mond eines Planeten der großen Sonne dort oben. Auf ihm gibt es ein besonderes Mineral, welches die Energiewesen ständig benötigen. Wir nennen es ‚Tekamanium' und dieses ist nun in sehr weitem Umkreis zur Neige gegangen. Ohne dieses Mineral können die Energiewesen aber nicht existieren. In einer letzten verzweifelten Anstrengung haben sie eine Maschine gebaut, die sie zu anderen Galaxien bringen kann, damit sie dort vielleicht Tekamanium finden.“

„Woher wisst Ihr über diese Energiewesen so genau Bescheid“, wunderte sich Emma. „Schließlich könnt Ihr Euch doch nicht mit ihnen unterhalten.“

„Auf jenem Trabanten der roten Sonne dort oben sind auch Lebewesen unserer und anderer Gattungen beheimatet. Deren Gedanken haben uns diese Informationen übermittelt.“

Emma hätte es nie für möglich gehalten, dass es ihr gelingen könnte, mit pflanzlich anmutenden Wesen Gedanken auszutauschen. Und dass diese Verbündete sein könnten.

Emma begann mit den Baumwesen eine regelrechte Unterhaltung.

„Deine Gedankenkraft ist sehr stark“, stellte der größte Baum fest. „Gelingt es Dir nicht, mit den Lebewesen Deiner Art auf Deinem Planeten Kontakt aufzunehmen?“

Emma erklärte dem Baum, dass sie wahrscheinlich sehr weit von ihrem Heimatplaneten entfernt sei und ihre Aussichten deshalb gleich Null wären. Sicher würde man auf der Erde alles Erdenkliche versuchen, um sie zu erreichen.

„Wir Baumwesen hier verbinden alle unsere Gedanken, wenn wir sie über sehr weite Entfernungen schicken möchten“, vernahm Emma.

„Können wir Dir helfen, indem Du Deine Gedanken mit den unsrigen zusammenfließen lässt? Vielleicht erreichen wir so deine Heimatwelt!“

Emma dankte den hilfsbereiten Wesen und sogleich versuchten sie und diese, die Erde zu erreichen, indem sie einen vereinten Gedankenimpuls mit dem Namen von Rex auf die Reise schickten.

So sehr die Baumwesen und Emma auch anschließend auf eine Antwort lauschten und hofften: Sie blieb dennoch aus.

Inzwischen waren mehrere Stunden vergangen und Emma wollte sich gerade zurück in ihre Unterbringung begeben, als plötzlich der Gedanke ‚Rex ruft Emma' in ihrem Bewusstsein explodierte.

Emma blieb wie angewurzelt stehen und wollte sofort antworten, war aber so aufgeregt, dass sie keinen vernünftigen Gedanken fassen konnte. Dann brach der Kontakt auch schon wieder ab.

Beifälliges Gemurmel von den Baumwesen drang in ihr Bewusstsein. „Unser vereinter Gedanken-Ruf hat die Erde erreicht! Deine Heimatwelt konnte antworten! Jetzt wirst Du bestimmt binnen Kurzem heimkehren können. Alle Mühsal ist bald vergessen!"

Emma jedoch begann zu weinen. Als sich die Baumwesen mitfühlend nach dem Grund ihrer Trauer erkundigten, erklärte diese, dass sie keine Antwort habe absenden können, weil sie zu überrascht und überwältigt gewesen sei. Wieder klangen beruhigende Melodien in ihr Bewusstsein.

„Du hast keinen Grund zu Sorge und Trauer. Wir haben Deine Schwierigkeiten bemerkt und an Deiner Stelle geantwortet. Unsere erfahrensten Baumwesen haben durch das geöffnete Signal von Deinem Heimatplaneten eine beruhigende Tonfolge zurückgeschickt, verbunden mit den menschlichen Gedanken ‚Emma ist hier'! Sie müssen die Nachricht empfangen haben! Sie werden antworten, sei unbesorgt."

Emma sank wie betäubt am Stamm des alten Baumes nieder. Gefühle von Glück und Verzweiflung durchfluteten sie.

Gerade in diesem Moment erschien ihr Abbild neben ihr und forderte sie unwirsch auf, in die Unterkunft zu kommen. Man brauche sie dort wieder für weitere Untersuchungen und Befragungen.

Ehe Emma sich erhob, schickte sie noch einen dankbaren Gedankenimpuls an die Baumwesen. Dann folgte sie dem Abbild.

In ihrer Unterkunft warteten schon fünf weitere Abbilder auf sie. Sofort richtete der Anführer das Wort an Emma und verlangte, dass sie ihnen jetzt und hier unverzüglich die Geheimnisse des Vengalyx-Moduls preisgeben müsse, ansonsten würden sie morgenfrüh beginnen, gewaltsam in ihr Nervensystem einzudringen. Das würde ihnen sicher die gewünschten Informationen bringen, ebenso sicher ihr aber den Tod.

„Ich gebe Dir genau eine Minute Zeit, um Deine Erklärungen zu beginnen!" sagte der Anführer übertrieben laut und bestimmt.

Seine Körperhaltung drückte jedoch im Gegensatz zu seinem Auftreten hier eher Gram und Verzweiflung aus. Ob die Ekabastor wohl ahnten, dass diese Empfindungen auch von ihrem Abbild mitgeteilt wurden?

Emma erlaubte sich die Frage, was denn die Auswertung des gestrigen Verhörs ergeben habe. Das Abbild wurde zornig und sagte nur mühsam beherrscht „Du hast nur gelogen. – Und jetzt ist Deine Zeit endgültig abgelaufen. Du hast alles verspielt. Nun werden wir sehr harte Methoden anwenden, um unser Ziel zu erreichen."

Dann zogen sie ab, ließen Emma aber zunächst noch zurück.

Diese schätzte sich glücklich, dass sie vor diesem düsteren Gespräch noch einmal bei den Baumwesen hatte sein dürfen, denn ab jetzt würde sie wahrscheinlich keine Gelegenheit mehr dazu erhalten.

Den Drohungen des Ekabastor sah sie hingegen gelassen entgegen. Von ihrer Unversehrbarkeit konnte er nichts ahnen.

Überraschend empfing sie Gedanken von den Baumwesen.

„Was haben die Entführer so Wichtiges gewollt? Möchtest Du Dich darüber mit uns austauschen?"

Emma antwortete mit einer mentalen Flut von Zuneigung, Verbundenheit und Hoffnung. Dann schilderte sie das Gespräch mit den Abbildern, verriet aber vorsichtshalber auch nichts von ihrer Unversehrbarkeit.

„Wir werden bis morgen auf Deine Gedanken achten. Und wenn Dein Heimatplanet Dich erneut ruft, werden wir bereit sein, Dir zu helfen und auch eine Antwort zu senden."

Glücklich verabschiedete Emma sich und ging zu Bett.

Nach etwa zwei Stunden wurde sie durch ein deutliches „Rex ruft Emma, bitte antworten!" aus tiefem Schlaf gerissen. Dennoch war sie sofort hellwach und konnte nun auch mühelos bestätigen: „Emma hört Rex sehr gut. Ich bin überglücklich. Danke!"

Dann riss der Gedankenkontakt wieder ab.

Emma sprang aus dem Bett, lief aufgeregt im Raum hin und her und jubelte mühsam unterdrückt, um möglichst die Ekabastor nicht aufmerksam zu machen: „Es ist gelungen! Sie haben direkten Kontakt zu mir! – Endlich!"

Jäh leuchtete der Wandbildschirm auf und ein Abbild verlangte nach einer Erklärung für ihr seltsames Verhalten.

Emma blieb stehen und verstummte. Das Abbild starrte sie an. „Weshalb hast Du deine Schutzhüllen abgelegt?" wollte es misstrauisch wissen.

Emma lachte. „Nachts schlafe ich immer ohne Schutzhüllen."

„Aber Du schläfst jetzt nicht, Du läufst mit seltsamen Verrenkungen und Ausrufen herum!"

„Mir ist nur eingefallen, wie ich Euch morgen helfen könnte", gab Emma vor. „Ich lege mich jetzt wieder schlafen."

Das Abbild blieb jedoch argwöhnisch und verlangte, dass Emma sich unbedingt vernünftig verhalte.

Als sie zehn Minuten später erneut die Stimme von Rex vernahm, klopfte ihr Herz bis zum Hals.

„Die flimmernde Felswand in Schweden war nur der erste Schritt. Berichte, wie es weiterging!"

Einen Moment lang glaubte Emma, ihre Wahrnehmungen spielten ihr einen Streich, doch dann verstand sie.

Man brauchte auf der Erde offenbar eine etwas längere Folge ihrer Gedankensignale, um sie genau lokalisieren zu können. Sie formte Gedanken um Gedanken, ohne eine Pause einzulegen.

Nach etwa zwei Minuten forderte Rex Einhalt und erklärte: „So hat das alles keinen Sinn, Mädchen. Morgen früh versuche ich es nun nicht mehr!"

Dann brach der Kontakt ab.

Emma musste sich stark beherrschen, um nicht lauthals zu lachen. Mit den letzten Sätzen dürfte Rex eventuelle Lauscher sehr verwirrt haben! – Er hatte sie bisher noch nie ‚Mädchen' genannt. Und der versteckte Hinweis auf morgen früh, durfte auf eine Aktion des Vengalyx-Moduls hoffen lassen.

Natürlich konnte sie nicht mehr einschlafen. Wie froh wäre sie, ihrer Gefangenschaft zu entkommen! Wie sehnte sie sich nach Frank, ihren Eltern und Geschwistern, den Freunden und Bekannten!

Sie wartete eine Stunde ab, stand leise und mit vorsichtigen Bewegungen auf und täuschte einen Gang in die Sanitärzone vor.

Gespannt wartete sie, ob das Abbild Protest erheben würde. Doch nichts regte sich.

Ohne Hast, aber mit genau geplanten Handgriffen, zog sie sich vollständig an und schlüpfte wieder in das Bett.

Sie wollte sofort bereit sein, wenn das Vengalyx-Modul morgens erschien.

28

Frank gab den jetzt im Vengalyx-Modul versammelten Menschen noch einmal, wie gewohnt, letzte Hinweise.

Rex lag bei ihnen auf seinem Polster. Er sollte wegen der besonders großen Empfindlichkeit seiner Sinne den Gedankenverbund mit seinen mentalen Kräften vereinen und die Übermittlung leiten.

Frank gab ihm das Zeichen, zu beginnen.

Rex spitzte aufmerksam die Ohren und formte kurze Zeit später den Gedanken „Rex ruft Emma".

Frank konnte während dessen beinahe körperlich die mächtige geistige Energie spüren, mit der Rex, kräftig unterstützt durch den Gedankenverbund, diese Nachricht abstrahlte.

Als fast sofort eine Welle von Tönen und Harmonien zurückbrandete, waren die Eltern sehr erschrocken und verloren den Kontakt mit dem Gedankenverbund. Als Letztes hatte man gerade noch das Gedankenbruchstück „Emma ist hier" aufnehmen können.

Zunächst brach Jubel von acht Kehlen los. Eine erste Kontaktaufnahme schien gelungen!

Dann senkten die Eltern die Köpfe und haderten: „Auch diesmal haben wir den Gedankenverbund nicht lange aufrechterhalten können! Wir schaffen es einfach nicht, uns genügend zu konzentrieren. Sandra kann das viel besser! Bei jeder mental wahrnehmbaren Stimme oder unvorhergesehenen Situation geraten wir in Panik und verderben Euch das Ergebnis."

Beklommenes Schweigen breitete sich aus.

Frank trat zu den Eltern. „Ihr habt nicht so starke geistige Fähigkeiten hinzugewonnen, wie Sandra, Rex und ich. Und Ihr braucht einfach noch mehr Zeit, um Eure Kräfte zu üben und zu vervollkommnen. Trotzdem seid Ihr keineswegs überflüssig. Ohne Euch wären wir wohl gar nicht in der Lage, überhaupt Kontakt mit Emma aufzunehmen."

Und Karl ließ sich vernehmen: „Ich habe überhaupt nur eine Statistenrolle und kann mich mangels Fähigkeiten gar nicht an Eurem Komplex beteiligen!"

„Dafür bist Du ein brillanter Mathematiker, der uns schon sehr geholfen hat!", tröstete Sandra.

„Was für seltsame Klänge", wollte Franks Mutter wissen. „Sie waren wunderschön und sehr ausdrucksvoll. Aber woher kamen sie? Und was sollten sie uns sagen? War das wirklich Emmas Stimme, die ich am Schluss vernommen habe, oder klingen Gedankennachrichten häufig so verändert?"

Frank war der Mutter dankbar, dass sie die Runde wieder so konstruktiv zum Hauptanliegen zurückführte.

„Nein, es war nicht Emmas echte Stimme, sogar ganz sicher nicht. Aber meiner Meinung nach sollte uns die Nachricht ermutigen. Die Melodie war so positiv gestimmt und so verheißungsvoll, dass ich sogar ohne den folgenden Text verstanden hätte, dass unsere Bemühungen erfolgreich waren, einen ersten Kontakt in Emmas Richtung herzustellen."

„Können wir die Melodien noch einmal hören?" erkundigte sich jetzt Emmas Vater.

Das Vengalyx-Modul war dazu in der Lage und die Runde lauschte gebannt der Übertragung.

Emmas Mutter bemerkte sofort, dass die Melodien aus verschieden modulierten Tönen bestanden, die scheinbar willkürlich zusammen Klänge ergaben, aber doch mehr bedeuten mussten.

Frank bat das Vengalyx-Modul, von den Tönen eine Notenaufzeichnung herzustellen, gewissermaßen eine Partitur.

Als kurze Zeit später die Blätter vorlagen, beugte sich Emmas Mutter sofort darüber und hatte schon nach kurzer Zeit eine vorläufige Analyse erstellt.

„Hier sind laufend zusätzliche Impulse verwendet worden, die nicht für die Harmonien notwendig sind. Es sind scheinbar nur Werte – wie ein Code!", informierte sie Frank und Karl. „Könnt Ihr damit etwas anfangen?"

„Noch nicht!", sagte Frank, bereits in entsprechende Überlegungen vertieft. Karl stützte den Kopf auf den rechten Arm und schloss die Augen.

„Diese Harmonien machen fast den Eindruck einer Sprache; kennt Ihr so etwas wie eine Musiksprache?" fragte die Mutter.

Karl begann inzwischen zu rechnen. Als er mit Hilfe des Modul-Bordcomputers die Ergebnisse einer Umrechnung in ihre eigenen

Maßeinheiten vorliegen hatte, rief er laut: „Unglaublich, das sind ganz präzise Koordinaten. Wieso erhalten wir diese als Antwort – und von wem? Mischt dort irgendwo noch jemand mit?"

„Etwa eine Falle?" überlegte Emmas Vater.

Frank und Karl sahen sich unfroh an.

Die Runde schwieg betreten.

„Nicht auszuschließen", meinte Frank. „Aber wir müssen es irgendwie schaffen, mit Emma direkt Kontakt aufzunehmen!"

„Ich habe diese Notenblätter mehrfach durchgesehen. Wenn man die Harmonien als hypothetische Sprache auffasst, zeigen alle immer wieder ein Muster von drei Gruppen, entsprechend drei Worten. Und auf Grund sich wiederholender Buchstaben kann der Text immer wieder nur lauten „Emma ist hier".

Unaufgefordert meldete sich das Vengalyx-Modul. „Nach Entschlüsselung der logischen Tonsprache ist die Wahrscheinlichkeit, dass es sich um eine Falle handeln könnte, geringer geworden.

Wenn wir davon ausgehen, dass der Absender der Antwort auf Grund unseres schon ziemlich genau ausgerichteten Gedankenmusters wissen muss, dass wir die ungefähren Koordinaten von Emma kennen, so ist die Preisgabe der ganz exakten Werte nur eine ergänzende Information.

Würden wir nicht einmal die ungefähren Koordinaten kennen, wären zwar die Werte für uns eine sehr große Hilfe, aber dann wären wir nicht in der Lage gewesen, sie überhaupt zu empfangen.

Das Vengalyx-Modul zieht insgesamt den Schluss, dass diese Nachricht von jemandem geschickt wurde, der erstens uns und zweitens Emma helfen – und nicht schaden – will und großen Wert darauf legt, dass wir hier den Inhalt der Nachricht mit unseren noch nicht optimierten Mitteln auch verstehen.

Es wird auch keine Antwort von uns abgefordert. Wir werden stattdessen eher ermuntert, weitere Schritte zur Kontaktaufnahme mit Emma zu unternehmen."

Alle dachten intensiv über das Gehörte nach, konnten dem aber nichts Wahrscheinlicheres entgegensetzen.

Deshalb schlug Frank vor, dass sie gleich einen erneuten Kontaktversuch mit Emma beginnen sollten.

Alle rückten zusammen. Frank setzte sich neben Sandra, es folgten ihre und Franks Eltern. Dann legten sie die Arme auf die Schultern der Nachbarn. Karl setzte sich abseits und sehr gespannt auf das nahe Sofa.

Nun formte Rex den Gedanken „Rex ruft Emma erneut, bitte antworte!"

Und als sich diesmal Emma selbst sofort meldete: „Emma hört Rex sehr gut. Ich bin überglücklich. Danke!", konnte niemand den Gedankenverbund länger aufrechterhalten.

Sie waren aufgesprungen, lagen sich in den Armen, Sandra und die Mütter weinten und die Übrigen senkten in tiefer Bewegung ihre Blicke.

Schließlich legte sich der Jubel, weil Rex darauf bestand, dass man jetzt noch einmal Kontakt aufnehmen müsse, um die Koordinaten genau zu überprüfen.

Das Vengalyx-Modul pflichtete bei: „Diese Absicherung ist unbedingt notwendig, auch wenn das extra Zeit benötigt. Eher dürfen wir nicht starten. Weiterhin müssen die Werte der Kontrollberechnungen des Vengalyx-Moduls mit denen von Frank und Karl für den Hin- und Rückweg abgeglichen werden. Ein direkt koordinierter Sprung des Vengalyx-Moduls von der Erde zu Emmas Standort ist wegen der unvorstellbar großen Entfernung nicht möglich."

Rex erklärte und Frank teilte den Übrigen mit: „Wir müssen es schaffen, zwei Minuten mit Emma Kontakt zu halten und sie muss die ganze Zeit über Gedanken aussenden, damit wir genügend sichere Messpunkte bekommen. Lasst Euch durch nichts beirren!"

Alle nahmen respektvoll zur Kenntnis, dass Rex offenbar keine Zweifel hatte, dass er den Ortswechsel leiten würde. Auf Grund der bisher gezeigten Leistungen war wohl auch niemand besser geeignet.

Frank gab wieder das Signal zum gemeinsamen Gedankenkontakt.

Diesmal hielt der vereinte Gedankenkanal Stand. Frank verfolgte parallel die Datenübertragung von Rex mit. Schließlich war der mit dem Übertragenen zufrieden und begann sein kleines, abschließendes Täuschungsmanöver: „So hat das alles keinen Sinn, Mädchen! Morgen früh versuche ich es nun nicht mehr!"

Rex erhob sich, reckte und streckte sich, gähnte herzhaft und wedelte mit dem Schweif.

Die anderen standen ebenfalls auf, mit zitternden Knien, die Gesichter gerötet, alle erhitzt, erschöpft, aber sehr glücklich.

„Es war so schön, Emma im Gedankenverbund zu vernehmen, obwohl das ja wohl ziemlich belangloses Zeug war, was sie da redete", erklärte Franks Vater und schloss seinen Sohn in die Arme. Während die Frauen in der Küche mit der Bereitung einer Mahlzeit begannen, mühten sich das Vengalyx-Modul zusammen mit Frank, Karl und auch Rex mit der Eingabe von Koordinaten für die noch notwendigen Berechnungen ihres Kurses. Rex bestand im Gegensatz zu Frank und Karl darauf, mehrere Zwischenziele zu programmieren, damit im Falle eines irregulären Teilabschnittes nicht die Gefahr bestand, das Ziel zu verfehlen. Er machte auch genaue Angaben zur Länge der einzelnen Teilabschnitte. Die Erstellung dieser Programme vervielfachte zwar den Zeitaufwand, wurde aber als sinnvoll akzeptiert.

Die Frauen hatten die Essens-Vorbereitungen beendet und empfahlen eine kleine Regenerationspause. Erst jetzt spürten Frank und Karl Hungergefühle und Rex trank zunächst einen ganzen Wassernapf leer, bevor er sich über seine Nahrung hermachte.

Lebhaft wurde diskutiert, wie lange es bis zu Emmas Befreiung noch dauern würde.

Frank gab zu bedenken, dass es am zweckmäßigsten wäre, wenn nur er und Rex die Reise anträten.

Das löste aber sofort heftigen Widerstand bei den anderen aus, die auf keinen Fall bereit waren, auf der Erde zurückzubleiben.

„Wenn Euch unterwegs etwas Unvorhergesehenes geschehen sollte, seid Ihr vielleicht auf unsere vereinte Gedankenkraft und Hilfe angewiesen. Und das Häuflein der Zurückgebliebenen kann auf der Erde allein auch nichts mehr ausrichten", fasste Emmas Vater überzeugend zusammen. „Und außerdem möchten wir alle Emma so bald wie möglich wieder in die Arme schließen. Wir haben von Anfang an mitgearbeitet und werden es auch gemeinsam zu Ende bringen."

Auf diese kämpferische Rede hin spendeten alle Beifall und Frank, der gar nicht ernsthaft erwartet hatte, dass jemand zurückbleiben wollte, war sehr stolz auf die Gemeinschaft, die hier zusammengefunden hatte und das teilte er ihnen durch freundliche Worte auch mit.

Unaufgefordert betonte das Vengalyx-Modul, dass die an Bord Mitreisenden selbst keinen Gefahren ausgesetzt wären.

Wenig später signalisierte es: „Alle Werte sind jetzt einer mehrfachen, genauen Prüfung unterzogen worden. Die Kursabschnitts-Berechnungen können daher beginnen und werden sechs Stunden und einundvierzig Minuten dauern. Dann kann der Start zu Emmas Befreiung erfolgen."

Wieder brachen sie in Jubel aus.

„Wir sollten Emma mitteilen, wann wir kommen", meinte ihre Mutter.

Frank war dagegen. „Wir könnten damit vielleicht den Entführern, die möglicherweise unsere Gedankensendungen abhören können, Hinweise auf unsere Pläne geben. Und ob wir bis zum Start im Zeitrahmen bleiben werden und den vorausberechneten Kurs auch wirklich so einhalten können, ist leider nicht sicher. Wir müssen sogar auf Verzögerungen durch einen Angriff von Emmas Entführern gefasst sein. Und schließlich ist es denkbar, dass sie Emma an einen anderen Ort verbringen, wenn sie vorzeitig bemerken, was wir planen und durchführen wollen."

Die Mutter schaute Frank entsetzt an.

Ihr Mann nahm sie sogleich in die Arme und sagte beruhigend: „Muss ja nicht alles so kommen! Es will aber natürlich genau bedacht sein."

„Wir sollten versuchen, bis zum Start des Vengalyx-Moduls ein wenig zu schlafen", schlug Emmas Mutter vor und gähnte.

„Eine halbe Stunde vor dem möglichen Start wird geweckt", bestätigte Frank.

29

Frank hatte erst vier Stunden geschlafen, als er vom Vengalyx-Modul geweckt wurde: „Es sind Schwierigkeiten bei der Berechnung der zwölften von sechszehn Etappen aufgetreten."

Ungünstiger weise war das genau jener besonders lange Abschnitt zwischen der Galaxie ihrer Heimat und der von den Ekabastor.

Rex hatte schon bei der Aufnahme der Messdaten beim letzten vereinten Gedankenkontakt auf Schwierigkeiten bei der Positionsbestimmung eines der dortigen Sterne hingewiesen. Und genau hier konnte das Vengalyx-Modul keine ausreichend präzisen Werte einsetzen, um den nächsten Zwischenstopp zu definieren.

Frank hatte wieder Karl herbeigerufen und beide zermarterten sich ihre Hirne, wie sie dieses Problem lösen könnten. Sie versuchten neue, kleinere Wegabschnitte für das Vengalyx-Modul zu konstruieren, jedoch auch hier trat dieselbe Schwierigkeit auf. Mit größeren Abschnitten gerieten sie vollends in die Irre.

Nach fast zwei Stunden beschlossen sie, erst bis zu dem problematischen Abschnitt vorzudringen und dann dort direkt neue Messungen für die restlichen Berechnungen durchzuführen. Allerdings würden sie darüber einige Zeit verlieren.

Inzwischen erschienen auch die Eltern wieder und fragten vorsichtig bei den in ihre Berechnungsunterlagen Vertieften an, welche Probleme den Start in Frage stellten. Frank erläuterte es kurz. „Aber in etwa einer halben Stunde wollen wir es versuchen."

Als die letzten Berechnungen ihres vorgesehenen Kurses endlich kontrolliert waren, begaben sich alle in das Vengalyx-Modul. Frank blickte die Elternpaare und Emmas Schwester der Reihe nach an. „Wir werden gleich zu einer ungewissen Reise aufbrechen, wie sie wohl noch nie ein Mensch vor uns in dieser Weise gemacht hat. Ungewiss weniger im Ausgang für uns hier im Vengalyx-Modul. Wir sind über alle Maßen geschützt und in Sicherheit. Ungewiss vielmehr in Hinblick auf die Komplexität der Berechnungen und die immensen Entfernungen, bei denen schon allerkleinste Fehler zu gewaltigen Kursabweichungen führen. Letztlich also ungewiss für

Emma, ob wir sie finden und wann wir sie erreichen. Karl, Rex und ich haben dem Vengalyx-Modul unsere Ausgangsdaten übermittelt, dieses hat die aufwendigen Berechnungen durchgeführt, alles nochmals geprüft und ist nun bereit. Rex wird jetzt die erste Etappe starten."

Der hatte sich bereits auf seinem Polster niedergelassen. Frank nickte kurz zu ihm hinüber und sogleich wich der Ausblick durch das Panoramafenster auf das frühe Tageslicht ihres Heimatplaneten der tiefen Schwärze des Alls mit einigen winzigen Sternenpunkten darin. Weiter geschah scheinbar nichts.

„Warum geht es nicht weiter", fragte Emmas Mutter besorgt.

Frank winkte ab. „Bitte einen Augenblick ..."

Dann hörten sie vom Vengalyx-Modul: „Die Etappen eins bis zwölf wurden planmäßig durchlaufen. Wunschgemäßer Verbleib an dieser Position zur Erhebung weiterer Daten."

Jetzt erklärte Frank der Mutter und allen Umstehenden, dass sie bis hierher eine vorbildliche Reise gehabt hätten, die besser gar nicht hätte verlaufen können.

Alle waren erstaunt, so schnell und unbemerkt die gewaltigen Entfernungen gemeistert zu haben. Deutliche Erleichterung löste die starke Anspannung vor dem Start ab.

„Wie viel von unserer gesamten Wegstrecke ist denn schon geschafft?" erkundigte sich nun der Vater der Schwestern.

„Etwa ein Viertel. Wenn wir unsere nun erforderlichen, neuen Messungen beendet haben, kommt das Teilstück zwischen den Galaxien an die Reihe. Das ist das längste, aber auch das Leerste. Und die dann folgenden vier sind die Wichtigsten", ergänzte Karl.

Frank und Karl machten sich nun an die komplizierten Messungen. Doch bald sorgte das Vengalyx-Modul für eine freudige Überraschung, indem es erklärte, die Daten würden inzwischen ausreichen, denn der fragliche Stern habe nur ein anderes Strahlenspektrum gehabt als alle übrigen und damit die Berechnungsfehler verursacht. Die entsprechenden Korrekturen der Steuerprogramme des Vengalyx-Moduls seien bereits erfolgt.

„Ich beschleunige wieder ...", hörten sie von Rex.

Wenig später schwebte über ihnen das Bild eines riesigen Planeten mit teils braunroter, teils grüner Oberfläche, auf dem einige Gebirgsketten und große Seengebiete zu erkennen waren. „Die Welt auf der Emma gefangen ist?" fragte Franks Mutter ehrfürchtig und leise, die – wie alle – vom Blick auf den Planeten gebannt war.

Und sofort jubelte Frank: „Ich spüre jetzt endlich wieder klar und stark Emmas Gedankenimpulse!"

Diese hatte sie ebenfalls sofort mental bemerkt und war außer sich vor Freude.

Rex hatte gleich Emmas Aufenthaltsort lokalisiert und leitete schon die Landung des Vengalyx-Moduls in unmittelbarer Nähe ein. Das war eine Stelle nicht weit von den mental begabten Baumwesen.

„Dank der Nähe des Vengalyx-Moduls funktioniert nun mein persönlicher Ortstransfer wieder einwandfrei. Ich könnte daher sofort …", übermittelte Emma.

„Ganz massive Aktivitäten in der Basis der Feinde!", unterbrach das Vengalyx-Modul. „Emma muss sofort an Bord, sonst …" Den letzten Teil des Satzes sprach das Modul nicht mehr aus. „Keine mentalen Kontakte mit Emma!", kam die lakonische Ergänzung.

„Was ist passiert?", fragte Karl in die entsetzte Stille hinein.

„Emma ist durch eine Alpha-Energiewelle eingeschlossen und an irgend einen anderen Ort transferiert worden!", erklärte das Modul.

Wieder hatte Emma das unangenehme Gefühl, hilflos in einem enganliegenden Kokon zu stecken, wie sie es bei der letzten Entführung durch die Ekabastor bereits erlebt hatte. Auch diesmal war sie nicht in der Lage, mentale Kontakte zu erreichen. Blitzschnell wurde ihr aber klar, was geschehen war: Die Ekabastor waren wachsam gewesen und hatten die Annäherung und Absichten des Vengalyx-Moduls richtig erkannt! Vor Verzweiflung, so kurz vor dem rettenden Ziel gescheitert zu sein, begann sie haltlos zu weinen. Dann wurde ihr schwindelig und sie schien gnädig das Bewusstsein zu verlieren …

Wie aus plötzlich gestörtem, tiefem Schlaf fuhr Emma erschrocken hoch. Ihr Herz klopfte wild. Sie hatte auf einer großen, weichen Liege geruht; ohne Zweifel war sie nicht im Vengalyx-Modul! Aber sie konnte sich wieder bewegen, steckte nicht mehr in diesem fesselnden Kokon! Erleichtert sank sie auf ihr Lager zurück. Der Raum, welcher abermals keine erkennbaren Fenster oder Türen hatte, wurde von der Decke her sanft erhellt. Er hatte erschreckende Ähnlichkeit mit der kahlen Kabine des Ekabastor-Raumgefährts …

Wie viel Zeit war seit ihrer neuerlichen Überwältigung und diesem Weitertransport vergangen?

Emma erhob sich, taumelte unsicher und setzte sich wieder auf die Liege. „Was …? Warum …? Wo …? Ach Frank …", schluchzte sie verzweifelt, „Frank …!"

Eine freundliche Stimme drang mental in sie: „Sei unbesorgt: Du bist aus dem Zugriff der Ekabastor gerettet und in absoluter Sicherheit auf dem Planeten Vengalyx! Wir sahen uns zu diesem Schritt genötigt, da die Entführer Dich beinahe an einen anderen Ort der Galaxie transferiert hätten, bevor Du in das Vengalyx-Modul gelangt wärest. Und Frank wird schon morgen hier und bei Dir sein!"

Emma musste ganz ungläubig geschaut haben und die freundliche Stimme in ihrem Bewusstsein hatte offenbar von ihrem maßlosen Staunen Kenntnis erhalten. Jedenfalls erläuterte diese: „Du darfst erwarten, dass ein Volk, welches ein so hochtechnisiertes Gerät wie das Vengalyx-Modul entwickeln kann, auch zu anderen, ganz besonderen Leistungen fähig ist und Dich unbeschadet hierherbringen konnte."

Noch überlegte sie, welche entschuldigenden Worte sie ob ihrer Ahnungslosigkeit vorbringen sollte, als ihr übermittelt wurde: „Wie Du sicher inzwischen weißt, bist Du für das Volk des Planeten Vengalyx ein ganz besonders wichtiges Wesen! Und nachdem Dein entführungsbedingter Aufenthaltsort bekannt war, versuchen wir mit allen uns zur Verfügung stehenden Mitteln Dich zu beschützen!"

Emma nickte voller Hoffnung und fast überschwänglichem Optimismus.

„Wenn Du auf die rechte Seite des Raumes zugehst, wird eine Tür zu einem komfortablen Bad sichtbar. Benutze es nach Belieben! Anschließend solltest Du ausgiebig schlafen, bis Du mit einem reichhaltigen Frühstück geweckt wirst!"

„Wo ist Frank jetzt? – Weiß er, dass ich hier bin – und was ist mit der Oberschwester, Dr. Lange, Kaissa – und Rex geworden?" brach sich ihre Sorge Bahn.

„Frank ist mit dem Vengalyx-Modul hierher unterwegs! Wegen der gewaltigen Entfernungen können sie erst in acht Stunden eintreffen. Die übrigen Personen, nach denen Du fragst, sind alle wohlbehalten auf Deinem Heimatplaneten angekommen. Dafür hat das Modul wenigstens sorgen können. Übrigens kannst Du mit Frank jederzeit mentalen Kontakt aufnehmen."

Ihr Herz begann erregt zu klopfen, als sie mit aller Kraft ihre mentalen Fähigkeiten einsetzte, um Frank zu erreichen. Es gelang ihr nicht, einen klaren Gedanken zu formulieren, vielmehr überschüttete sie Frank mit einer Welle von Emotionen, Fragen, Wünschen und Besorgnis.

Frank antwortete sogleich mental: „Langsam, langsam! – Wie wunderbar, Dich zu vernehmen!" Und Rex fügte gleich hinzu: „Wir haben über das Vengalyx-Modul erfahren, wo Du steckst und wie es Dir geht! – Mit uns ist alles in Ordnung! Auch Eure Eltern und sogar Karl sind auch mit an Bord!"

Fast eine halbe Stunde lang tauschten sie Gedanken, Empfindungen und Fragen.

Danach war Emma, als ob ihr eine Zentnerlast von den Schultern fiele. Und mit einem Male fühlte sie sich wirklich sehr müde. Frank und Rex schienen ähnlich zu empfinden und alle vereinbarten frohen Mutes, jetzt eine Schlafenszeit einzulegen.

Ein sanfter Kuss auf die Stirn weckte Emma. Kaum hatte sie die Augen aufgeschlagen, sprang sie mit einem Jubelschrei von ihrem Lager auf und umhalste Frank überglücklich. „Frank – oh Frank!" war das einzige, das sie hervorbringen konnte.

Jener wiegte sie engumschlungen in seinen Armen und streichelte sie glückselig. Die innige Wiedersehensfreude wurde durch einen Signalton gestört, mit dem ein großes Frühstückstablett auf der Liege erschien.

Da Emma, und Frank wirklich Hunger verspürten, ließen sie sich nicht lange nötigen und langten munter zu, während sie sich gegenseitig Einzelheiten von der Entführung berichteten.

Nach einiger Zeit mit vielen Umarmungen und Liebkosungen machte Emma ein nachdenkliches Gesicht. „Können wir eigentlich aus diesem seltsamen Raum hier heraus? Dürfen wir in das Vengalyx-Modul? Unsere Eltern, Karl und Rex begrüßen und endlich nach Hause?"

„Die Wesen des Planeten Vengalyx haben dargelegt, dass ihre Lebensumgebung für uns Menschen unverträglich ist. Wohl oder übel sind wir deshalb an so einen Raum gebunden. Aber wir sind nicht gefangen: Wir dürfen jederzeit und völlig ungehindert ins Modul ...“

Emma umarmte ihn erneut glücklich, äußerte jedoch: „Sollten wir nicht eigentlich den Lebewesen dieses Planeten hier ohnehin einen Besuch abstatten und ihnen somit ermöglichen, ihre Art weiter zu erhalten? – Wäre das jetzt dieser Zeitpunkt?“

„Nein! – Man hat mir schon erklärt, dass unsere diesbezüglichen Kräfte und Fähigkeiten sich zwar sehr gut entwickeln, aber noch nicht voll ausreichend sind.

– Also um Deine Fragen vollständig zu beantworten: Wir dürfen jederzeit unsere Heimreise zur Erde antreten!“

Ein seliges Lächeln glitt über Emmas Gesicht. Sie trat einen Schritt vor, breitete die Arme aus und rief: „Habt vielen Dank für meine Rettung von den Entführern und Eure hervorragende Unterbringung hier. Aber jetzt möchte ich – wenn es geht – sofort nach Hause!“

Während Emma Frank erneut umarmte, transferierten sie schon in das Vengalyx-Modul und ehe Emma dieses bemerkte, hatten sie schon den Planeten mit Überlichtgeschwindigkeit in Richtung Erde verlassen.

*